AF441748

Mystères et Diableries sous Louis XI

Troisième enquête :

CUVÉE ROYALE

Alain Bosc

Du même auteur :

Mystères et Diableries sous Louis XI

1 - Les Loups du Pontet

2 - Les Pirates de l'Estuaire

3 - Cuvée Royale

Dans les précédents tomes…

1451. Fin de la guerre de Cent Ans. Les Anglais, vaincus, doivent quitter l'Aquitaine. Thomas Russ, fils de John Russ, marchand anglais, et de la sœur d'Aymon Tullier, marchand bordelais, reste à Bordeaux au service de son oncle alors que ses parents s'exilent à Bristol, ville d'origine de John.

Bien plus tard, en 1461, au cours d'un voyage à Bruges, Thomas aide Paula, une jeune femme que sa belle-mère destine au couvent contre son gré, à fuir avec lui pour Bordeaux.

Pour échapper aux recherches de son père, Paula vit alors à Bordeaux cachée sous l'identité d'un jeune homme, Paul. Séduite par la vie d'aventures de Thomas, elle le persuade de la laisser vivre à ses côtés.

Dans *Les Loups du Pontet*, ils affrontent alors une série de meurtres et de disparitions aux abords d'un village dont Thomas doit assurer le repeuplement.

Plus tard, dans *Les Pirates de l'Estuaire*, l'abordage d'un bateau marchand les entraîne à Bristol, puis au Pays de Galles, dans une affaire où la Guerre des Deux Roses, qui sévit alors en Angleterre, se mêle à la nostalgie d'un temps où les Gallois ne subissaient pas encore le joug de l'Angleterre. Un malaise inexplicable grandit entre Paula et Thomas. Pour comble, Louis XI semble vouloir faire d'eux ses espions. Thomas n'accepte pas de devenir l'instrument de la raison d'État et se retire dans un prieuré, à Soulac, un village isolé de la pointe du Médoc.

Vous trouverez ci-dessous une liste des personnages principaux. Ils peuvent vous paraître nombreux, mais, au fil de la lecture, ils vont vite vous devenir familiers. Je vous conseille de passer cette liste et de ne vous y reporter que si vous désirez en savoir plus sur l'un ou l'autre. Bonne lecture !

Première partie : Le complot.

Charles Lann, espion anglais.

Charles de France, 21 ans, frère cadet de Louis XI, est donc un prétexte parfait et un pantin bien commode. Le roi venait de lui reprendre le duché de Normandie qu'il avait dû lui céder par les traités mettant fin à la guerre civile avec la Ligue du Bien Public. Il vivait depuis en réfugié à Vannes, à la cour de son allié le duc de Bretagne.

Près de lui en hôte attentionné, **François II**, duc de Bretagne, **32 ans,** préservait l'indépendance de la Bretagne en étant allié de l'Angleterre, tout en étant suzerain du trône de France alors que seule une trêve fragile était signée dans la guerre de Cent Ans. En 1467, au moment de cette histoire, il hébergeait donc Charles de France dans son château de Vannes, d'où celui-ci complotait allègrement contre le roi.

À l'est et au nord du domaine royal, **Charles le Téméraire, duc de Bourgogne, 34 ans,** duc de Brabant et de Lothier, de Limbourg, de Luxembourg, comte de Flandre, d'Artois, de Bourgogne palatine, de Hainaut, de Hollande, de Zélande, de Namur guettait le moment de lancer l'estocade. Ses possessions qui allaient de la Hollande à la Picardie et au Luxembourg pour la partie nord, auxquelles il fallait rajouter un large territoire Bourguignon, en faisaient le plus puissant vassal de la France. Il ne lui manquait que la Champagne pour réunir ses immenses territoires. Une haine certaine l'opposait à Louis XI.

Au sud de la France, nous avions le **duc de Nemours,** Jacques d'Armagnac, **34 ans** lui aussi. Il résidait dans son château de Carlat au sud de l'Auvergne. En 1467, ses mercenaires, qu'il n'avait pas renvoyés chez eux à la fin de son engagement contre le roi dans la Ligue du Bien Public, pillaient allègrement les environs. Il faut bien survivre, non ?

Encore plus bas, à Lectoure, au sud d'Agen, **Jean V d'Armagnac, comte d'Armagnac, 47 ans,** cousin de Jacques, complotait aussi, bien à l'abri de son château. Lui non plus n'avait pas renvoyé ses routiers, qui rançonnaient les régions voisines et empêchaient le prélèvement des taxes.

De l'autre côté de la manche, **Edouard IV, roi d'Angleterre, 25 ans,** jeune roi plus intéressé par la chasse et les jolies femmes que par l'exercice du pouvoir, avait épousé en 1464 Elisabeth Woodville. Avant son mariage, Edouard laissait gouverner son chancelier, le comte de Warwick, plutôt favorable à la France ; mais le clan Woodville était en train d'éliminer rapidement l'influence des partisans de Warwick. En 1467, l'Angleterre penchait de plus en plus vers la Bourgogne et soutenait de plus en plus ouvertement les comploteurs.

Du côté de Louis XI, **Jean de Lescun d'Armagnac** dit « **le bâtard d'Armagnac** », dit **Comminges**, apparaît brièvement dans cette histoire. Fidèle de Louis XI alors qu'il n'était encore que Dauphin, en 1467 il est Maréchal de France, comte de Comminges (le comté de Comminges est juste entre le comté d'Armagnac et les Pyrénées). Le roi venait de le rappeler près de lui alors qu'il était gouverneur de Guyenne l'année précédente encore.

Sergio et Claudia : un couple de routiers au service du duc de Nemours.

L'Espagnol : chef des routiers du comte d'Armagnac.

Deuxième partie : les disparus de Lesparre

Bordeaux :

Thomas Russ : neveu franco-anglais d'Aymon Tullier, a fui le monde en faisant retraite au prieuré de Soulac.

Aymon Tullier : marchand et jurat de la commune bordelaise.

Paula Van Eyck : amie de Thomas, qu'il a aidé à fuir Bruges. Elle se cache sous une identité d'homme. Après le départ de Thomas pour Soulac, elle est restée à Bordeaux auprès d'Aymon Tullier.

Juan : Espagnol vivant à Bordeaux, compagnon d'Ysabeau, tous deux au service d'Aymon Tullier.

Artur de Montauban : Archevêque de Bordeaux depuis 1466

Maison royale :

Louis XI : né le 3 juillet 1423 à Bourges, lors des événements imaginaires racontés dans ce roman, il a 44 ans et règne depuis juste 6 ans.

Tristan l'Hermite : prévôt du roi, un des deux conseillers les plus proches de Louis XI.

Olivier Le Mauvais : l'autre proche du roi, son barbier et chirurgien, qui ne dédaignait pas, comme Tristan, s'acquitter des basses œuvres.

Souillard : chien préféré de Louis XI, grand amateur de chasse.

Soulac :

Jacques : le pendu.

Gilles et Pey Pellou : les deux fugitifs pourchassés par Gombaud pour avoir dépendu leur frère.

Eyquem : curé de N-D de la fin des Terres à Soulac. Dépend de l'Archevêque.

Raymond de Cleu vicaire général de Sainte-Croix : administre l'Abbaye et ses possessions pour l'abbé de Sainte-Croix, Pierre de Foix, alors âgé de 18 ans et qui n'est probablement jamais venu en Gironde.

Hugues, Prieur de l'Abbaye de Soulac : dépend de L'abbaye franciscaine de Sainte-Croix à Bordeaux.

Frère Anselme : vieux moine copiste du prieuré.

Frère Benoît : moine de Soulac chargé de la collecte des taxes.

Frère Joseph : un autre moine.

Frère Bernard : le vieil ermite de la tour.

Guillemette : guérisseuse de Soulac.

Pey Daulède : capitaine de la petite garnison du roi au Verdon.

Lesparre :

Isabeau de la Tour : la dame de Lesparre, « sire de Lesparre » depuis le décès de son époux, dans l'attente que ses fils atteignent un âge suffisant pour prêter allégeance à Louis XI. 45 ans en 1467, avait épousé Amanieu d'Albret d'Orval en 1 457.

Feu Amanieu d'Albret d'Orval, son époux, décédé en 1463.

Marion : femme de chambre d'Isabeau de la Tour.

Émeline : cuisinière de Lesparre.

Jeanne, une servante de Lesparre.

Gombaud : capitaine de Lesparre, bras droit de la dame de Lesparre.

Pèou : fils adoptif de Gombaud, 29 ans au moment de l'histoire.

Auger : l'adjoint de Gombaud qui le remplace après son départ.

Première partie

Le complot

- 1 -

Fin mai 1467 au sud de l'Auvergne

D'où il était, Charles Lann, agent secret de Sa Majesté le roi Edouard IV, avait une vue imprenable sur le camp des routiers.

C'était l'heure du repas. Pour des mercenaires attendant leur solde depuis plus d'un an, la vie semblait plutôt douce : une vache entière tournait au-dessus des flammes d'un gigantesque brasier qui repoussait les ténèbres de la forêt et réchauffait une longue table garnie de miches, de cochonnailles, de pièces de volailles.

Ça buvait sec, parlait haut, riait fort.

Des filles chargées de plats, de pichets, circulaient autour d'eux, faisant virevolter leurs robes. Des rires épais déchirèrent la nuit quand un des soudards plongea une main grasse entre les seins d'une luronne assise sur ses genoux. La fille lui échappa, offrant à la vue de tous sa poitrine découverte, et continua à déambuler ainsi en ondulant des hanches.

Le vin descendait par pichets entiers dans les gosiers des solides gaillards, illuminant leurs trognes luisantes de sueur, le brouhaha des voix et des rires enflait à mesure que les tonneaux étaient mis en perce.

Une bagarre éclata, vite réprimée par celui qui semblait commander la bande.

Plus loin, une autre fille, butin de quelque village récemment pillé, pleurait en silence tandis que des mains rustaudes fouraillaient sous ses jupons.

La soirée n'allait pas tarder à dégénérer. Le plus tôt serait le mieux, pensa Lann qui commençait à s'épuiser à maintenir son équilibre sur la branche de chêne où il était assis depuis des heures. D'autant qu'il avait les mains liées dans le dos. La forêt de piques effilées disposée à son futur point de chute lui donnait une bonne raison de montrer des prouesses d'endurance, mais il approchait de la cinquantaine et il y a des limites à ce que l'on peut demander à un corps peut-être un peu trop bien nourri, peut-être à peine assez affûté.

Il mobilisa ses dernières forces pour échapper à la mort tapie au fond du tunnel obscur qui s'ouvrait sous lui. Il reprit le lent mouvement de ses liens contre l'écorce. L'arbre sur lequel ils l'avaient juché était au-delà de la lisière de la clairière, dans un coin où il faisait noir comme dans un four. Frotter, user, ne pas perdre l'équilibre. Les nuits d'avril étaient encore bien fraîches au sud de l'Auvergne, mais un filet de transpiration glissa de son front, manquant le faire basculer en lui chatouillant le nez. Frotter, user, ne pas tomber… Là-bas, des rires avinés, des beuglements, accompagnèrent l'entrée de la pauvre fille dans son nouveau quotidien. Ses vêtements arrachés, elle avait tenté de fuir, nue comme un ver, mais avait vite été happée par des mains brutales qui l'avaient plaquée sur la table où un routier empestant le vin, l'ail et la crasse la besognait, au milieu des rôtis et des pâtés, à grands coups de reins rythmés par les clameurs.

Toute l'attention des soudards était fixée sur le viol. C'était le moment. Frotter, user, vite, vite. Le chanvre se rompit brusquement. Il se sentit partir en arrière, ses mains libérées se projetèrent vers la branche, ses ongles se déchirèrent sur l'écorce rugueuse. Trop tard. Mourir ainsi. Juste quand il allait s'en sortir une fois encore… Il se crispa comme si cela allait empêcher les pieux de déchirer son dos. Puis survint la douleur, fulgurante comme un soleil qui explose dans son torse. Et plus rien.

* * *

Il était arrivé trois jours plus tôt à l'imprenable château du duc de Nemours, après un périple qui l'avait mené de la cour du roi d'Angleterre, à celle de Bourgogne, puis à celle du duc de Bretagne où le jeune frère de Louis XI s'était réfugié, pour finalement atteindre Carlat, près d'Aurillac, où le duc de Nemours se terrait.

Une longue et dangereuse mission qui lui allait à merveille. D'abord parce qu'il maîtrisait parfaitement le français et l'occitan, étant né et ayant vécu près de Bordeaux du temps de l'occupation anglaise de la Guyenne pendant la guerre de Cent Ans ; ensuite parce qu'il était particulièrement doué pour les coups tordus et les négociations sulfureuses. Cette fois il était gâté : Elisabeth Woodville, la toute récente épouse d'Edouard, le jeune roi d'Angleterre, avait réussi à convaincre celui-ci de rompre la trêve signée avec Louis XI et d'envahir de nouveau la Guyenne, duché anglais depuis des siècles, perdue par l'Angleterre à la fin de la guerre de Cent Ans. Tandis que Louis XI serait occupé au sud par le débarquement anglais, le duc de Bourgogne, allié des Anglais et grand ami d'Elisabeth Woodville, s'emparerait de la Champagne pour unir ses territoires Flamands et Bourguignons en un puissant quasi-royaume. Quant au duc de Bretagne, il envahirait la Normandie que Louis XI venait de reprendre à son frère en violation du traité signé moins de deux ans plus tôt à la fin de la révolte de la Ligue du Bien Public. Avec un peu de chance, les comploteurs pourraient même renverser Louis et mettre sur le trône son frère, le faible, jeune et ambitieux Charles de France qui ferait une bien belle marionnette entre leurs mains.

Tous ces braves comploteurs étant d'accord, il ne restait plus à Lann qu'à convaincre le duc de Nemours et le comte d'Armagnac, deux autres anciens membres de la Ligue, d'aider l'Angleterre à reprendre la Guyenne.

C'était toujours avec plaisir et nostalgie que Lann retournait dans le sud de la France. Il espérait convaincre rapidement les deux jeunes ambitieux et passer quelques jours tranquilles avec de vieux amis bordelais avant de rembarquer pour l'Angleterre. Pour cela, il avait une lettre de recommandation de Charles de France, le frère félon, et surtout, cousues dans son pourpoint, des lettres de change qui devaient suffire à convaincre, avec une pluie de bons écus d'or, les deux acolytes. Les deux hommes n'avaient pas payé le reste de la solde des mercenaires engagés pour combattre le roi lors de la campagne de la Ligue du Bien Public, une guerre civile pour parler clair. Les routiers étaient donc restés là, pillant et rançonnant les voisins de Nemours et du comte d'Armagnac. Le roi avait certes pardonné leur rébellion aux deux traîtres, mais exigeait le départ des mercenaires. Et Nemours et le comte d'Armagnac n'avaient pas un sou vaillant pour régler les soldes dues. Les chefs des routiers, de leur côté, montraient de plus en plus de signes d'impatience.

Lann avait donc tout ce qu'il fallait pour convaincre Nemours de participer à cette nouvelle rébellion contre le roi. Mais, inexplicablement, trois jours après son arrivée à Carlat, Nemours le faisait toujours lanterner.

* * *

Le souffle coupé par sa chute sur le dos, Lann tâta le sol autour de lui avec incrédulité. Plus la moindre trace des pieux acérés sur lesquels il aurait dû s'embrocher. Il ne perdit pas de temps à s'interroger et se traîna dans la forêt. Il serait bien temps de réfléchir à tout ça loin, très loin.

Il reprit son calme au petit matin, à des lieues de là. Il avait traversé des bois, des champs, des villages, mettant le plus de distance entre lui et le camp de routiers sans se soucier de ses traces. Ils avaient des chiens de guerre, ils le pisteraient sans peine. Ce n'est que lorsqu'il eut volé une barque et qu'il se fut laissé dériver plusieurs lieues qu'il s'autorisa à réfléchir de nouveau.

Comment avait-il pu, lui Charles Lann, se mettre dans un tel guêpier ?

Il revint sur la journée de la veille. Il faisait un tour sur les remparts du château de Carlat avant de souper avec Nemours, essayant de trouver un nouvel argument pour le convaincre de participer à la reconquête de la Guyenne par les Anglais. L'idée était simple, les Anglais débarquaient à la pointe du Médoc tandis que Nemours et d'Armagnac, à la tête de leurs routiers, marchaient sur Bordeaux. Bien synchronisées, les trois petites armées se retrouveraient pour enlever Bordeaux sans coup férir.

Il avait proposé la jolie fortune confiée par Edouard, Le Téméraire et le duc de Bretagne réunis, sans parvenir à rien. Nemours faisait-il monter les enchères ? Pressé par ses routiers de plus en plus nerveux, il n'était pourtant pas en position de faire la fine bouche.

À ce moment de ses réflexions, son attention avait été attirée par un groupe de cavaliers gravissant l'étroit chemin montant au château. Deux ou trois nobles cavaliers suivaient plusieurs chariots derrière une avant-garde d'une dizaine d'hommes. Un groupe plus nombreux encore fermait la marche. En tout une bonne trentaine de soldats. Tous vêtus en guerre. Un voyageur prudent. Et riche.

À quelques coudées du pont-levis, un des soldats de l'avant-garde avait déroulé une bannière aux armes de l'arrivant. Comminges. Le conseiller en qui Louis XI avait le plus confiance. Et qui connaissait l'espion anglais de vue pour l'avoir rencontré quelques années plus tôt à Londres alors que Louis XI l'avait envoyé négocier la prolongation de la trêve signée à la fin de la guerre de Cent Ans. Pour Lann, il n'y avait qu'une raison pour que Louis XI ait envoyé Comminges avec une forte escorte à Carlat : Il avait été trahi. Il s'était hâté vers sa chambre, avait ramassé son léger bagage, et couru vers les écuries. Trop tard. La petite troupe mettait pied à terre dans la cour, accueillie par le duc de Nemours, exprimant bruyamment sa surprise et le plaisir de recevoir le si illustre et si noble proche du roi. Caché dans l'ombre d'une chapelle, Lann avait trouvé que Nemours en faisait un peu trop : la bienséance plaçait un duc bien au-dessus d'un comte, fut-il proche du roi. Et quand, comme Lann depuis trois jours, on avait entendu les violentes diatribes que Nemours proférait à l'encontre du roi, quelque chose clochait. La méfiance s'imposait. Dès que le chemin fut libre, il s'était précipité vers les écuries et s'était enfui, fou de rage.

* * *

Le courant sur lequel il dérivait s'accéléra, arrachant Lann à ses pensées. Un moulin apparut, sa roue tournant vigoureusement dans un petit canal au détour d'un méandre. Il avait faim. Il devait être assez loin du camp des routiers pour pouvoir s'arrêter un instant. Il conduisit sa barque sur une petite plage de sable ensoleillée, près du moulin. Les routiers l'avaient délesté de sa bourse et de ses armes, mais ils n'avaient pas trouvé quelques écus cousus dans sa manche et il avait si faim qu'il était prêt à en abandonner un en échange d'une miche.

Le meunier gardait le coin d'un œil sur la route, mais ne s'attendait pas à la soudaine apparition d'un homme tout de noir vêtu du côté de la rivière. Il le prit sans doute pour un des égorgeurs qui terrifiaient la région et lui donna casse-croûte et pichet de vin en tremblant de peur, refusant l'écu qu'il lui tendait. Lann retourna s'asseoir dans sa barque pour manger, l'esprit perdu dans ses pensées.

Les routiers l'avaient capturé le soir de sa fuite de Carlat, alors qu'il regagnait sa chambre après avoir dîné dans une auberge à quelques lieues du château. Il s'était arrêté dans cette auberge quelques jours plus tôt, une dernière halte avant de se présenter au château du duc de Nemours. Les lits n'y étaient ni plus défoncés ni plus pouilleux qu'ailleurs et, après sa fuite causée par l'arrivée du messager royal, il était retourné s'y cacher, le temps de prendre une décision. C'est là que, assommé par surprise par un groupe de routiers, il avait été enlevé, pour se réveiller perché sur un chêne, menacé d'y rester jusqu'à la chute fatale s'il ne révélait pas où il avait caché l'or avec lequel il comptait acheter Nemours.

Il n'avait pas d'or, mais des lettres de change endossables par Nemours et le comte d'Armagnac, et une plus petite à son nom pour couvrir les frais de sa mission. Il avait prudemment dissimulé le tout sur une poutre basse des écuries de l'auberge dès son arrivée. À ce détail près, les routiers savaient un peu trop bien qui il était.

Dans sa barque, Lann maugréa. Se pouvait-il que Nemours l'ait vendu à la fois aux routiers et au roi ? Ou bien y avait-il un complice des mercenaires au château qui les avait avertis de sa présence ?

Une lame glaciale se posa sur sa gorge. Il laissa tomber l'oignon qu'il croquait dans le fond de sa barque en soupirant. Encore pris par surprise. Serait-il devenu trop vieux pour ce job ?

- Alors, Messire, on a réussi à cacher quelques louis à mes amis ?

- Comment m'avez-vous trouvé ?

- Vous me devez la vie, Messire, j'ai enlevé les pieux et j'ai attendu que vous tombiez comme un fruit mûr. Je n'ai pas eu trop de mal à vous suivre ensuite, vous faites un bien piètre fuyard.

- Je voudrais vous y voir… Mon dos doit ressembler au fruit dont vous parlez. Merci tout de même, mais, qu'est-ce qui me vaut tant de sollicitude ?

- Je suis un soldat, les pillages font partie de la guerre. Ici, il n'y a pas de guerre, juste des âmes perdues qui sont devenues pires que des chiens sauvages. J'en ai assez.

- Et ?

- Je me suis dit que l'occasion était belle de se retirer un peu plus riche qu'en arrivant.

- Tes compains m'ont déjà tout pris.

- Personne n'a vu la montagne d'or que vous avez promise à Nemours, donc vous l'avez encore. À combien évaluez-vous votre vie ? Vous devriez être mort à cette heure. Votre vie m'appartient, mais je vous la vends bien volontiers. Alors, votre prix ?

Lann mesura ses chances. Le soudard était expérimenté. Pour le moment, impossible de se dégager sans y laisser la vie. Cependant, il avait l'avantage : le routier ne le tuerait pas tant qu'il croirait à sa « montagne d'or ». À un moment ou à un autre il ferait une erreur. Une erreur fatale.

- J'ai une proposition à vous faire, l'ami. Un messager du roi est arrivé hier au château. Le comte de Comminges, vous connaissez ? J'ai besoin de savoir pourquoi il est là et je ne puis y retourner. Ils ne vous connaissent pas et, la journée, on entre dans la forteresse aussi facilement que dans ce moulin. Faites ça pour moi et je vous donne de quoi rentrer riche au pays.

Le soudard le regarda, soupçonneux.

- Qu'êtes-vous venu faire à Carlat, au juste, qu'attendez-vous de Nemours ?

Que savait l'homme ? Que lui dire sans éveiller sa méfiance et sans mettre en danger la mission ? Et s'il était en fait au service du roi ? Ce risque-là était à courir.

- Les amis de Nemours veulent de nouveau entrer en campagne contre le roi. Et ils ont besoin de lui. Mais pour cela, il doit vous payer, n'est-ce pas ?

Le routier eut un rire bref et menaçant :

- D'avance ! Et un an d'arriérés ! Combien vous lui amenez à Nemours ?

- Bien assez pour qu'une petite part qui s'égarerait dans votre poche vous fasse riche. Cinq cents écus pour vous. Et ne me demandez pas plus. J'ai une mission à remplir.

-… Qui passe avant votre vie ? s'esclaffa le mercenaire.

- Qui passe avant ma vie, tout comme vous lorsque vous vous battez pour une solde misérable, répliqua Lann d'un ton glaçant.

Lann ne sous-estimait pas son adversaire. Tout le monde appelait ces gens-là les « écorcheurs ». Au sens propre. Ils avaient la sale habitude de faire avouer à leurs victimes où elles cachaient leur magot en les écorchant vivantes. Il ne fallait tout de même pas trop jouer avec ce type.

- On vous attend, au pays ? dit-il d'un ton amical. Il commençait à en avoir assez de sentir la lame de l'autre lui entailler le cou.

- Non.

- J'ai besoin de quelqu'un pour surveiller Nemours, la providence nous a peut-être fait nous rencontrer pour que vous m'aidiez… et que je fasse votre fortune. Je peux vous rapporter bien plus. Mon « employeur » est riche.

- La providence n'a rien à faire ici. JE vous ai sauvé pour faire MA fortune. C'est tout et c'est assez.

- Ne pourriez-vous baisser votre épée ? Je suis désarmé.

Le guerrier fit un pas en arrière :

- Restez assis là. Que voulez-vous savoir au juste ?

Lann sentit la bataille gagnée. Une heure plus tard, ils avaient dépouillé le pauvre meunier d'une mule attelée à une charrette et ils étaient en route pour l'auberge.

* * *

Sans qu'ils soient devenus les meilleurs amis du monde, Lann parvint à suffisamment mettre l'homme en confiance pour qu'il lui délie les mains. À moins que cela ne soit le routier qui avait bien manœuvré en offrant à Lann la perspective d'une aide précieuse.

Ils perdirent le reste de la journée en se rendant chez un banquier d'Aurillac, pour retirer les écus promis à l'écorcheur. Dans la partie qu'ils jouaient, ils ne savaient ni l'un ni l'autre s'ils étaient partenaires ou encore adversaires. Lann sentait la menace du regard de l'autre, tenté de se contenter des cinq cents écus, peser entre ses omoplates, tout autant qu'il était lui-même tenté de se passer de l'aide du routier et de se débarrasser de lui d'un coup de dague.

Ils passèrent la nuit à l'auberge, et au matin, Sergio, le mercenaire, prit le chemin du château, ayant endossé la rassurante identité d'un moine prêcheur.

Lann le regarda partir pensivement, un peu dérouté de devoir rester à attendre tandis que son nouvel allié, dont il ne pouvait qu'espérer le retour, s'éloignait sur le chemin. Tout cela lui laissait la désagréable impression de subir les événements, de ne plus avoir l'initiative de grand-chose. La petite voix le harcela de nouveau en lui soufflant que la cinquantaine approchait et qu'il ferait bien de ne plus accepter de mission en France. Ok, c'était la dernière. Mais il fallait absolument qu'elle réussisse. Après ses deux derniers échecs, son crédit auprès d'Edouard s'était singulièrement émoussé et cette mission, qu'il avait obtenue grâce à l'influence de la reine, était une chance inespérée.

Il s'attarda un instant sur les courbes d'une jolie brunette qui traversait le chemin devant l'auberge. Il regretterait la France. La perspective de la vieillesse et de ses contraintes assombrit son regard. L'apercevant, la fille lui adressa un sourire dont il ne sut s'il était aguicheur ou savamment innocent. Il hésita à lui répondre, opta pour regagner sa chambre. Seul. Quand il eut tourné les talons, le sourire s'effaça du visage de la fille. Elle regarda pensivement la fenêtre vide en fronçant le nez, puis s'éloigna.

* * *

Dans l'après-midi, désœuvré et morose, il retourna à Aurillac remplacer épée, dague et baudrier pris par les routiers. Sa cassette personnelle fondait à vue d'œil. Il devrait emprunter à des amis à Bordeaux pour rentrer en Angleterre. Cette affaire prenait décidément une tournure déplaisante. Son instinct lui soufflait un indéfinissable et sombre pressentiment. Était-ce parce qu'à la place du routier, avec la petite fortune en poche qu'il venait de lui extorquer, il serait, lui, parti sans demander son reste ? Bah ! On verrait bien ce soir. Et puis, si le routier disparaissait, il serait de nouveau seul, sans avoir à se méfier de ce Sergio sans doute plus dangereux qu'il n'essayait de le faire croire.

En arrivant à l'auberge, il s'était persuadé qu'il n'entendrait plus parler du routier, il avait fait son deuil des cinq cents écus et il échafaudait un plan pour éloigner Comminges, l'envoyé du roi, et reprendre contact avec Nemours. Il monta dans sa chambre. La brunette l'y attendait, assise sur le lit.

Il se planta devant la fenêtre, lui tournant le dos.

- Sortez, Damoiselle, je n'ai pas la tête à ça.

- Oh ! On a de gros soucis ? Vous pouvez tout me dire, je suis une tombe, dit-elle, appuyant sur le dernier mot avec on ne sait quoi de sinistre, ou de menaçant.

- Sortez, fit-il encore d'un ton qu'il aurait voulu ferme, mais qui trahissait sa lassitude.

15

- Je suis Sylvia, la compagne de Sergio. Il a quitté le camp sans prévenir personne, savez-vous pourquoi ?

Lann s'assit à l'autre bout du lit. Une compagne éplorée maintenant ! Qu'avait-il fait pour mériter tant de fardeaux et de contretemps ?

- Je ne connais pas de Sergio.

- Il a dormi la nuit dernière dans ce lit. Avec vous.[1]

Lann garda le silence, incapable d'évaluer la situation. La fatigue sans doute. Ce qui ajoutait à son trouble.

- J'aurais aussi pu vous demander comment vous vous retrouvez ici, libre, et comment vous vous êtes tiré du mauvais pas où vous étiez... Mais je préfère que nous en restions à Sergio.

La fille tournait autour du pot sans en venir au fait.

- Que voulez-vous ?

- Il m'a parlé de vous. Vous êtes riche. Vous avez, je ne sais comment, réussi à l'acheter, car il vous a aidé à fuir. Maintenant, avec vos beaux écus, il m'a abandonnée. Je ne peux retourner au camp. Quand on n'appartient pas à un homme, on est une proie pour ces gens-là. Vous devez m'aider aussi.

Voilà ce qu'il était devenu : un généreux donateur pour routiers en rupture de ban. Il commençait à se sentir exaspéré.

- Je pourrais choisir un moyen moins coûteux de me débarrasser de vous, dit-il sombrement.

Elle sortit une épée dissimulée sous la couverture et sauta sur ses pieds.

- Je ne m'y risquerais pas. Vous pourriez apprendre à vos dépens quelques tours de routiers. Allons, Messire, allez-vous prendre ce risque ? Je suis une femme, mais une femme de routier et, qui plus est, j'ai trente ans de moins que vous, le provoqua-t-elle.

Il arracha son épée de son fourreau, trop heureux d'avoir l'occasion de déverser sa rage. Il allait désarmer la donzelle en un instant et la renvoyer chez ses parents avec deux écus pour le voyage.

La passe d'armes prit très vite une tournure laborieuse. Tandis qu'il devait sans cesse contourner le lit pour pousser son avantage, elle sautait

---

[1] Au moyen âge il était habituel de partager son lit, même avec des voyageurs inconnus.

par-dessus comme un chat, ripostant aussitôt par une attaque sur l'autre flanc, dansant comme une sorcière en sabbat. Parant les coups sans pouvoir esquiver à cause du manque de place, il sentit l'épuisement le gagner. Son dos mal remis de la chute de la veille lui faisait mal, ses épaules, courbatues par ses efforts pour couper ses liens, s'engourdissaient et son crâne résonnait d'une féroce migraine.

Il esquiva une chaise qui se fracassa contre le mur, un banc qui arrivait tout droit vers ses parties basses. Le broc de terre cuite l'atteignit à l'épaule. Il grimaça et lança rageusement une attaque désespérée. Il fit un bond, essayant d'oublier le craquement sinistre de ses articulations malmenées, parvint à faire sauter l'épée des mains de la fille et la prenant à bras-le-corps la poussa sur le lit, se laissant tomber sur elle pour l'immobiliser de son poids.

- Partez, siffla-t-il, j'ai mieux à faire.

C'est à ce moment qu'il sentit une désagréable piqûre au côté gauche. Tandis qu'il la serrait, emporté par sa victoire, il avait négligé de lui immobiliser les poignets. Maintenant, elle menaçait de lui enfoncer sa dague dans le cœur.

- Peut-être allez-vous mieux m'écouter ainsi. Je vais être brève parce que vous m'écrasez un peu. Pour commencer, vous allez me raconter ce que vous fricotez dans le coin. Et sans me souffler dans la figure, vous puez encore plus que cette foutue bande de routiers.

Que savait-elle ? Elle avait participé à son enlèvement, Sergio lui en avait peut-être dit plus qu'elle ne le prétendait. Lui mentir ? Sergio pouvait tout de même rentrer et dévoiler ses mensonges. Gagner du temps ? Avec un poignard contre la poitrine ? Lann fut bien obligé de mettre une personne de plus dans la confidence. Après tout, elle avait été aux premières loges de la guerre civile contre Louis XI deux ans plus tôt et elle ne serait pas surprise d'apprendre qu'une nouvelle campagne se tramait.

- Je me fiche de savoir tout cela, dit-elle quand il eut terminé. On s'est battu pour ce fumier de Nemours sans être payé, mon frère est mort pour lui.

Elle sembla réfléchir un moment.

- Je ne crois pas que vous allez me donner cinq cents écus pour que je vous foute la paix… Et puis je veux me venger de Nemours et de Sergio. S'il ne revient pas, j'irai, moi, au château. Et puis, s'il revient, qui sait si un jour vous n'aurez pas besoin d'une alliée ignorée de tout le monde ?

Elle écarta sa dague, un fort joli petit stylet effilé. Lann se releva. La volte-face de la fille le laissait perplexe. Elle lui offrait son aide, gracieusement, allant même jusqu'à proposer de trahir son compagnon. C'était tentant. Il faudra être prudent, traître un jour… Nemours en était le criant exemple ! Attendons de savoir déjà si Sergio revient.

- Nous verrons cela, dit-il, je ne dirai rien de nos « ébats » à Sergio, si nous le revoyons. En tout cas, toutes mes félicitations pour votre habileté à l'épée. Accepterez-vous de partager un pichet en bas ? Ce combat m'a desséché le gosier, fit-il, mi-galant, mi-soudard.

- Ce fut avec plaisir, Messire, répondit-elle, tout aussi courtoisement, je vous avais prévenu, il y a beaucoup à apprendre d'une compagne de routier.

Promesse grivoise ou menace voilée ? En s'effaçant devant elle pour sortir de la chambre, Lann se promit de ne pas oublier le conseil.

* * *

Le bruit d'une importante troupe de cavaliers mettant pied à terre devant l'hostellerie leur parvint alors qu'ils finissaient à peine leur premier pichet. La porte claqua contre le mur, faisant sursauter tout le monde (il était à peu près la même heure, l'avant-veille quand les routiers avaient traversé la salle, armés jusqu'aux dents, pour enlever Lann), et Sergio surgit, accompagnant son entrée d'un « Salut la compagnie ! » tonitruant.

Plus grave, une dizaine de cavaliers aux armes du duc de Nemours envahirent la salle à sa suite. Sergio se dirigea vers Lann dans un grand ferraillement d'éperons et de son épée qui entrechoquait tables, bancs et jambes malencontreusement rencontrés sur son chemin.

Paradoxalement, les regards se détournèrent prudemment des intrus. Lann se pensa trahi. Nemours avait révélé la présence d'un émissaire anglais à Comminges. Sa mission, et sa vie sans doute, s'arrêtaient là.

Contre une telle troupe, il n'avait aucune chance. Son dépit lui fit adresser à Sylvia un regard chargé de mépris. Il ne vit sur le visage de la fille que la surprise la plus totale.

Sergio se tourna à demi vers l'aubergiste :
- Servez à boire à mes amis, lança-t-il avec la suffisance de celui qui représente un puissant, Messire de Nemours vous saura gré de votre bon accueil de ses hommes.

Puis il s'assit sans façon face à Lann, repoussant la fille contre le mur.

Retrouvailles tendues. Lann avait fini par penser que la vie serait plus simple sans Sergio, et il se retrouvait avec les deux complices à sa table. Pour l'heure, le couple se faisait la soupe à la grimace. Sergio attaqua sans laisser à sa compagne le temps de lui demander des explications sur sa fuite. Il la regarda d'un drôle d'air et lui reprocha de se mêler de ses affaires en lui jetant au visage tout le mépris qu'il avait pour son manque de confiance. La fille répliqua avec un calme qui étonna Lann qui se souvenait du chat sauvage, bondissant l'épée à la main, qu'il avait affronté quelques minutes plus tôt. Témoin involontaire de la scène de ménage, il attendit qu'ils aient fini, ne sachant s'il devait afficher un visage gêné, patient, exaspéré ou conciliateur. L'échange se poursuivit longtemps. Un peu trop longtemps. Ces deux-là amusaient maintenant la galerie et leurs répliques sonnaient faux. Il était clair que la paix était déjà signée. Lann s'attendait même à les voir partir, bras dessus, bras dessous, pour finaliser sur l'oreiller leur réconciliation et il se tenait prêt à crocher au passage la manche de Sergio. À cinq cents écus la journée, Sergio pouvait tout de même se fendre d'une petite explication !

Ils arrêtèrent enfin leur scène, non sans que leurs mains se perdent sous la table, et Sergio, baissant la voix, se pencha vers Lann :

- Tu vas être content, compain, j'ai de bonnes nouvelles. Mais, tudieu, cet aubergiste de malheur a-t-il décidé de me laisser mourir de soif ? Beugla-t-il, peut-être dois-je aller moi-même percer cette barrique ?

Le tenancier se précipita sous les rires complaisants des buveurs et Sergio reprit son récit. De son côté, Sylvia s'était rencognée à l'autre bout du banc et affichait un air de parfaite indifférence pour ces « histoires d'hommes ». Lann pensa qu'elle jouait cette petite comédie à l'attention de son compagnon, mais la trouva décidément bonne comédienne et plus que jamais énigmatique.

- Avoue que je t'ai fait peur avec ma petite armée, compain ! Tu as cru que je venais t'arrêter. L'incompréhension mêlée au soulagement s'afficha sur le visage de Lann en une grimace renfrognée qui mit en joie le routier.

- Je ne vais pas te faire languir. Je suis en mission pour Messire le duc de Nemours et il craint pour ma sécurité. Il est vrai que là où il m'envoie, les gaillards sont un peu frustes. Il ne faut tout de même pas que l'émissaire du duc de Nemours se retrouve pieds et poings liés sur la branche d'un chêne ! dit-il avec un clin d'œil. Bon, passons sur les détails, Nemours s'est rendu aux arguments de Louis le Onzième que Comminges lui a présenté. Il a renouvelé son serment de fidélité au roi et il a accepté les bons écus de celui-ci pour payer ce qu'il devait aux routiers en échange de leur départ. Apprenant cela, je risque le tout pour le tout, je jette mon habit de moine, et je me propose pour porter la bonne nouvelle à mes compagnons routiers. Et voilà ! Demain je me rends au camp pour les convaincre de quitter la région, payés et contents. Qu'en dis-tu ?

- Je dis que tu changes de camp comme de femme. Tu vas me rendre mes cinq cents écus, Nemours a dû t'offrir bien plus.

- Te voilà fâché. Et déjà prêt à rompre notre belle amitié. Que veux-tu, Nemours a su me convaincre, voilà tout. Tu me dois la vie, cinq cents écus c'est bien peu tout compte fait. Je peux te la reprendre et garder les écus : il me suffit d'appeler le garçon qui commande ces hommes…

Lann ouvrit la bouche pour le traiter de canaille, mais il se ravisa. Au fond, qu'attendre d'autre d'un routier qui avait choisi de vivre de pillage et dont la distraction favorite était le viol et le meurtre ?

- De plus, je te laisse à peine une journée et je te retrouve buvant un godet avec ma compagne. Tu ne perds pas de temps, l'Anglais ! La connaissant, je suis sûr que vous avez pris du bon temps derrière mon dos. Un autre que moi te passerait son épée à travers le corps pour moins que ça, qu'en dis-tu ? Mais je vais être assez occupé les jours qui viennent, Comminges veut que je l'accompagne chez le comte d'Armagnac pour y négocier le même retrait de mes compagnons routiers restés eux aussi autour du comté d'Armagnac. Alors vois-tu, si la fille te plaît, fais-en ce que bon te semble, je suis assez riche maintenant pour m'en offrir quelques autres. Tiens, c'est dit, je te la laisse. Tu verras qu'une fille de routier a bien des talents cachés, finit-il en esquivant la gifle de Sylvia.

- C'est ce qu'elle m'a dit, bougonna Lann, qui voulait tenter une dernière fois de convaincre l'homme.

Mais il n'y parvint pas. Sergio ne sembla pas entendre la plaisanterie et rejoignit les sergents du duc de Nemours, le pichet à la main.

Au matin, Lann ne put que regarder partir la petite troupe en direction du camp de routier.

* * *

Lann passa la journée à réfléchir au moyen de mener sa mission à bien malgré tout. De son côté, Sylvia l'évitait, affichant un visage furieux qui de toute façon invitait plus à la prudence qu'au libertinage.

Pouvait-il encore tenter de faire changer d'avis Nemours ? Il avait fui à l'arrivée de l'envoyé du roi, le duc le croyait sans doute très loin, ayant abandonné l'espoir de le convaincre de participer au débarquement anglais. À moins que Comminges, l'envoyé de Louis XI ne lui ait fait suffisamment peur, ou ne lui ait offert assez, pour qu'il abandonne tout projet de rébellion.

Il passa une nuit agitée, à se battre contre la vermine qui infestait son lit, ne trouvant que peu le sommeil. Sylvia qui partageait son lit, dormait profondément, mais de toute façon il n'éprouvait pas le moindre désir de tendresse avec la compagne, l'ex-compagne plus exactement, du routier qui venait de le rouler dans la farine.

Au matin, l'arrivée d'une troupe nombreuse le jeta à la fenêtre. Ils ne s'arrêtèrent pas. Un peu en retrait, il assista au passage du comte de Comminges avec son entourage et sa nombreuse escorte. Le comte chevauchait derrière les chariots dont l'un transportait probablement l'or du roi destiné à acheter la loyauté du deuxième comploteur, le comte d'Armagnac. Sergio chevauchait au côté de Comminges, fier comme un paon et se donnant des airs de gentilhomme que Lann trouva immédiatement ridicules. En passant, il tourna la tête vers sa fenêtre et Lann aurait juré qu'il lui avait adressé un clin d'œil. Tandis que le convoi s'éloignait dans la poussière du chemin, l'idée de s'emparer de l'or du roi pour faire échouer les tractations avec le comte d'Armagnac le saisit comme une évidence. Il s'habilla à la hâte.

- Où allez-vous, Messire ?

Sylvia était debout derrière lui, un sein juvénile et charmant impudemment exposé par le col ouvert de sa chemise.

- Je dois arrêter Comminges.

- Seul ?

- Si je trouve une bande suffisamment habile, je peux les convaincre de voler le chariot quand ils s'arrêteront pour la nuit.

- Les nouvelles vont vite. Comminges ne sera détroussé que si les routiers l'ont décidé. Croyez-moi, vous ne trouverez personne pour vous aider.

Elle avait raison. Lann se jeta sur le lit tout habillé. Il était fatigué, épuisé même, alors que le jour se levait à peine. Il avait envie d'être au coin d'un bon feu dans son manoir des Cotswolds, à regarder ses chevaux courir dans les prés. Ses collines étaient tout aussi belles que celles du sud de la France. L'envie de tout lâcher, de rentrer tout de suite, le prit si violemment qu'il se leva. Mais le roi ne lui pardonnerait pas cet échec et encore moins la reine qui comptait sur ce fichu débarquement pour faire définitivement basculer Edouard IV dans un nouveau conflit contre Louis XI. S'il abandonnait, il pouvait dire adieu à la confortable pension que lui attribuait le roi. Et sans pension, il ne garderait pas longtemps son manoir.

- Selon vous, que dois-je faire ? s'enquit Lann avec une politesse qui ne cherchait pas à dissimuler l'ironie.

- Tout dépend de ce que vous désirez, répliqua-t-elle sur le même ton.

- Vous le savez fort bien.

- Retournez voir Nemours, maintenant que Comminges est parti.

- S'il a renoncé au complot, il voudra en faire disparaître toute trace. Et moi en premier lieu, ne soyez donc pas stupide !

Une nouvelle cavalcade le ramena à la fenêtre. Il reconnut les livrées des gens d'armes de Nemours. Pourquoi Nemours lançait-il ses hommes à la poursuite de Comminges ? Mais ils s'arrêtèrent devant l'hostellerie.

- Ils sont là pour nous ! jeta-t-il, furieux de ne pas avoir réagi plus vite. Vite, par-derrière !

Ils traversèrent la chambre faisant face à la leur, bousculant un gros marchand mal réveillé, et se jetèrent par la fenêtre. Ils atterrirent sur le toit d'un poulailler qui s'effondra sous leur poids, franchirent en courant l'espace qui les séparait des écuries. Ils étaient sur le point de les atteindre quand un géant surgit en travers de leur chemin. Son poing cueillit Lann à la pointe du menton. Il se demanda pourquoi il se faisait si souvent assommer ces derniers temps. Puis il perdit conscience.

* * *

Lann se réveilla dans un immonde cachot puant et glacial. Il était seul. Qu'était devenue la fille ? Il espéra pour elle qu'elle n'était pas en train de servir de prime pour sa capture aux hommes de Nemours. Il n'eut pas beaucoup de temps pour s'interroger, on devait guetter son réveil, la porte s'ouvrit et un gaillard à peine plus petit que celui qui l'avait assommé vint le prier, courtoisement, de le suivre.

Nemours le reçut dans le petit cabinet où ils s'étaient vus les jours précédents. Nouveau changement de ton. Pendant la première partie de leur entrevue, le duc se moqua de sa fuite avec l'arrogance qui accompagnait bien trop souvent les seigneurs de son rang. Il se disait offensé du manque de confiance de Lann ; il n'avait tout de même pas cru qu'il allait livrer un envoyé de son ami Charles de France à Comminges ! Si ? Je devrais vous en demander réparation, Messire.

Lann attendit que Nemours ait fini sa petite comédie.

- Allez-vous aider l'Angleterre à reprendre la Guyenne, ou trahirez-vous, cette fois, vos amis ducs de Normandie, de Bourgogne et de Bretagne, qui m'envoient vous demander assistance ? questionna-t-il le plus suavement qu'il put. Il commençait à en avoir par-dessus la tête des grands airs de ce gamin de vingt ans son cadet. Nemours eut l'air surpris, puis éclata de rire.

- Soit, jouons cartes sur table. Le roi m'a offert beaucoup, vraiment beaucoup, pour que ces mercenaires quittent le royaume. Il paraît que les fermiers généraux ne récoltent plus la moindre taxe dans la région, tant elle a été saignée à blanc par les routiers. Cet idiot de Louis pense qu'ils restent parce que je ne les ai pas payés. C'est vrai, ils attendent leur solde depuis un an. Mais ce que Louis ne comprend pas, c'est que n'ayant pas un sou vaillant, ils n'ont nulle part où aller. Alors ils restent, pillant les contrées avoisinantes et épargnant mon duché, car ils pensent que si je m'appauvris ils n'auront jamais leur dû ! Mais comme il me plaît d'avoir mille mercenaires affamés de pillages prêts à repartir en guerre, je ne les paie pas. J'attends le moment pour frapper, fit-il en se redressant, gonflé d'orgueil, et ils le savent, ils attendent aussi.

- Et ce moment, s'enquit Lann plein d'espoir, est-il venu ?

- Ce moment viendra lorsqu'on me donnera assez pour les payer.

- Mais, l'argent du roi que vous a porté Comminges ?

- Ha ! J'oubliais que vous aviez discuté avec ce routier qui trahit les siens, il y a deux jours. Oui, je sais aussi cela. L'argent du roi ? Il paie à peine l'arriéré de solde que cette canaille me réclame. Si vous voulez qu'ils marchent sur Bordeaux il va falloir rallonger la sauce, et d'avance cette fois. Et ils sont nombreux : mille ici et autant chez mon cousin d'Armagnac, car il va de soi que je ne marcherai que si le compte d'Armagnac m'accompagne. Voyez-vous, Messire, votre proposition est très insuffisante.

Sergio lui avait dit qu'ils étaient tout au plus cinq cents autour de Carlat. Qu'importe, les négociations avaient commencé. Rouler cet orgueilleux nigaud dans la farine allait être un jeu d'enfant.

* * *

Il avait donné beaucoup, promis encore plus. De l'or, tout ce qu'il pouvait lui donner maintenant et bien plus encore à son retour de Londres, avant le débarquement ; des titres aussi : le duché d'Aquitaine qui, avec celui de Nemours en ferait l'égal des puissants ducs de Bretagne ou de Normandie. Dans sa chambre, pensant à la tâche qui lui restait à accomplir, convaincre le comte d'Armagnac, et plus difficile, annoncer à Edouard que la note serait plus salée que prévue, Lann se sentait tout de même un peu ragaillardi. Il en regrettait même que la jolie petite Sylvia ne soit pas là. Il lui avait pourtant semblé l'apercevoir, franchissant prestement une porte, dans les appartements du duc, alors qu'il les quittait. Tout à sa victoire sur Nemours, qui avait accepté de trahir doublement Louis, d'abord en complotant, ensuite en payant les mercenaires qui allaient se battre contre lui avec son propre argent donné pour qu'ils partent, tout à sa victoire, Lann n'avait pas prêté attention à la jeune femme. Mais maintenant, plus il y pensait, plus il était sûr que c'était elle qu'il avait vue chez Nemours. Et il ne comprenait pas qu'elle ait de nouveau disparu, qu'elle ne l'ait pas rejoint. Il se demandait surtout ce qu'elle y faisait.

* * *

- Nous ne serions pas partis, dit Sylvia.

Ils chevauchaient depuis le matin, alternant galop et pas pour ménager autant leurs montures que leurs dos.

Lann, avait décidé de partir à l'aube pour le château du comte d'Armagnac dans l'espoir d'y arriver avant Comminges.

Sylvia n'était pas reparue et il s'apprêtait à partir sans elle, mais elle l'attendait dans l'écurie, près de son cheval. Évidemment, elle lui avait reproché d'avoir voulu l'abandonner. De son côté, il attendait qu'elle s'explique sur sa présence dans les appartements du duc de Nemours, et

24

c'étaient les premières paroles qu'ils échangeaient depuis qu'ils avaient franchi le pont-levis de Carlat.

Lann, lui jeta un regard vaguement interrogateur.

- Les routiers. Avec ou sans argent du roi, ils vont rester là. C'est pour cela que Nemours ne les a pas payés. Il sait qu'ils n'ont nulle part où aller.

- Intéressant. Mais cette fois, le roi a payé une fortune pour qu'ils s'en aillent. Si Nemours ne les paie pas, ce n'est pas Comminges qu'il va envoyer, c'est une armée. Une armée qui va les défaire et raser Carlat par la même occasion.

- Nemours va les payer. Pour qu'ils restent tranquilles. Ainsi le roi n'entendra plus parler d'eux avant votre petite affaire et les croira partis.

- Comment en es-tu si sûre ?

- Il me l'a promis.

- Promis ? ! À toi !

Elle se renfrogna, et se tut.

- Pardonne-moi. Tu étais chez Nemours hier. Pourquoi ?

- Je voulais être sûre qu'il paie mes anciens compagnons. L'hiver a été rude, et la région est exsangue. Il leur faut aller de plus en plus loin chercher de quoi ne pas mourir de faim.

- Tu ne semblais pas avoir tant de compassion pour eux…

- Il y a des femmes avec eux. Elles mangent ce qui reste. Après les hommes.

- Alors tu t'es invitée dans les appartements du duc de Nemours pour lui dire : « Messire duc, il faut payer mes amis, les catins qui leur servent de paillasse ont faim ! ».

- Comme vous étiez assommé, hier, le duc m'a interrogée. Il ne comprenait pas votre soudain départ et ses gardes lui avaient rapporté votre discussion avec Sergio, à l'auberge. Votre or lui faisait bien envie, mais il se méfiait.

- Je lui ai donné des lettres du duc de Bourgogne, de Charles de France ! Que veut-il de plus ? !

- Peut-être voulait-il seulement mon cul, répliqua-t-elle crûment.

Il l'observa du coin de l'œil. Elle fixait la route avec un air farouche. Ainsi elle avait couché avec Nemours, juste pour le convaincre de donner aux routiers l'argent qu'il leur devait. Elle les avait quittés, elle n'avait nul besoin de faire ça.

- Il va leur donner l'argent du roi. Pour qu'ils ne fassent plus parler d'eux. Et cet été, ils iront se faire tuer où vous le voudrez avec vos écus anglais et la promesse de juteuses pilleries. Voilà ce que je lui ai conseillé.

Lann resta pensif. Peut-être disait-elle la vérité. Peut-être pas. Comment savoir ? Coïncidence ou simple logique, c'était en tout cas exactement ce que Nemours lui avait dit la veille. Aurait-elle été plus habile que lui à convaincre le duc ? Ou s'étaient-ils entendus pour on ne sait quelle fourberie ? Elle était intelligente et n'avait pas froid aux yeux. Dans un cas elle pouvait être une alliée précieuse, dans l'autre un serpent réchauffé dans son sein.

Elle partit au galop. Il se surprit à ne pas chercher à la rattraper et se rendit compte que ses pensées l'avaient fui, remplacées par l'unique contemplation des hanches qui dansaient devant lui et de la longue robe de paysanne qui flottait au-dessus de la croupe du cheval s'éloignant devant lui. « Elle peut bien être un serpent, maugréa-t-il, il suffit de l'empêcher de mordre ». Mais peut-être était-ce déjà fait.

* * *

Comminges traînait avec lui des chariots transportant les tentes pour les bivouacs, et sans doute l'or destiné au comte d'Armagnac. Lann et Sylvia coupèrent par des sentiers escarpés, effrayant de leur galop les volailles de paisibles fermes, ou traversant les ruines parfois encore fumantes d'autres, empuanties de l'odeur des corps massacrés et pourrissants des paysans qui avaient vécu là. Partout, on sentait la proximité des bandes pillant tuant et brûlant tout ce qui pouvait l'être. Ils arrivèrent à Lectoure avec trois jours d'avance sur l'homme de confiance du roi.

Le comte d'Armagnac, âgé de quarante-six ans était un homme fantasque, coléreux et refusant toute entrave à ses désirs. Tout d'abord valeureux capitaine de Charles VII contre les Anglais, il avait ensuite indigné l'Europe entière en entretenant une liaison incestueuse avec sa sœur, en l'épousant grâce à une fausse dispense papale et en lui faisant trois enfants. Contraint à l'exil, il avait été pardonné par Louis XI, avait récupéré ses terres et continuait à fréquenter impunément sa sœur. Comble de l'ingratitude, il s'était mis à comploter allègrement contre le roi.

Lann se demandait comment cet ancien ennemi des Anglais allait le recevoir. Il le fut magnifiquement. Un messager du frère du roi, Charles de France, venait d'avertir de sa proche arrivée. D'Armagnac se sentait lésé par le traité ayant mis fin à la révolte de la Ligue du Bien Public et il avait envie d'en découdre. Il s'exaltait à l'idée de reconquérir la Guyenne. Lorsque Lann lui apprit l'arrivée de Comminges et de l'or du roi, d'Armagnac éclata de rire. Il détestait le comte de Comminges, dont il était voisin et qui ne cessait de le mépriser ouvertement avec ses grands airs outragés.

« Ce parvenu cire les bottes de Louis ! Je suis bien aise que le roi me l'envoie avec 10 000 livres pour que je fasse partir mes routiers. Ils pillent allègrement son comté et le roi ne lui laisse à lui qu'une misérable pension ! La rencontre promet d'être savoureuse, je vais les plumer comme deux chapons bien dodus ! ». Charmant personnage.

Le temps d'un dîner et ils tombèrent d'accord. On procéderait comme à Carlat. Sergio irait négocier avec les routiers pour la forme, car l'Espagnol, c'est ainsi que se faisait appeler le brigand qui avait plus ou moins autorité sur les mercenaires du comte d'Armagnac, vivait plus à la cour du comte que dans les bois avec ses hommes. L'argent du roi serait employé comme à Carlat pour qu'ils se fassent discrets jusqu'à l'été, puis la somme remise par Lann financerait la campagne pour soutenir les Anglais. D'Armagnac s'en frottait les mains de contentement et entrecoupait le gascon rocailleux de ses rodomontades de grands éclats de rire que son épouse tentait d'excuser avec de petits sourires indulgents. La réputation du couple était parvenue jusqu'à Lann : la compagne du comte, outre sa beauté, avait pour principale caractéristique d'être sa sœur. Quelques années plus tôt, on disait alors qu'elle était la plus belle femme du royaume, d'Armagnac en était tombé éperdument amoureux. Il l'avait épousée en usant d'une fausse dispense papale, faisant d'eux des parias contraints à l'exil jusqu'au pardon de Louis XI. On disait le comte terriblement jaloux et surtout très susceptible sur le sujet.

Ils se quittèrent fort contents l'un de l'autre, et décidèrent de finaliser leur accord sitôt Comminges reparti et dûment délesté de l'or du roi. Pour éviter toute rencontre intempestive entre l'espion anglais et l'émissaire royal, le comte mit une jolie demeure de Lectoure à la disposition de Charles Lann et de Sylvia. Ils y vécurent quelques jours tranquilles qui réconcilièrent Lann avec la vie. De sa fenêtre d'où il contemplait les neiges des sommets des Pyrénées, il se délectait des allées et venues de Comminges, tout en se gavant de volailles confites et de vin de Toulouse. Sylvia ne s'était pas fait prier longtemps avant de glisser dans son lit, et quand Sergio était passé pour la première fois sur la place, ses mains étaient justement en train de se réjouir de la douceur de sa peau. À peine eut-elle une imperceptible crispation quand elle vit son ancien amant, à peine un éclair zébra-t-il son regard. Lann s'en inquiéta tout de même, jusqu'à ce qu'elle le rassure en l'enfourchant illico.

Le jour du départ approchait. Les nouvelles du château étaient bonnes, Comminges avait lâché ses livres et le comte avait réussi à contenir sa haine envers son voisin dans une diplomatie hautaine qui ne manquait pas de rappeler à Comminges qu'il n'était que le valet de Louis XI.

Un problème tracassait tout de même Lann. Il allait devoir retourner en Angleterre prévenir son roi de la réussite de leur plan et chercher la somme supplémentaire réclamée par les deux comploteurs. Il n'avait aucune confiance en eux et encore moins en Sergio. Sa rapide ascension, de routier à négociateur de Comminges, ne lui disait rien de bon. Soit il n'était pas ce qu'il prétendait, soit il était bien trop malin pour ne pas être dangereux. Il lui fallait quelqu'un pour le surveiller, surveiller les routiers et maintenir le duc de Nemours dans ses promesses pendant son absence. Sylvia : Qui de mieux placé ? Mais pouvait-il lui faire confiance ?

* * *

Sergio dans les parages, il devait bien finir par se manifester. Un matin, le heurtoir ébranla la porte comme si un taureau furieux cherchait à la défoncer.

Il était encore tôt, mais, ne pouvant sortir de peur de rencontrer Comminges, ils étaient passablement désœuvrés et, n'ayant rien de mieux à faire, ils avaient repris leurs ébats amoureux à peine interrompus par quelques heures de sommeil et un solide petit-déjeuner gascon, une épaisse garbure où nageait plus de lard et de volaille confite que de pain et de chou. L'ennui était peut-être l'excuse que Lann s'octroyait, mais la vérité était qu'il tombait dangereusement sous le charme de Sylvia et qu'il en avait presque oublié le passé de celle-ci chez les routiers. Après tout, il n'était pas un ange non plus.

Sergio bouscula le couple de paysans que le comte d'Armagnac avait aimablement mis à leur service et s'engagea en riant dans l'escalier menant à la chambre. Ils s'arrachèrent l'un de l'autre et se jetèrent sur leurs épées avec un bel ensemble, et c'est ainsi, nus comme deux oies apprêtées pour la broche, qu'ils reçurent leur visiteur.

Sergio était d'humeur joviale. Son rire reprit de plus belle avec toutefois des accents provocateurs qui ne tardèrent pas à agacer messire Lann peu habitué à subir les moqueries d'un soldat de fortune.

- Pouvez-vous nous attendre en bas, le temps que nous passions un vêtement ? grinça-t-il.

- Mais non, mais non, vous êtes très bien ainsi, quoique je préfère la vue de ma jeune amie, répliqua le routier singeant un regard lubrique tout en la caressant impudiquement du regard.

- Si, si, j'insiste, nous vous rejoignons.

Le mercenaire figea son rire et porta la main à son épée :

- Je n'ai pas de temps à perdre et je crois que vous avez plus besoin de moi que moi de vous. Causons ici, vos domestiques n'ont pas à nous entendre, je serais obligé de les tuer avant de partir.

- Tu as beau porter des frusques de gentilhomme depuis que tu fréquentes Comminges, je vois que tu es toujours un écorcheur, fit Sylvia.

- La ferme ! Crois-tu toi-même être devenue autre parce qu'un espion anglais glisse sa queue entre tes cuisses ? Je ne sais ce qui me retient de t'embrocher, c'est pourtant le sort habituel des femmes infidèles chez nous autres.

Sylvia haussa les épaules et s'habilla sans mot dire.

- Dis ce que tu as à dire, alors, jeta Lann, passant au tutoiement pour tout de même marquer sa supériorité.

Comminges venait de repartir, mission accomplie, se remettre sur ses terres des humiliations endurées. Il ne restait plus qu'à donner leurs écus aux mercenaires et, la veille, dînant seul avec Sergio, d'Armagnac avait trop parlé. Le comte, habilement poussé aux confidences et peut-être ayant un peu trop abusé d'un alcool obtenu par distillation de vin blanc qui ne portait pas encore le nom de sa famille, avait révélé la présence de Lann en ville.

- Je me doutais que tu ferais à ce fol incestueux la même offre que celle que tu étais venu faire à Nemours, mais je me demandais bien comment te retrouver, fit Sergio. Finalement, ce fut assez facile. J'ai respectueusement loué la beauté de sa sœur, j'ai envoyé le pape qui l'a excommunié en enfer et nous sommes devenus les meilleurs amis du monde ! Tout s'est bien passé avec Nemours ? Tu ne réponds pas, tu es ici dans ce douillet petit nid d'amour, c'est donc oui. Vois-tu, compain, ce que ces beaux Messieurs ne veulent pas comprendre, c'est que dix mille livres c'est bien peu pour mille soudards. Cent livres chacun ! Une misère. À peine un an de salaire d'un petit boutiquier. Si je n'avais pas un peu écorné ta consigne de garder le silence sur la petite descente sur Bordeaux prévue pour cet été, jamais l'Espagnol qui conduit ces braves gens n'aurait accepté de cesser les rapines jusque-là. Mais rassure-toi, tout va bien.

Lann se laissa tomber sur le lit. Cet imbécile avait parlé. Il y aurait bientôt tant de personnes au courant que cela serait un miracle si le roi ne finissait pas par être averti du débarquement anglais.

- A qui d'autre en avez-vous parlé ? fit-il, songeant cette fois sérieusement à tout abandonner. Il pouvait ramener d'Angleterre à son prochain voyage assez d'or pour s'installer discrètement quelque part en Guyenne. Avec Sylvia. Une vieillesse sans ses chevaux, et sans le luxe de son manoir anglais, mais à l'abri du besoin. C'était la première fois que l'idée de trahir son roi l'effleurait.

- L'Espagnol seulement. Il ne parlera pas. Mais il veut savoir combien paie l'Angleterre à ceux qui meurent pour elle.

Il n'était plus temps de reculer.

- Nous nous sommes accordés avec d'Armagnac sur quatre mille que son banquier lombard habituel lui remettra dans quelques jours. Et je vais rapporter autant d'Angleterre avant notre affaire, deux mille pour l'Espagnol, deux mille pour tes amis au service de Nemours. Mais dis bien à l'Espagnol que s'il me trompe, j'irai lui en demander raison jusqu'en enfer. Même chose pour toi, l'ami, menaça-t-il pour en finir.

Sergio prit son air le plus outragé :

- Regarde, dit-il en posant sur le lit une besace qui fit s'enfoncer le matelas, je porte à l'Espagnol la preuve que l'or du roi existe bel et bien : un premier versement de mille écus d'or. C'est beau non ? Et je n'ai même pas d'escorte, l'Espagnol ne veut pas que l'on sache où ses hommes se cachent. Lui et d'Armagnac me font plus confiance que toi.

- Je crois que tu te soucies surtout de ne pas avoir l'Espagnol et cinq cents routiers à tes trousses. File, et, mordiou, garde ta langue ! Il y a déjà beaucoup trop de gredins au courant.

Quand le routier fut parti, Lann se laissa tomber sur la chaise où il aimait rester à contempler les cimes enneigées des Pyrénées au lointain. Les imprudences succédaient à la malchance et aux décisions hasardeuses. Où tout cela le conduisait-il ? La réussite du plan commençait à tenir à un miracle et il éprouvait un vertige en pensant à la montagne d'or de son roi et des ducs rebelles qui dépendaient de ce miracle. Par sa faute, ou du moins par la malchance tenace qui s'acharnait sur lui.

La voix de Sylvia lui parvint. Il risqua un œil prudent et l'aperçu, à l'angle de la place, en pleine discussion avec son ancien amant.

Il finit de s'habiller et dévala l'escalier. Il fit le tour du pâté de maisons en courant pour s'approcher de l'angle par une ruelle. Il était maintenant appuyé au mur, à un pas de la place, prenant l'air innocent de celui qui attendait on ne sait quoi. Juste de l'autre côté, les deux anciens amants étaient toujours là.

Lann tendit l'oreille. Il se dit qu'il devait ressembler à un amant jaloux espionnant sa compagne. L'était-il ? Peut-être bien un petit peu. Il perdit quelques instants de leur conversation à s'interroger sur son attachement à Sylvia. Il devait bien admettre que, tout à l'heure encore, il songeait à tout lâcher pour vivre une vie ordinaire avec elle. Il soupira. Cette mission prenait des allures de n'importe quoi, le ballottant en tous sens. Un éclat de voix le ramena à la réalité, au milieu de l'agitation de la place du marché de Lectoure.

-… Tu vas nous laisser tranquilles. Je ne veux plus rien avoir à faire avec toi. Il est gentil, lui, il ne me frappe pas. Ce n'est pas un routier paillard et rustaud. Tu as eu ce que tu voulais, laisse-nous maintenant.

Sergio, parlant fort du haut de son cheval, répliqua d'un ton hargneux :

- Te voilà devenue bien stupide, je n'aurais jamais dû te laisser avec lui. Moi, je lui ai pris cinq cents écus, et toi, qu'as-tu ? Rien. Il a fait de toi sa catin et te laissera sans un sou quand il repartira en Angleterre. Que veux-tu qu'il fasse d'une fille à soudard comme toi ? Ce qu'il en faisait tout à l'heure, et rien de plus.

- Va-t'en, tu ne faisais pas mieux ! Et les coups en plus, oui-da ! Va-t'en !

- Je reste encore un peu au château. Réfléchi bien, ta famille c'est nous autres, pas cet Anglais de malheur.

* * *

31

Lann passa le reste de la journée à méditer l'incident.

Au soir, sa résolution était prise. Il avait besoin de Sylvia pour surveiller ce qui se passait à Carlat pendant qu'il retournerait en Angleterre. Nemours pouvait tourner casaque à tout moment, le roi pouvait avoir vent de quelque chose et assiéger le château, Sergio et les routiers étaient une inconnue encore plus complète.

L'échange entre Sylvia et Sergio le matin même, lui montrait clairement où allait la loyauté de la fille. Il fallait qu'elle retourne auprès de Sergio et qu'elle veille au grain.

Lann avait cette fois encore l'impression de jouer sa mission sur un coup de dé, misant sur la loyauté de Sylvia, sur sa vie aussi, car si Sergio avait le moindre soupçon, Sylvia n'y survivrait pas.

Comminges était parti, ils n'avaient plus besoin de se cacher. Un vent tiède s'était levé, chassant la fraîcheur des montagnes, ils descendirent jusqu'aux rives du Gers se promener comme deux amoureux. Charles Lann se sentait tout emprunté pour annoncer à Sylvia qu'il partait et qu'il fallait non seulement qu'elle reste là, mais surtout qu'elle redevienne la femme de routier qu'elle semblait ne plus vouloir être. Il devait bien s'avouer qu'il se sentait coupable. Et peut-être même s'inquiétait-il plus pour elle que pour la mission. Il avait beau se raisonner, se dire que jamais il n'avait mis une mission en péril pour une femme, cette faiblesse nouvelle était là, tapie dans un coin de sa pensée.

Elle lutta bec et ongles : il ne pouvait lui demander ça ! Sergio allait se venger, la tuer, n'avait-il donc aucune pitié ? Ah, Sergio avait donc raison ? Lann la jetait après avoir bien usé de son ventre…

Il lui promit de revenir la chercher à Carlat, sitôt le débarquement anglais effectué.

- Mais nous n'y serons plus à Carlat, puisque tu envoies les routiers se faire tuer pour tes maudits comploteurs ! N'as-tu donc rien compris ?

Il se tendit, pressentant une nouvelle catastrophe. Quel nouveau contretemps ou quelle mauvaise surprise allait-elle encore lui annoncer ?

- C'est Sergio qui commande les routiers de Nemours. Il passe son temps au château, le duc de Nemours aime bien s'encanailler. C'est comme cela qu'il t'a entendu proposer ton or à Nemours…

- Ce n'est pas mon or, c'est celui des ducs qui complotent contre Louis et un peu celui de mon roi…

- Qu'importe ! Il t'a entendu, et quand tu as fui à l'arrivée de Comminges, il lui est venu l'idée de te délester de ton or. Il a manigancé ton enlèvement par les routiers pour mieux t'aider à fuir ensuite et endormir ta méfiance.

- Et m'extorquer cinq cents écus. Je dois reconnaître que c'était bien joué.

- Tu ne comprends toujours rien. C'est tout l'or qu'il voulait. Je devais rester avec toi pour le prévenir quand tu transformerais tes lettres de change en bon or pour le remettre à d'Armagnac.

Lann continua à cheminer, tête basse. Son instinct l'avait bien prévenu.

- Mais ça ne marche pas comme cela ! Les lettres de change des ducs sont aux noms de Nemours et de Jean d'Armagnac, eux seuls peuvent se les faire payer chez leur banquier lombard habituel.

- Sergio a fini par le comprendre, fit-elle. C'est pour ça qu'il a suivi Comminges au lieu de rester à Carlat. Dix mille livres en or dans un chariot sur des routes que ses hommes rapinent depuis un an, c'était vraiment trop tentant ! Il lui était facile de tendre une embuscade avec ses routiers, mais il a espéré réussir un coup de main seul pour ne pas avoir à partager, c'est comme ça que Comminges est arrivé ici sans encombre !

Lann se rembrunit. Il était passé au bord de l'échec définitif de sa mission et il n'avait rien vu de tout ça. Pourtant, plusieurs fois, des sensations qu'il ne parvenait jamais à organiser en menace précise, l'avaient alerté. Comme maintenant. Une petite lanterne s'agitait dans un coin de son esprit, mais sans déboucher sur une pensée cohérente.

- Qu'importe, si tu es avec Sergio et les routiers qui vont marcher sur Bordeaux, nous nous retrouverons d'autant plus vite. Je te le promets, dit-il en lui glissant une bourse bien remplie dans la main : - cache-la bien.

Elle la prit sans un mot, la petite lumière brilla un peu plus fort dans la tête de Lann. Sylvia se jeta dans ses bras avec un pauvre regard malheureux. La lumière s'éteignit.

* * *

Le lendemain, Lann se rendit au château pour remettre au comte d'Armagnac les lettres de change qui allaient lui permettre d'envoyer les

33

routiers à la rencontre des troupes anglaises le moment venu. Par précaution, d'Armagnac n'avertirait les routiers, et les paierait, que quelques jours avant leur départ. Le cabinet d'Edouard IV avait décidé que les mercenaires feraient diversion en partant, sans se priver de pillages et de tapage, quatre jours avant le débarquement. On était le vingt juin, Lann n'avait pas de temps à perdre. Il arracha à Sergio la promesse de ramener Sylvia à Carlat et de se comporter courtoisement avec elle, la nature ferait le reste. Elle n'eut pas beaucoup à feindre pour montrer son ressentiment.

* * *

Tandis que Lann chevauchait vers Bordeaux où un bateau attendait pour le ramener à Londres, Sylvia et Sergio, retournant chez le duc de Nemours, reprenaient leur conversation de la veille où elle en était. Sergio, à l'évidence jaloux, triomphait sur le mode « je te l'avais bien dit, il t'a laissé tomber comme un os sur lequel il n'y a plus rien à ronger » et faisait mine de ne plus vouloir d'elle. Elle, tentait de justifier ses paroles de la veille :

- Je suis sûr qu'il nous écoutait, la fenêtre était proche. J'ai dit que je ne voulais plus te voir pour qu'il me fasse confiance. On a besoin de lui, Sergio, pour quitter les routiers il nous faut son or. Regarde, fit-elle, à bout d'arguments, il m'a donné cinquante écus pour que je sois à Bordeaux quand il reviendra d'Angleterre. Servons-le bien, et il nous donnera bien plus encore.

Sergio eut bien envie de l'estourbir d'une torgnole, de lui arracher la bourse de Lann et de l'abandonner là. Une pensée le traversa soudain : Pourquoi Lann voulait-il que Sylvia l'attende à Bordeaux ? Il fut sur le point de le lui demander, mais il se ravisa. Quel que soit le jeu qu'elle jouait, c'est elle qui avait les cartes en main. Pour le moment il ne pouvait rien faire de mieux que de la laisser mener la danse. Sans la quitter de l'œil.

* * *

- 2 -
Le Roi

Château de Plessis-Lez-Tours, quelques semaines plus tard.

Cela faisait maintenant plusieurs mois qu'un petit noble de la cour de Bretagne était venu avertir le roi de l'échange de lettres entre son frère Charles et le duc de Nemours. Comminges aussitôt dépêché au château du duc était revenu avec des nouvelles rassurantes, Nemours et le comte d'Armagnac avaient renouvelé leurs serments et promis de faire partir leurs mercenaires. Louis avait passé le début de l'été à Chartres au plus près des nouvelles de Bretagne, de Normandie, d'Angleterre. Et les nouvelles reçues hier de Londres étaient mauvaises. Le comte de Warwick était brusquement tombé en disgrâce, supplanté par l'entourage de l'ambitieuse nouvelle épouse du roi Edouard IV. Sans Warwick, l'influence du duc de Bourgogne allait enfler démesurément à la cour d'Angleterre. On parlait de soutien ouvert à la Ligue du Bien Public, de nouvelle invasion anglaise peut-être.

Ce matin, Louis XI s'était réveillé avec une furieuse envie d'action. Il croyait pourtant avoir réussi à amollir les principaux leaders de la Ligue en les couvrant d'or et de titres, mais il lui fallait bien constater que rien n'était acquis. Peut-être avait-il été un peu trop loin en reprenant le duché de Normandie à son frère, le plus médiocre des conjurés de la ligue, au bout de quelques mois ! Tantôt à la cour de Bourgogne, tantôt à celle de Bretagne, Charles de France, le jeune frère en question, intriguait plus que jamais avec ses puissants alliés.

Louis n'aimait pas Paris, y séjournait peu à son hôtel de Tournelles, mais il savait que « qui tient Paris tient la France ». Et le danger était proche : la Bretagne, la Normandie, et surtout le puissant état bourguignon séparé par la Lorraine en deux territoires, Bourgogne et Flandres, que le duc rêvait de réunir, enserraient Paris dans un étau menaçant.

Charles le Téméraire était duc de Bourgogne depuis la mort de son père, il y avait tout juste un mois. Louis savait la haine que lui portait le nouveau maître de la Bourgogne et n'attendait pas de lui la prudence de son père. Pour l'heure le Téméraire était en Flandres, occupé pour quelque temps encore à mater la révolte des Liégeois, Louis XI disposait de quelques semaines pour affaiblir les autres conjurés.

À l'évidence, il devait commencer par écarter la menace que constituait son frère. L'éloigner vers un fief suffisamment prestigieux et riche pour qu'il l'accepte.

La Guyenne lui apparaissait de plus en plus comme la solution. Rattachée au domaine royal après le départ des Anglais, il allait recréer le duché pour que son frère y oublie l'humiliante confiscation de la Normandie.

Le pari était osé. Côté bénéfice, il y avait l'éloignement de la Bourgogne et de la Bretagne. Côté risque, son frère serait plus proche du duc de Nemours et du comte d'Armagnac dont il savait le peu de loyauté. L'échange de messages entre ces deux-là et son frère Charles dont l'avait averti le seigneur de Villeret quelques mois plus tôt était là pour le mettre en garde. Comminges s'était, de ce côté, montré rassurant : les deux traîtres lui avaient comme un seul homme déclaré être prêts à marcher sus à tout débarquement anglais.

Ces promesses de félons, associées aux rapports de ses espions qui faisaient état du départ vers le sud d'une escadre anglaise, et aux mauvaises nouvelles de ses ambassadeurs envoyés négocier à Londres, auraient dû l'alerter. Mais, plus enclin à la diplomatie qu'à la guerre, Louis XI n'y prêta pas attention. Sa préoccupation première était d'éloigner son frère de la cour du trop puissant et trop indépendant duc de Bretagne. Il était l'homme des paris risqués. Donner la Guyenne à son frère en était un.

Il lui fallait prendre lui-même la température de cette lointaine province où il n'était plus retourné depuis un long séjour au début de son règne, savoir si son frère ne trouverait pas là-bas de trop puissants alliés, mettre en place un réseau de fidèles qui sauraient tenir en laisse ce frère trop turbulent.

Le roi avait quarante-quatre ans. Il était laid, monté sur des jambes maigrelettes, le visage ingrat. Mais il était d'une intelligence vive, infatigable travailleur et d'une volonté à toute épreuve. On l'imaginait impitoyable araignée tissant les fils de sa toile depuis sa chancellerie, mais il aimait par-dessus tout voyager à travers son royaume, logeant chez des fidèles, plus souvent des bourgeois que des Grands du Royaume. C'était un excellent cavalier, ne reculant pas à participer aux batailles, à Montlhéry il avait même échappé de peu à la mort, son cheval tué sous lui.

Allons, sa décision était prise. Il y avait là-bas un honnête marchand qu'il allait honorer de sa visite. Un jurat, qui ne se mêlait pas d'intrigue et dont le neveu à demi-anglais s'était, par le passé, fort bien acquitté de deux affaires délicates…

* * *

Deuxième partie

Les disparus de Lesparre

- 1 -
Tel est pris…

Quelques jours plus tard, dans une forêt de la pointe du Médoc

Il en était sûr, ce sentier n'existait pas la dernière fois qu'il s'était aventuré dans ce coin de forêt. La nuit était belle, pourquoi ne pas le suivre un peu, juste pour voir ? Très vite il gravit une dune, étonné de la rencontrer si loin dans les terres. Même la forêt n'arrêtait plus l'avancée du sable à cet endroit pourtant éloigné de l'océan.

Il était beaucoup trop jeune pour le savoir, mais un village entier était enseveli sous ses pieds. Quelques décennies plus tôt le sable avait chassé les résiniers vivant là, bouchant le puits avant de recouvrir le village. Le castelet du petit suzerain de Lesparre qui régnait sur ces quelques demi-sauvages avait été le dernier à disparaître. Oubliée de tous, la petite baronnie était retournée à son état naturel : du sable, des ronciers et quelques pins tordus par le vent.

S'écartant du chemin, il posa ses collets rapidement, détectant sans peine les passages de lapins. Ils avaient l'air de pulluler par ici, loin de tout village, et il souriait dans la pénombre en regardant le sable du sous-bois constellé des témoignages de nombreux passages. Braconnage facile dans un coin de bois éloigné, sans risque de mauvaise rencontre. Sur l'autre versant, un pan de mur attira son attention : les vieilles pierres devaient regorger de terriers, de passages étroits parfaits pour ses pièges.

Il gravit la pente, ses pieds crissant dans le sable frais. Un tronçon de tour émergeait, fantomatique dans la nuit sans lune. Une petite déclivité menait à une étroite fenêtre. La curiosité l'y conduisit, attiré par le mystère d'une ruine dans ce coin.

Il se glissa par l'ouverture. Le sol sur lequel il tomba dans l'obscurité se dérobait sous ses pieds, instable et mouvant comme s'il était sur le tas de fumier derrière leur masure de Soulac. Et puis il y avait l'odeur, âcre et douceâtre, une odeur bien connue à une époque où la moindre ville avait son gibet : L'odeur de la mort. Il toucha une pierre couverte de mousse.

Et hurla.

La pierre moussue était une tête. Une tête couverte de cheveux se détachant en lambeaux et qu'il avait séparée d'un corps pourrissant en la saisissant. Il gémit. Ses doigts, venaient de rencontrer une coquille Saint-Jacques qu'il reconnut immédiatement à sa dimension hors du commun. Un coquillage qu'arborait fièrement un pèlerin quelques mois plus tôt à Soulac. Et ce qu'il avait pris pour de la mousse c'était la longue chevelure, si blonde qu'elle en était presque blanche, du jeune jacquet écossais.

Et il y en avait d'autres. Ossements blanchis et chairs pourries mélangées en un tas obscène. Il n'eut plus qu'une envie, fuir, mettre le plus de distance possible entre lui et cette horreur. Il escalada frénétiquement le tas de sable, s'extirpa de la petite fenêtre en gigotant et dévala la dune comme s'il avait le diable à ses trousses. Il atteignait le bas de la dune toujours courant et s'enfonçait dans des taillis plus épais lorsqu'il trouva face à lui deux sergents de Lesparre. Il les esquiva, plongea sur sa gauche, pile dans les jambes d'un autre soldat, qu'il faucha par réflexe. D'autres arrivèrent dans son dos. Quand il voulut se relever pour reprendre sa course, un formidable coup explosa sous son menton, pulvérisant sa mâchoire.

- Ramassez-moi ça, fit le géant qui les commandait. La vermine de Soulac braconne jusqu'ici, maintenant. Un jour ils viendront pêcher l'alose dans les douves du château.

Il jeta un regard autour de lui, scrutant les ombres du sous-bois traversé par quelques rayons de lune :

- On rentre, ordonna-t-il, et personne n'aurait songé à lui désobéir.

* * *

- 2 -

L'enterrement du pendu

Deux jours plus tard.

C'était une bien trop belle nuit d'été. Insensibles à la douceur de l'air, les deux hommes avançaient en silence, plongés dans de sombres pensées, sur le chemin traversant les marais. Remblayée siècle après siècle, la Levade, le seul chemin menant à la pointe du Médoc, s'élevait un bon mètre au-dessus des vastes marécages d'eau plus ou moins saumâtre qui s'étendaient, depuis les dunes bordant l'océan à l'ouest, jusqu'à la berge de l'estuaire à l'est.

Ils poussaient une petite charrette aux roues garnies de paille pour avancer sans bruit. Ils firent halte peu avant le pont qui marquait l'entrée de la sirie[2] de Lesparre. Les cris sinistres des oiseaux qui pullulaient dans les marais résonnaient partout autour d'eux, mêlés aux croassements de milliers de batraciens et au crissement incessant des insectes. Cela faisait un tintamarre qui leur vrillait les nerfs et ils sursautaient chaque fois qu'un oiseau de nuit hurlait, un peu trop proche. Ils avaient peur. Abandonnant la charrette les deux frères longèrent péniblement le chemin sur le flanc du talus. Ils arrivèrent à un coude, juste avant le pont sur le chenal, frontière naturelle entre les deux domaines. Les voix des sergents lesparrains qui gardaient le pont s'élevèrent plus clairement au dessus du chant des grenouilles. Ils étaient là jour et nuit depuis l'hiver, depuis que les rapports entre Soulac et Lesparre s'étaient sérieusement envenimés.

L'atmosphère sinistre et malfaisante des parages leur tordait les tripes. Les gardes ne manquaient pas une occasion de brutaliser les gens de Soulac, appliquant la stratégie de terreur imaginée par Lesparre, mais les

---

[2]Domaine du sire de Lesparre. Équivalent de seigneurie.

41

deux gibets, de part et d'autre du pont, rendaient l'atmosphère plus lugubre encore. Côté Soulac, la puanteur d'un meurtrier pendu une quinzaine plus tôt qui finissait de pourrir leur parvenait, poussée par le vent, et, de l'autre côté du pont, un autre corps tournoyait lentement sous la potence de Lesparre. Le cœur des deux hommes se serra. Ils n'avaient appris que la veille le sort réservé à leur frère. Avant-hier matin, il n'était pas venu travailler dans les marais salants et hier, le capitaine de Lesparre, accompagné d'une solide escorte de sergents, avait lu sur la place de Soulac l'avis qui annonçait sa pendaison, pour braconnage sur les terres de Lesparre. Il était bien là, pitoyable marionnette. Les deux gardes assis sur le parapet de pierre du pont parlaient et riaient fort, peut-être pour exorciser la présence des pendus de chaque côté du pont. Après s'être longuement assurés que les sergents étaient seuls, les jumeaux sortirent leurs frondes. Ils étaient d'une habileté diabolique, capables de foudroyer un lièvre en pleine vitesse. Deux galets rejoignirent leurs logements au creux des armes de cuir. Il y eut un unique sifflement tandis que les frondes tournoyaient et que les pierres prenaient leur envol vers les deux hommes. Inéluctablement, ils s'abattirent sans un cri, le nez dans la poussière du chemin, assommés, morts peut-être.

L'irréparable était accompli, ils s'y étaient préparés tout au long du jour, les conséquences seraient à n'en pas douter terribles, mais ce qui devait être fait allait l'être.

Ils se regardèrent, tremblants. Les ravages de la guerre de Cent Ans, à peine quinze ans plus tôt, n'avaient pas épargné le Médoc. Pourtant, ils avaient survécu. Survécu aux Anglais débarquant à Soulac pour libérer Bordeaux, survécu à leur retour pour rembarquer à la hâte après la défaite de Castillon, survécu même au régiment écossais de Charles VII, le roi de France d'alors, lancé à leur poursuite et prétextant la supposée "sympathie pour l'Anglais" des Médocains pour brûler, rapiner, violer et ne laisser derrière eux que la mort et le chagrin. Les survivants étaient ressortis de la forêt comme des spectres hagards pour reconstruire leurs chaumières et enterrer leurs morts.

Une décennie plus tard, c'est ce qu'ils faisaient encore, la colère grondant en eux comme un orage qui vient. Leur frère ne méritait pas que sa dépouille tournoyante soit déchirée jour après jour par les becs des pies et des corbeaux. Alors, qu'importaient les conséquences, ils venaient abattre les fourches infamantes et récupérer son corps pour le porter en terre consacrée, près des siens, dans le petit cimetière de Notre Dame de Soulac.

- Allons-y, fit l'un.

Ils s'approchèrent du gibet de Lesparre. Après avoir entravé les deux soldats inertes, ils abattirent le gibet. En guise de salut fraternel, ils se signèrent devant le corps allongé sur le sol poussiéreux. Ils le couchèrent doucement dans la charrette et, le souffle rauque, repartirent vers leur village.

* * *

Le jour commençait à poindre quand ils arrivèrent au petit cimetière niché à l'ombre bienveillante de la chapelle du prieuré. Épuisés d'avoir poussé la charrette dans le sable du chemin durant les six lieues qui séparaient Lesparre de Soulac, ils ne songeaient pas une seconde aux conséquences de leur acte. Pas une pensée pour les deux soldats qui gisaient sous les fourches de Lesparre, pas un mot sur le destin qui les attendait, eux, maintenant.

Ils creusèrent une profonde fosse dans un espace libre au milieu des modestes sépultures. Le sol envahi depuis quelque temps par les sables qui menaçaient le village leur permettait de ne pas troubler le sommeil du prieur et des quatre moines qui dormaient dans un petit bâtiment collé à la basilique.

Ils n'échangèrent pas trois mots, concentrés sur leur tâche, glacés par l'immense tristesse de cet enterrement à la sauvette qui honorait bien peu la mémoire de leur frère. Là, le silence de l'éternité semblait avoir gagné le monde. Quand ils l'eurent déposé au fond, allongé sur le sable froid qui déjà croulait sur lui, ils se recueillirent un long moment, espérant par leur ferveur remplacer à eux seuls tous ceux qui auraient dû être là pour les accompagner.

- Va chercher le curé, Jean, il est temps, chuchota l'un d'eux.

Jean revint un instant plus tard, en compagnie du clerc tremblant de peur, sombre silhouette sans visage sous son capuchon soigneusement abaissé.

Que lui avaient-ils promis, l'avaient-ils menacé ? Le religieux s'approcha du bout de la tombe, ses sandales crissant dans le sable. Dans un murmure, il récita bien vite la prière des morts. Quand il eut fini, les jumeaux se redressèrent imperceptiblement, leur frère pouvait maintenant reposer en paix et, ils l'espéraient, être accueilli équitablement par le Tout-Puissant.

Tandis que le religieux s'enfuyait, ils comblèrent la fosse, plantèrent à sa tête une croix de bois flotté ramassé l'après-midi sur la plage et répandirent sur le sable des feuilles mortes et des aiguilles de pin pour que le prieur ne la remarque pas si, par hasard, ses pas le menaient jusque-là.

Un dernier regard, la tombe semblait avoir été là de tout temps, l'existence dérisoire de leur frère s'était dissoute dans le néant. Une dernière prière, un dernier adieu et ils se fondirent dans l'obscurité à pas lourds.

Maintenant, le temps était venu de songer à sauver leurs propres peaux.

* * *

Soulac, à l'embouchure de la Gironde, le lendemain

Tierce venait de sonner. En cette mi-juillet, le jour était levé depuis longtemps et Soulac était quasi désert. Hommes et femmes étaient au labeur dans les marais salants, tandis que les enfants, de leur côté, surveillaient chèvres et moutons dans les bois ou dans les maigres pacages gagnés par l'été sur les marécages.

Quelques jacquets[3] faisant étape pour vénérer sur leur chemin la Vierge et sainte Véronique, les saintes patronnes de la basilique de Soulac, traînaient, un peu désœuvrés, aux abords de Notre Dame de la Fin des Terres, ou prenaient le soleil, assis sur quelque muret pour se remettre de la traversée, la besace à l'épaule, le bâton de pèlerin à la main, prêts à se remettre en chemin sur l'heure.

Tout était calme, paix et douceur de vivre sous le soleil matinal.

Il y eut d'abord comme un grondement lointain, qui leur fit lever la tête, surpris. Puis, au bout du chemin, une troupe impressionnante apparut, menée par un cavalier d'une taille hors normes, juché sur un cheval aussi gigantesque que lui, effrayant avec son plastron de cuir rouge sang et son casque de fer étincelant au soleil. Pour les quelques vieillards de Soulac qui

---

[3]Jacquet : Pélerins de Saint Jacques de Compostelle.

étaient restés au village et qui ne le connaissaient, hélas, que trop bien, c'était une détestation, l'image même de la cruauté. Pour les pèlerins le voyant pour la première fois, le capitaine de la sirie de Lesparre était une terrifiante apparition. Et la violence se déchaîna. Les gens d'armes s'attaquèrent aux premières chaumières, au bout de la rue. Ils entraient, défonçant portes et fenêtres, rapinaient tout ce qui pouvait l'être, chargeaient leurs charrettes des maigres biens trouvés et passaient au foyer suivant. Villageois et pèlerins, d'abord figés par la surprise, refluèrent d'un coup vers la basilique dans une bousculade désordonnée et un tumulte de hurlements terrifiés. Ils s'agglutinèrent au pied de l'autel, cherchant protection du Christ émacié sur sa grande croix de bois, écoutant en tremblant se rapprocher les échos de la mise à sac méthodique du village.

Le silence se fit.

Ils avaient tous le visage tourné vers le lourd portail repoussé derrière eux, seule une vieille femme agenouillée au pied de la croix priait d'une forte voix en tournant le dos au danger.

Rien.

Tous frissonnèrent quand le cheval du capitaine lesparrain poussa un formidable hennissement, tout proche. Ils étaient toujours là.

* * *

Le prieur était hors de lui. Deux hommes en armes venaient de l'arracher au seul moment de paix qu'il s'octroyait quotidiennement dans son jardinet de plantes médicinales et aromatiques et l'avaient traîné sur la place devant sa chapelle pour le faire comparaître comme un vulgaire criminel devant le capitaine qui le toisait du haut de sa monture.

- Quittez immédiatement ce village ! Le parlement de Bordeaux aura à juger de vos actes ! Ce pillage va s'ajouter aux griefs dont le Vicaire général de Sainte-Croix va vous faire rendre compte !

- Le jugement n'est pas près d'être rendu, mon Seigneur, fit le géant en appuyant ironiquement sur le « Mon Seigneur », bien malin qui pourra confirmer vos prétentions sur les terres de ma maîtresse ! Vos Actes ont trois siècles et, avec ce sable qui avance tant ces dernières années, ces beaux Messieurs du parlement ont de quoi plaider des années !

- Toute la pointe est mon fief, depuis le pont de Talais !

- Et nous, à Lesparre, on dit que votre fief se réduit aux quatre croix

45

qui bornent ce village !

- Où vous n'avez donc rien à faire ! Partez avant que je ne vous excommunie, tous autant que vous êtes !

- Mais nous sommes là pour une tout autre raison, trancha le géant du haut de son cheval, vous le savez bien, Messire. Allons, n'essayez pas de nous effrayer avec vos menaces. Où sont-ils ?

Le prieur fronça les sourcils, surpris, mais se ressaisit vite :

- Que voulez-vous encore ? Cela ne vous a pas suffi de pendre ce pauvre garçon, hier ? Croyez-vous que ce village n'a pas assez souffert comme cela ? fit-il en se signant.

- Ne vous faites pas plus miséricordieux que vous ne l'êtes, prieur, vous avez fait brûler trois femmes de votre propre village il n'y a pas un mois, les accusant de sorcellerie… Le "brave" garçon que j'ai pendu (il accompagna cet aveu d'un petit sourire satisfait) braconnait sur nos terres, il n'a eu que ce qu'il méritait. Mais c'est bien pire qui me contraint à cette petite visite : Cette nuit, il a été décroché du gibet, celui-ci abattu…

Si ce n'était pas une nouvelle manœuvre tordue de la dame de Lesparre, l'acte était grave, abattre un gibet était braver un symbole d'autorité inviolable. Le prieur commença à transpirer et à perdre de sa superbe, à bout d'arguments.

- Partez ! Ne sut-il que répéter, j'enquêterai et si ce que vous dites est vrai…

- Je n'ai pas fini ! hurla le capitaine. Pour commettre leur forfait, vos gens ont si bellement assommé les deux gardes du pont de Tallais qu'ils sont depuis comme deux idiots. J'étais parent de l'un d'eux ! Je vais vous faire payer le prix fort pour cela, priez pour que la dame de Lesparre ne me lâche pas sur ce maudit village de, de…

La fureur l'étouffait et le prieur se mit à craindre que Gombaud n'en oublie les limites raisonnables de son expédition punitive. Aussi répondit-il un peu trop vite :

- Nous allons enquêter, vous livrer les coupables, vous savez que je ne souffre pas de meurtriers à Soulac…

- Avant la fin du mois, prieur, ceux-là feront à leur tour de bien beaux pantins au gibet du pont de Tallais sous les rayons de la pleine lune, sinon…

Il tourna bride sur cette menace et la petite troupe s'en fut, poussant ses lourds chariots de butin, laissant Soulac une nouvelle fois dévasté.

- Nous nous en tirons à bon compte maugréa le prieur, ils auraient pu tout brûler…

Il regarda ses villageois arriver par petits groupes, ayant quitté leur labeur pour mesurer la nouvelle calamité qui s'abattait sur eux, ou sortant avec circonspection de la basilique. Il soupira. Le Seigneur, et l'abbé de Sainte-Croix, lui avaient confié une bien ingrate charge en lui donnant ce village à administrer.

* * *

- Messire Russ. Où étiez-vous donc passé pendant que Lesparre pillait notre village ?

L'entrée en matière du prieur prit Thomas au dépourvu. Pendant la mise à sac du village il était sur la plage, tentant d'apaiser son âme tourmentée dans la contemplation de l'océan et la lecture d'une petite bible que lui avait offerte son oncle avant son départ. Il venait tout juste d'apprendre, et de constater, le malheur qui s'était abattu sur Soulac.

- Je ne savais pas… Qu'aurais-je pu faire contre une telle invasion ? bredouilla-t-il.

- Ces soudards auraient pu s'en prendre à moi…

- Suis-je donc devenu votre garde du corps ?

Thomas se ressaisit et sentit monter en lui une fureur qu'il contint à grand-peine.

- Ne me parlez pas sur ce ton, Thomas, le Vicaire général de Sainte-Croix vous a permis de vous retirer un temps parmi nous, mais vous n'êtes par le fait ni plus ni moins qu'un novice pour moi et donc entièrement soumis à mon autorité, ne l'oubliez pas. Ici, chacun a sa tâche et il serait temps que vous vous décidiez à en faire de même.

- Je pensais trouver ici un lieu de paix et de recueillement, un asile loin de l'agitation du siècle…

- Et ? Continuez, Thomas, envisageriez-vous de critiquer mon administration de ce Saint Lieu ?

- J'avoue que, entouré de pendaisons, de hurlements de pauvres femmes sur le bûcher et de querelles de voisinage, j'ai peine à élever mon âme vers Dieu, persifla Thomas.

- Si je n'avais pas besoin de vos "talents", je vous demanderais de

47

quitter Soulac sur l'heure, répondit froidement le prieur. J'ai promis à Lesparre de leur livrer les auteurs du crime qui vient d'être commis au pont de Talais. Vous allez me les débusquer, où qu'ils se cachent.

- Lesparre va les pendre…

-… Et ce ne sera que justice. Croyez-vous que je puisse laisser ces manants livrer leur propre guerre contre la seigneurie voisine ? Si je n'ai pas de coupables à lui livrer, Gombaud reviendra et cette fois Soulac ne s'en remettra pas.

- Le roi a placé une petite garnison au Verdon pour surveiller l'estuaire…

- Ils ont ordre de ne pas intervenir dans le différend qui nous oppose. Le parlement est saisi, il faut attendre le jugement.

- Je me suis précisément retiré ici pour ne plus avoir à répondre devant Dieu de la mort et du malheur de mes semblables.

- Je vous en absous par avance, mon fils, ricana le prieur, la tâche que m'a donnée Dieu est de tenir ce prieuré en état d'accueillir les pèlerins venus adorer la Vierge et se recueillir sur le tombeau de la très sainte Véronique dans notre basilique. Je m'en acquitte, faites de même.

"Avec les offrandes des pèlerins et les revenus du sel et des pêcheries, tu es surtout là pour garnir d'écus ta bourse et celle de l'abbé de Sainte-Croix, mon bonhomme, et nous le savons fort bien tous les deux" pensa Thomas, mais il se tut.

- J'ai droit de haute, moyenne et basse justice sur ce fief des Bénédictins de Sainte-Croix, Messire Russ. J'y pends, condamne au bûcher et emprisonne tout ce qui menace la paix et la sûreté de ce sanctuaire. Je dois livrer des coupables à la dame de Lesparre avant la pleine lune et j'ai quelques serviteurs au prieuré qui sauront bien faire avouer ce forfait aux trois ou quatre fortes têtes que je sais en être capable, s'emporta le prieur, alors faites vite !

- Vous tortureriez et feriez pendre des innocents ? Quel Dieu servez-vous donc ?

- Thomas, j'ai assez entendu vos blasphèmes ! Je vous donne trois jours pour m'amener les coupables. Allez, maintenant !

Les yeux étincelants de rage, Thomas contempla un instant le dos du prieur qui s'éloignait. Puis il prit conscience des regards des villageois qui avaient suivi de loin leur altercation.

Incapable de les rassurer, honteux d'être ainsi désigné pour alourdir encore un peu plus leur infortune, il s'éloigna vivement vers les dunes.

Quand il disparut entre les pins, un pèlerin avec une bien ample pelisse pour un si beau jour d'été lui emboîta le pas.

* * *

Assis sur un muret, vestige de l'Abbaye Saint-Nicolas de Grave que les premiers Bénédictins avaient construite sur la dune entre Soulac et le Pas de Grave quelques siècles plus tôt, Thomas, aussi immobile que les tristes ruines qui l'entouraient, fixait l'océan. Comme il était tentant de fouler une dernière fois le sable et de s'avancer dans le courant du fleuve qui s'engouffrait dans la passe sud ! Il aurait tôt fait d'être emporté au large et l'immensité éteindrait en un instant l'enfer qui le consumait. Il n'avait confié à ses proches que son désir de se retirer, moine peut-être, pour échapper à un monde qu'il reniait. Ce qu'il ressentait en réalité était beaucoup plus violent. Les combats que lui imposait l'existence lui étaient devenus un fardeau intolérable. Depuis leur retour du Pays de Galles le roi avait tenté par deux fois de les mêler à la lutte sans merci qu'il livrait contre la Ligue du Bien Public. Les deux affaires s'étaient miraculeusement résolues sans leur intervention, mais le rejet qu'il éprouvait de toute emprise du roi sur sa vie était si violent et lui causait une angoisse si douloureuse que Paula ne le comprenait plus et avait même un peu peur de lui. Il n'en avait été que plus désespéré et, à ce moment de son existence, s'il avait dû se définir, il se serait comparé à une ville assiégée dont les remparts s'écroulent les uns après les autres et qui ne sait vers qui se tourner pour trouver de l'aide. Mais, en finir, c'était aussi abandonner à une mort certaine ceux dont le seul crime avait été de ne pas vouloir laisser leur proche pourrir sur un gibet. Il était prêt à se présenter devant le Créateur chargé du péché de sa propre mort, mais il ne pouvait pas laisser seuls ces pauvres gens face à un tyran indifférent à leur malheur… Allons, il fallait bien mener ce dernier combat et s'il en était un en lequel il croyait encore un peu, c'était bien celui contre l'injustice. Il s'accorda quelque temps pour ressasser sa fureur contre le prieur, contre l'acte imbécile des paysans aux conséquences si prévisibles, contre Lesparre et sa voracité à accroître son domaine, contre Dieu même qui s'acharnait à le mêler à des affaires qu'il aurait volontiers évitées, puis, apaisé, il parvint à envisager

49

un peu plus froidement la nouvelle épreuve qui s'abattait sur lui. Il n'était pas question que des pauvres gens soient pendus sans qu'il ne tente tout pour l'éviter. Mais que faire ? Sa colère lui fit envisager en premier lieu la violence : se débarrasser du prieur d'abord, de Lesparre ensuite ? "Ce sont ces deux-là qui mériteraient d'être pendus, mais un bain de sang s'ensuivrait... Il me faut sauver ces deux ou trois vies, pas en faire périr des dizaines d'autres !" Il secoua la tête. Dieu se chargerait de leur punition quand ils seraient amenés à comparaître devant lui. Il se sentait si impuissant et désespéré qu'à cet instant, il aurait volontiers offert sa propre vie, s'il avait été sûr qu'elle suffise à apaiser le courroux de la dame de Lesparre.

Devant lui, la tour de Cordouan se dressait non loin du rivage de la pointe du Médoc.

Apaisé par le crissement soyeux du ressac qui léchait le sable de la plage, il se résigna à quitter une fois encore, une dernière fois espérait-il, le calme qu'il était venu chercher là, pour affronter de nouveau l'existence. C'était une décision d'une terrible violence pour lui. Les mesquineries, le besoin de posséder toujours plus, l'appétit insatiable et si humain de détenir un pouvoir, si dérisoire soit-il, sur ses semblables, lui semblaient si pathétiques et incompréhensibles qu'il avait peine à les combattre. Il contempla avec envie la tour de Cordouan sur son îlot rocheux. La marée était basse et une bonne lieue de sable la reliait à la côte, seul un chenal parcouru par un fort courant qui s'inversait avec les marées, l'isolait de la pointe du Médoc. Un ermite entretenait un feu au sommet pour guider les navires passant l'estuaire de nuit ou les jours de brume. Une tâche simple, un lieu paradisiaque aux beaux jours, confronté à la puissance divine les jours de tempêtes et toute la solitude à laquelle il aspirait pour prier et méditer.

"Aymon est un des plus respectés jurats[4] de Bordeaux, il doit pouvoir me dire ce que le parlement pense des prétentions de Lesparre et s'il y a moyen d'obtenir la grâce de ces imbéciles. Il me faut lui faire

---

[4]Bordeaux était une commune ayant su préserver une certaine autonomie. La compétence de police relevait de la Jurade, une douzaine de "conseillers municipaux" élus annuellement et sous l'autorité d'un maire nommé par le roi depuis la défaite des Anglais. Le roi avait établi des parlements dans les grandes villes pour représenter, en appel des juridictions communales ou seigneuriales, sa justice.

parvenir un message au plus vite. En attendant sa réponse, je dois les mettre en sécurité. Ce qui veut dire commencer par découvrir qui ils sont et où ils se cachent..." pensa-t-il en ponctuant ses réflexions d'un soupir résigné.

* * *

Allongé dans un creux de sable, dissimulé par les oyats, l'homme le contemplait, perplexe. Il avait tout entendu de la conversation entre Thomas et le prieur. Quelque chose lui disait que ce moine un peu trop athlétique n'allait pas livrer les fugitifs comme le prieur le lui avait ordonné.

Laissé discrètement au village par Gombaud le matin même, le jeune sergent de Lesparre avait pris très à cœur sa mission. Déguisé en pèlerin, laissant ses oreilles traîner de-ci de-là, il avait eu tôt fait de savoir qui ils étaient et de découvrir qu'ils avaient repris leur labeur comme si de rien n'était. Gombaud allait être content. Si ce curieux moine ne venait pas tout faire échouer. Il décida de le suivre encore un peu avant de rentrer à Lesparre.

* * *

Thomas regagna le petit prieuré niché contre la basilique. La cellule qu'il occupait ne comportant qu'un lit étroit et un coffre, il s'installa pour écrire à son oncle dans le scriptorium donnant sur la galerie du petit cloître. Le moine chargé de l'administration de Soulac y travaillait à la comptabilité. Le pauvre homme, déjà bien avancé en âge, peinait de plus en plus à sa tâche, alignant du soir au matin des colonnes de chiffres sur les livres de compte du prieuré. Avec ses salines, ses pêcheries en bord de fleuve et les dons des pèlerins, Soulac était d'un confortable rapport pour le prieur, et le Cardinal Pierre VII de Foix, abbé de Sainte-Croix, en contrôlait attentivement les revenus afin que pas un écu de la dîme versée par le prieur ne soit oublié.

La guerre et la peste noire qui sévissaient régulièrement avaient décimé aussi bien la population de Soulac que l'effectif du prieuré. En sus de l'ermite cloîtré dans la tour de Cordouan, le vénérable moine n'avait

51

plus que deux compagnons ; l'un était chargé de percevoir les revenus de Soulac et des pèlerins de passage, l'autre occupait les fonctions de cellérier et régissait tout ce qui concernait la vie matérielle de la petite abbaye. C'était peu pour partager les exigences du prieur, personnage de fer, coléreux, plus prompt à condamner au bûcher et à la pendaison, qu'à la bienveillance et au pardon. Le prieuré avait en outre quatre serviteurs Soulacais, en principe pour débarrasser les clercs des contingences du quotidien, en réalité occupés par le prieur à lutter contre la ruine qui menaçait des bâtiments depuis trop longtemps privés de travaux d'entretien sérieux. L'avancée inexorable de la dune, dont plus rien ne semblait pouvoir arrêter la progression, était en fait devenue leur unique et dérisoire occupation.

Pour finir, un prévôt laïc et deux sergents faisaient régner l'ordre, plus souvent troublé par les querelles avec les habitants des fiefs et seigneuries voisines que par les pèlerins ou les villageois.

Les comptes semblaient désespérer le pauvre moine. Il poussait force soupirs, s'arrachait les cheveux et semblait noyé dans une pile de parchemins éparpillés sur une longue table de bois. Plus pâle qu'à l'ordinaire, il vacillait sur son tabouret.

- Tout va bien ? s'enquit Thomas avec sollicitude.

- Le prieur veut pour ce soir la liste complète des dîmes et autres dus que la seigneurie de Lesparre nous verse pour les salines, moulins et toutes possessions qu'elle a dans le fief du prieuré, se lamenta le vieil homme. En en cherchant la liste j'ai découvert ces manuscrits, serrés ensemble dans cette vieille reliure : regarde Thomas, personne n'a pris la peine d'inscrire quoi que ce soit sur la tranche ! C'est d'ailleurs ce qui a guidé ma curiosité, dit-il avec un large et enfantin sourire satisfait. Ce manuscrit, c'est une très ancienne transaction entre Lesparre et nous, fit-il en se rembrunissant, je n'en ai pas trouvé de plus récente et à moins que Lesparre n'en possède une, c'est elle qui fait loi. J'ai passé la matinée à contrôler nos revenus : Lesparre paie chaque année les dîmes sur le sel et les moulins des terres qu'il nous loue, mais le reste est bel et bien tombé dans l'oubli… Pour ma part, je n'ai pas souvenir de les avoir un jour perçues, même à mon arrivée ici alors que les Anglais tenaient encore Lesparre ! Le prieur va pourtant m'accuser de négligence, c'est sûr…

- Montrez-moi cela, frère Anselme… "Donation de 1195 entre Soulac et Aiquelm Guillem, seigneur de Lesparre", Thomas parcourut difficilement le parchemin pâli par les ans. La liste des dîmes consenties par Lesparre était longue. Le pauvre moine allait avoir du mal à vérifier saline après saline, moulin ou four un par un, pour démêler lesquels appartenaient encore à Lesparre et si les dîmes étaient effectivement versées ! D'autant que le paysage était en perpétuel changement par ici : la côte atlantique s'était rapprochée du village de plus d'une lieue si l'on en croyait les anciens, celle côté estuaire s'éloignait au contraire, s'envasant au point que le port ou accostaient jadis les pèlerins était maintenant abandonné. Pour finir, les sables maritimes levaient une dune qui ensevelissait tout sous son passage, dans une progression inexorable vers l'est.

- Le prieur va y trouver de quoi alimenter sa rancune envers Lesparre, fit Thomas. "Le susdit Aiquelm Guillem, Seigneur de Lesparre s'engage à fournir chaque année, pour dîme, entre la fête de Saint André et l'octave de Saint Hilaire, vingt-quatre lapins de sa chasse avec leurs peaux et leur viande", Ils vous les donnent toujours?

- Pas plus que le bois pour nos fours que cette charte dit pourtant nous être dû…

Thomas resta un instant songeur, parcourant distraitement du regard le fouillis éparpillé sur la table. Ce vieux parchemin pouvait-il lui être d'une quelconque utilité pour sauver les Soulacais recherchés ? Il en doutait. Il faudrait un moyen de pression beaucoup plus puissant pour séduire le prieur ou dissuader Lesparre.

- Frère Anselme, c'est bien la veuve d'Amanieu d'Albret d'Orval qui est Seigneur de Lesparre ?

- Isabeau de La Tour, Thomas, on l'appelle la dame de Lesparre, mais elle n'est Seigneur de Lesparre, on dit par ici Sire de Lesparre, qu'en qualité de tutrice de ses enfants, Jean et Gabriel d'Albret ; le roi lui a octroyé des lettres de délai en attendant que l'héritier lui rende hommage à sa majorité.

- Quel genre de femme est cette Isabeau ? Je veux dire, elle vient de faire pendre un pauvre bougre pour quelques lapins braconnés, précisa-t-il devant l'air dubitatif du vieux moine.

Frère Anselme resta silencieux, observant Thomas avant de se décider à avancer prudemment :

- Je ne la connais que par ce qu'en racontent les villageois… Mais Thomas, si je puis me permettre, pourquoi cet intérêt, je croyais…

- Rassurez-vous, frère Anselme, je désire toujours m'éloigner des choses de ce monde, mais le prieur m'a chargé d'une tâche, dont je me dispenserais volontiers, mais à laquelle je ne peux me soustraire…

- C'est que, cette femme… Il se lança soudain, les mots jaillissant cette fois en un flot désordonné, tandis qu'il jetait des regards inquiets vers la porte : Isabeau de la Tour d'Auvergne. Elle doit avoir quarante ans peut-être. Le comte de Lesparre est mort cinq ou six ans après leurs épousailles, cela fait, voyons, quatre ans, oui, quatre ans, c'est cela. Une forte femme qui ferait tout pour garder Lesparre à ses enfants. Oui, tout.

- Que voulez-vous dire, frère Anselme ? Ce pendu ne menaçait guère l'héritage des comtes d'Albret !

- Oh, je ne parle pas de ce pauvre bougre ! On dit que ce capitaine qui vient de piller Soulac prend très à cœur la défense de sa dame.

- Ils sont amants ?

- Quand je ne sais pas, je me tais, fit le vieux moine, mais il était clair qu'il n'en pensait pas moins. Je dis qu'Isabeau a fait de ce garçon un si ardent zélote qu'on pourrait croire que la sirie est sienne. Toujours est-il qu'il prétend que la juridiction de Soulac s'arrête aux quatre croix qui bornent le village.

- Mais en découvrant cette charte, vous venez de prouver le contraire…

- Ce n'est pas ainsi que tu sauveras ceux qui ont dépendu le condamné de Lesparre, Thomas. Même si tu parviens à prouver que Gombaud l'a pris sur des terres sur lesquelles Lesparre n'avait aucun droit, c'est une autre histoire d'attaquer ses gardes et abattre le gibet de Lesparre !

- Ce Gombaud n'en fait donc qu'à sa guise ?

- Il est vrai qu'entre lui et sa maîtresse on ne sait plus qui est le plus acharné contre Soulac. Ce matin, il a exigé du prieur qu'il lui livre les coupables, de son propre chef ou envoyé par la dame de Lesparre, peu importe. Sois assuré qu'en ce moment même Gombaud prépare ses chiens et ses traqueurs pour la nuit prochaine. Et qu'il s'en délecte à l'avance.

- La nuit ?

- Il y a un temps pour tout. Aujourd'hui il est venu effrayer ses proies. Elles savent maintenant qu'elles seront prises en chasse cette nuit. Gombaud aime traquer ses victimes la nuit, ne me demande pas pourquoi.

Thomas se prit la tête entre les mains, écrasé par ce nouveau problème.

- Je comptais bien les mettre en sûreté, mais je n'imaginais pas que le temps m'était compté à ce point. Comment les découvrir si vite ?

Le vieux moine adressa à Thomas un regard plein de sollicitude :

- Ton âme est bien lourde, Thomas, et tu crois ne pouvoir la charger plus, c'est cela ? Je ne sais ce qui te pèse tant, mais nous savons tous deux que ces gens n'ont plus que toi… Pose donc là ton surplus, le temps de les aider, n'aie crainte il t'attendra ! Tout ce que tu risques d'y gagner, c'est de découvrir le secret que le créateur a logé en toi, comme il en a logé un au fond de chacun de nous.

- Ou un peu plus de lassitude si j'échoue…

- Tu auras essayé, ils n'ont déjà plus rien à perdre. Bon ! Je crois pouvoir t'aider à les trouver, fit-il en jetant un œil sur le cloître par la petite fenêtre qui dispensait une lumière chiche dans la petite pièce. Pourquoi, selon toi, aurait-on dépendu ce pauvre braconnier ?

Thomas fit une moue avouant son impuissance.

- Il va te falloir y mettre un peu plus de détermination. Voyons, oublie ta mélancolie, le temps est à l'action !

- Je ne sais, pour braver la dame de Lesparre ?

- Avec la certitude d'être les prochains à se balancer là ? Bien stupide bravade. Non. Trouve une motivation plus puissante. Bon, je te vois encore tout engourdi. Tu passes trop de temps à regarder la mer, ton esprit s'y noie. Je crois qu'ils l'ont enlevé de cet infamant gibet pour lui donner une sépulture chrétienne. Ce sont des proches qui craignaient que Dieu ne lui refuse l'entrée de son royaume. Qu'en dis-tu ?

- Que le problème reste entier. Ils doivent être bien cachés.

- Tu ne m'écoutes pas, Thomas. S'ils veulent sauver l'âme de leur proche, ils l'ont donc enseveli en terre consacrée, dans notre petit cimetière. De préférence avec la bénédiction d'un clerc.

- Vous, frère Anselme ? Vous les connaissez donc ? Parlez, le temps presse !

- Hélas non. Pas plus que Frère Benoît qui collecte leurs taxes et qu'ils n'apprécient guère. Reste le curé de la paroisse qui, de plus, bénéficie de la protection de l'archevêque.

Le visage de Thomas s'illumina soudain comme si la seule évocation de l'archevêque avait provoqué chez lui une soudaine extase religieuse, ce qui entraîna en réponse un regard inquiet du moine.

- Dites-moi, frère Anselme, le vœu qu'ont fait les habitants de

Lesparre de venir remercier la Vierge à Soulac, pour la protection qu'elle leur donna contre la peste, est-il toujours aussi vivace ?

- Sans discontinuer depuis deux siècles, Thomas. Les habitants de Lesparre ne manqueraient pour rien au monde la procession du 20 juillet. Notre bon curé prépare déjà les cierges et la décoration de Notre-Dame-de-la-Fin-des-Terres ! La procession sera magnifique, se réjouit le brave moine, il faut voir tous ces paroissiens endimanchés faire le chemin en chantant des cantiques, chargés de provisions pour les repas champêtres… Le moine s'interrompit soudain : Tu ne vas pas gâcher la fête, Thomas ? C'est bien la seule fois de l'année où nos villages se rejoignent… Il eut un petit rire coquin : quelques couples y naissent à chaque procession et je crois bien que quelques enfants aussi y ont été conçus ! Par pitié, Thomas, pas la procession !

- Nous sommes lundi 13, la procession est dans une semaine ! À Lesparre aussi ils doivent s'y préparer, après tout c'est leur ville que la Sainte Vierge a protégée de la peste ! Voilà qui me donne une idée, fit Thomas qui, oubliant la fragilité du vieil homme, le prit par les épaules pour le secouer comme un prunier, c'est parfait !

Frère Anselme se mit prudemment à l'abri en reculant d'un pas.

- Te voilà revenu parmi nous, semble-t-il, mais je ne sais pas si je préfère ça !

- Il va falloir me faire confiance, frère Anselme, quoi que vous appreniez dans les jours qui viennent. Pour commencer, j'ai deux messages à écrire. Ensuite, je dois me rendre au Verdon pour qu'ils arrivent au plus vite à Bordeaux. Ce qui ne me laisse pas le temps de…

- D'accord, je m'occupe du curé, les comptes de Sainte-Croix attendront. De toute façon c'est mieux ainsi, il a confiance en moi, il me dira qui sont nos coupables. Mais ensuite, il faudra les trouver ; je doute qu'il sache où ils se cachent…

- Je vais faire vite. Je ne crois pas qu'ils soient bien loin, de toute façon. Ah ! Frère Anselme, le rappela Thomas, n'oubliez pas de prévenir le curé que la ferveur de nos voisins va être la plus impressionnante depuis bien des années. Il va devoir se surpasser !

Le pauvre moine fit des yeux où l'incompréhension n'avait d'égal qu'une inquiétude frisant la panique. Avant de franchir la porte, il sembla se raviser et se tourna, la bouche ouverte :

- La vie est simple, Thomas, il suffit de faire ce qui doit être fait, finit-il par dire.

- Et on le sait comment, ce qui doit être fait ?

- Ton cœur le sait, Thomas, écoute-le.

Et sur ces paroles sibyllines il s'en fut à petits pas pressés.

* * *

Thomas rédigea à la hâte ses deux missives. La première pour son oncle en espérant qu'il soit assez influent pour retarder la sentence si les deux fugitifs étaient pris. Sur le point de la cacheter, il rajouta une ligne lui demandant d'agir à l'insu de Paula (toujours Paul pour son oncle) ne souhaitant pas la mêler à une affaire où sa réputation avait beaucoup à perdre. Il ne voulait pas, écrivait-il, lui faire courir, par sa faute, de nouveaux dangers. La vérité se situait sans doute plutôt dans l'embarras où sa rencontre l'aurait plongé, mais son esprit était tout bonnement incapable d'affronter ne serait-ce que l'idée d'une rencontre.

La deuxième était adressée au vicaire général qui dirigeait Sainte-Croix pour l'abbé Pierre de Foix, vicaire qui, soit dit en passant, lui devait indirectement sa place après la retraite forcée du précédent vicaire, frère Étienne, mis à mal pendant l'affaire des Loups du Pontet. Cette fois, après la rapide narration des événements, sa requête était simple : obtenir du prieur de Soulac qu'il livre les coupables à Lesparre le plus tard possible, et surtout pas avant la procession du 20 juillet. Il allait plaider leur cause auprès d'Isabeau de la Tour et avait besoin de temps pour cela. S'il parvenait à les arracher à ce péril, il suppliait le Vicaire, « en sa qualité de représentant du Très Puissant et Très Redouté Seigneur Pierre de Foix » d'user de son pouvoir pour que le prieur de Soulac leur accorde à son tour son entier et bienveillant pardon.

Sitôt ses lettres cachetées, Thomas se hâta vers Le Verdon.

* * *

La paix n'était pas signée avec l'Angleterre, qui d'ailleurs détenait encore Calais, et on craignait toujours une tentative sur la Guyenne. Le roi entretenait donc une petite garnison au Verdon, chargée surtout de sonner l'alarme si une flotte anglaise tentait de débarquer une fois encore à la pointe du Médoc comme Talbot l'avait fait en 1452 avant d'aller se faire

57

laminer à Castillon, y laissant d'ailleurs sa peau de vieux guerrier.

Le capitaine de la petite troupe avait un temps partagé les bancs de la toute nouvelle université de Bordeaux avec Thomas. Il le reçut avec chaleur, heureux d'une visite qui le distrayait des occupations routinières d'un poste essentiellement occupé à surveiller l'horizon, à maintenir un semblant de discipline au sein d'une dizaine de sergents du guet « buveurs, querelleurs, et dont l'oisiveté était la principale occupation » et à observer le débarquement des pèlerins, « tous des pouilleux et quand on en trouve un à la bourse bien garnie il n'y a même pas moyen de l'attirer à une table de dés ». Bref, il s'ennuyait ferme dans un poste qu'on lui avait imposé pour l'éloigner de Bordeaux, où il avait eu l'indélicatesse de courtiser la fille d'un homme un peu trop influent qui ne voulait pas de lui comme gendre, et il cacha mal sa déception lorsque Thomas lui dit ne pas avoir le temps de partager un pichet.

- Cela sera pour une autre fois, Pey, mais je dois retourner à Soulac au plus vite. Si je suis ici, c'est que j'ai besoin de ton aide. Service du roi, mentit-il, en lui montrant un sauf-conduit remis par Louis XI et qu'il s'était pourtant bien juré de ne jamais utiliser (il avait pourtant pris soin de l'emporter avec lui dans sa retraite à Soulac, oh ! Mystère de l'âme humaine…). J'ai besoin qu'un de tes chevaucheurs porte ces deux missives à Bordeaux. Un homme de confiance et de surcroît ton meilleur cavalier. Elles doivent arriver ce soir à mon oncle, Aymon Tullier. L'une d'elles est pour le vicaire de Sainte-Croix, mais mon oncle se chargera de la lui porter. Peux-tu faire cela pour moi ?

Le regard que le capitaine du Verdon posa sur Thomas afficha, l'espace de quelques secondes, une étonnante variété d'expressions : surprise, interrogation, doute et peut-être un peu d'inquiétude pour finir.

- Service du roi ! Voilà une surprise !

Conscient d'avoir laissé sa surprise s'exprimer un peu trop fort, il eut un regard penaud, allant jusqu'à regarder derrière lui où cependant ne se trouvait que la porte de son logis.

- Entrons tous de même un instant, il faut que tu me racontes…

- Le temps m'est compté, Pey, ne peux-tu tout d'abord envoyer chercher ton chevaucheur ?

Le soldat tira deux longs sifflements stridents d'un sifflet de marine qu'il avait autour du cou.

- Excuse ma méfiance, mais je dois examiner ce sauf-conduit

Thomas.

Un jeune soldat, vêtu du nouvel uniforme bleu que Louis XI avait voulu pour les sergents chargés de la police de l'estuaire, se présenta à eux.

- Tu vas te rendre à Bordeaux, Geoffroy. Service du roi. Ces deux missives doivent arriver ce soir chez Aymon Tullier, son adresse est sur celle-ci. Il se tourna vers Thomas : - Tu es bien sûr ? Est-ce si important ? En les confiant à un bateau elles arriveront dans deux jours…

Thomas n'eut qu'un regard à jeter à son ami.

- Prend le meilleur cheval et n'hésite pas à en changer s'il faiblit. Tu connais les relais de poste. Va. Et ne traîne pas en chemin. Voilà, es-tu satisfait, Thomas ? Si Geoffroy ne fait pas de mauvaise rencontre, ton oncle aura ses lettres.

La détermination de son ami était surprenante. Quand Pey l'avait rencontré quelques semaines plus tôt, tout à fait par hasard dans la grande rue de Soulac, mêlé aux pèlerins, il avait à peine reconnu l'ami de ses jeunes années : vêtu d'une robe de moine à la couleur passée, le regard las et un peu égaré, si sa tignasse rousse n'avait pas éveillé sa mémoire, il l'aurait croisé sans s'arrêter. Ils avaient échangé quelques mots, bien peu. « - Que fais-tu là ? - J'ai eu besoin de m'éloigner un peu de Bordeaux, des affaires, avait répondu évasivement Thomas, et toi ? - J'ai été nommé là, je commande la garnison du Verdon… » C'était la fin de l'hiver, la Pointe n'était guère accueillante, l'un et l'autre se demandèrent sans doute quel cruel aléa de l'existence avait fait échouer là son vis-à-vis. Ils se quittèrent ainsi, sur une vague promesse de se revoir, sans en dire plus.

Aujourd'hui, Thomas était tout autre. Enfin, pas vraiment, les traits étaient toujours pâles et creusés, mais Pey retrouvait le regard brillant et vindicatif de son ami.

- Alors, raconte, que se passe-t-il ? Tu cachais bien ton jeu ! Service du roi ! Le fils d'un Anglais ! Sacré Thomas ! s'exclama l'officier, sitôt qu'ils furent dans la petite maison de pierre (une des rares au Verdon) qu'il occupait près du port. Une ombre d'inquiétude figea soudain le visage du capitaine :

- Pourquoi n'ai-je pas été averti ? Et moi qui n'ai rien remarqué ! Les pèlerins sont comme à l'accoutumée, mis à part la missive nous signalant la possible présence d'une flotte anglaise dans le golfe… Mais c'était il y a deux semaines et nous ne l'avons toujours pas vue ! Il se leva, soudain agité :

- Il faut que j'aille à la pointe ? Dois-je sonner l'alarme ?

- Calme-toi. Ceci ne te concerne en rien. Enfin, pour le moment.

Pey se laissa retomber sur sa chaise, rassuré.

- Ah ! Il s'agit donc de ce saccage de Soulac auquel a procédé Gombaud ce matin.

- Pillage, Pey, pas saccage. Ce dément a vidé la moitié des chaumières.

- J'ai aussi entendu parler d'un pendu, volé à la dame de Lesparre la nuit dernière…

- Et tu sais sans doute aussi que le parlement instruit cette affaire de limite de territoire…

- Et que l'on m'a demandé de ne pas intervenir. Mais toi, c'est le Roi qui t'envoie ? Pour cette petite histoire de voisins vindicatifs ? Dans quel but ?

- Je ne peux rien te dire, menti Thomas en se levant, disons que j'essaie d'éviter que cela ne dégénère.

- Pour cela, tu peux compter sur Gombaud !

Sur le seuil, Thomas se retourna :

- Je vais avoir besoin d'un cheval, tu peux m'en prêter un ?

Pey mit un temps à répondre.

- Si je refuse, je suppose que tu vas encore sortir ton sauf-conduit royal ! Je peux espérer quelques éclaircissements, du moins si la sécurité de l'estuaire est menacée ?

Thomas lui tapota l'épaule avec une désinvolture qui frisait la condescendance :

- Promis. Pour le moment, surveille bien tes pèlerins, fit-il en désignant un petit groupe qui descendait d'un bateau, encore titubant d'une traversée agitée. Conseille-leur de rester ici ce soir, cette nuit peut être dangereuse à Soulac. Je ne voudrais pas que les chiens de Gombaud se trompent de proies…

Pey le laissa s'éloigner, avant de courir derrière lui pour le rattraper.

- Thomas, excuse mon accueil, je ne veux pas d'ennuis. J'ai eu, à Bordeaux maille à partir avec quelqu'un d'assez puissant pour m'expédier dans ce trou perdu… Mais je n'ai plus grand-chose à perdre. Si tu as besoin d'aide… Et prends garde à toi. La forêt de Lesparre a mauvaise réputation, d'ordinaire ce sont les jeunes filles qui disparaissent en forêt, mais on raconte que, dans celle-ci, ce sont les jeunes hommes qui s'évanouissent sans laisser de traces…

- Laisse-moi deviner, des braconniers ? Et on les retrouve à demi dévorés par des chiens ?

- Pas seulement, Thomas, pas seulement… Un camelot, des pèlerins, un amuseur qui allait de château en château, un garçon de Lesparre… Tous des jeunes hommes isolés. Et bien tournés…

- Cette nuit, c'est autour de Soulac que sera le danger. Reste au Verdon, Pey, et dis à tes hommes d'y rester aussi. Je saurai t'y trouver si j'ai besoin de ton aide.

- Sois prudent, Thomas.

* * *

Sitôt sur le chemin de Soulac, Thomas pressa les flancs du cheval de guerre qui adopta immédiatement un galop puissant. Rien ne lui procurait plus de plaisir, avant. Depuis son départ de Bordeaux, englué dans une noirceur désabusée, il avait soigneusement enfoui ces moments de partage avec un cheval où la vitesse et le vent laissaient loin derrière petits et gros tracas de l'existence.

Les pensées galopaient elles aussi dans son crâne ; le temps lui était compté. Il fallait sans tarder mettre hors de portée de Gombaud les garçons qui avaient enlevé le pendu de Lesparre.

Sa robe de moine ne serait pas des plus pratiques pour la soirée et la nuit qui s'annonçaient, il passa tout d'abord par sa cellule, au prieuré, revêtir ses vêtements laïques enfermés dans un coffre depuis son arrivée à Soulac.

Il se hâta ensuite vers le scriptorium, dans l'autre aile du petit cloître. Son unique complice, le vieux moine ne s'y trouvait pas. Pestant contre le temps perdu, il jeta un œil sur le soleil qui s'approchait de l'horizon. Quand il l'avait quitté, Frère Anselme partait voir le curé. Il contourna la basilique pour se diriger vers le petit logement du prêtre. Il aperçut le moine débouchant d'un chemin et fut sur le point de le rejoindre lorsque le moine l'arrêta d'un signe discret, lui montrant du menton la minuscule chapelle du prieuré. Il comprit vite la raison de la prudence du bénédictin : non loin de là, au beau milieu de la rue, le prieur invectivait un petit attroupement qui s'était fait autour de lui.

Il retrouva le moine dissimulé comme un conspirateur derrière un

61

pilier de la chapelle à demi ruinée.

- Que se passe-t-il encore, pourquoi cet attroupement, fit Thomas, ils n'ont pas été pris, au moins ? Et le curé, l'avez-vous vu ?

- Pas difficile, je vous ai dit qu'il ne quittait pas la basilique, tout occupé qu'il est à préparer la messe qu'il donnera pour recevoir la procession de Lesparre. D'autant qu'avec le sac de ce matin plus personne ne veut l'aider !

- On peut les comprendre, ils ont bien assez à remettre en ordre leurs maisons et il leur faudra bien du temps pour remplacer ce qui leur a été volé...

- Pis que ça ! Ils veulent aller à Lesparre récupérer leurs biens ! Les moins belliqueux veulent empêcher la procession en l'honneur de la Vierge de franchir le pont... Ils ont bien raison ! Que la peste les emporte tous !

- C'est une idée, fit évasivement Thomas, je veux dire pour la procession. Mais ils ne doivent pas attaquer Lesparre. Combien y laisseraient la vie ? Mais les noms, frère Anselme, les noms ! Le curé vous a-t-il dit qui a détruit le gibet de Lesparre et où les trouver ?

- Je les ai vus, Thomas, et mis en lieu sûr ! Juste à temps d'ailleurs, ils étaient chez eux ! Ils pensaient que leur absence les aurait désignés à l'évidence. Et que seraient-ils devenus ensuite ? Hélas, dans un si petit village leurs noms ont bien vite circulé et si le prieur est au milieu de la ville avec ses sergents, c'est qu'il est à leur recherche.

Le vieil homme chancela, épuisé. Thomas le soutint, inquiet de sa pâleur soudaine.

- Je ne crois pas que le prieur m'ait vu. Aide-moi à regagner le scriptorium, mon travail m'attend.

- Frère Anselme ! Où sont-ils ? Gombaud va les traquer cette nuit, êtes-vous bien sûr de les avoir mis hors de sa portée ?

- Tranquillise-toi, ils sont en sûreté, lui souffla le moine d'une voix faible tandis qu'ils ressortaient, le moine s'appuyant sur l'épaule de Thomas. Il existe une crypte dans les ruines sur la dune de la pointe, face à la tour de Cordouan. Personne ne la connaît, j'ai eu vent de son existence sur une vieille charte. Les ruines où tu vas si souvent sont celles d'un petit monastère bâti il y a bien longtemps par des moines venus de l'abbaye de Cluny. Ils ont été les premiers ermites de Cordouan, l'île était vaste alors, couverte d'une forêt et ils ont établi là une pêcherie dont ils vivaient. Ils se sont vite taillé une réputation de sainteté et les gens du coin ont pris l'habitude de les visiter. Hélas, si l'été il était facile de rejoindre l'île à gué, l'hiver, les tempêtes rendaient le passage périlleux et il y eut plusieurs noyades. Les moines ont dû abandonner leur île et se sont installés en face, sur la dune. Je me demande bien pourquoi cet endroit toujours balayé par un vent glacial les fascinait tant…

- Frère Anselme ! Votre histoire est passionnante, mais le temps presse ! Même dans votre crypte les chiens de Gombaud les débusqueront sans mal !

Ils étaient arrivés sur le seuil de la chapelle, un instant aveuglés par le soleil. Il y eut un vrombissement bref. La main d'Anselme quitta l'épaule de Thomas qui, surpris de la soudaineté du geste, se tourna vers lui. Le vieil homme était deux pas derrière lui, déjà au sol, gémissant, le visage blanc comme un linge. L'empennage rouge sang d'une flèche fichée dans le haut de sa poitrine oscillait lentement au rythme de sa respiration.

* * *

Le prieur semblait habité d'une telle colère qu'il paraissait avoir enflé, au bord d'exploser comme une outre trop pleine.

- Pour commencer, je dois faire entendre raison à des simples d'esprit qui pensent pouvoir se venger à leur manière du pillage de Gombaud, et maintenant il y a ce moine qui est en train de rendre l'âme pour avoir reçu une flèche de guerre ! Mais que se passe-t-il, ici ? Tout le monde est-il devenu fou ? Et que faisiez-vous avec lui dans cette chapelle, Thomas ? Ne vous ai-je pas envoyé à la recherche de ceux qui sont la cause de tous ces désordres ? Quant à lui, fit-il en ayant un geste vers le moine allongé sur sa paillasse, je lui avais donné l'ordre de ne pas quitter la bibliothèque tant que certains documents ne seraient pas rédigés et on me rapporte l'avoir vu parcourir le village en tous sens la moitié du jour ! Expliquez-vous Thomas !

Thomas, accroupi près du moine agonisant lutta un bon moment en silence, dents serrées de rage, pour ne pas se relever faire taire le prieur. S'il cédait à sa fureur, le poing qu'il écraserait sur le visage du représentant de l'abbaye de Sainte-Croix serait à coup sûr libérateur, mais les conséquences en seraient encore plus dévastatrices que toutes les imbécillités qui avaient conduit Soulac dans cette épouvantable situation.

63

Mais pourquoi le pouvoir était-il toujours entre les mains de fols qui semblaient ne l'utiliser que de la pire manière ? Ce prieur et ce Gombaud, avec un bel ensemble, conduisaient cette affaire vers un massacre généralisé. Thomas parvint à se contenir, retirant de sa victoire sur lui-même un regain de force, qu'il accueillit avec jubilation.

- Frère prieur, ne pourriez-vous cesser de hurler aux oreilles de ce vieillard mourant ? Je vous informerai de l'avancée de mes recherches quand j'aurai quelque chose à vous dire, voulez-vous ? Quant à la journée de ce pauvre frère Anselme, peut-être désirez-vous appeler votre préposé à la question ?

Le prieur s'en fut dans un grognement de rage, laissant Thomas en compagnie du moine et des deux villageois qui avaient aidé à le transporter.

Thomas avait soigné le vieux moine comme il le pouvait, la flèche avait traversé un peu en dessous de la clavicule, et, en la coupant avec une paire de tenailles apportée à la hâte, il avait pu retirer les deux extrémités sans aggraver l'hémorragie du vieillard.

- Je vais chercher la Guillemette, elle connaît les herbes, dit un des hommes.

- Et prie-la de rester près de lui, j'ai à faire, fit Thomas en se dirigeant vers la porte, je paierai, ajouta-t-il. Et devant leur silence surpris, il se retourna avant de s'éloigner :

- Dis à Guillemette qu'elle le sauve.

* * *

En partant, Thomas s'arrêta un instant sous le porche de la chapelle. Le soleil était descendu derrière la cime des pins sur la dune qui faisait face à la chapelle. C'était sous ces arbres que le tireur avait été embusqué. Reprenant son cheval, il explora l'endroit au pas, ne découvrant rien sur le tapis d'aiguilles de pin.

Qui avait tiré sur le moine ? Quelqu'un de Soulac pour l'empêcher bêtement de dévoiler la cachette des fugitifs à Thomas, ou un homme de Lesparre qui le surveillait ? Dans ce cas, Gombaud devait déjà savoir où ils étaient cachés ! Piquant des deux, il galopa vers la pointe. Il en oublia de se demander si en fait il n'avait pas été, lui, la vraie cible d'un tireur maladroit.

Depuis son départ pour le Verdon, il cherchait désespérément où il pourrait bien mettre les proies de Gombaud hors de portée de ses chiens. Il avait du mal à croire à la réalité de la menace qui pesait sur eux, pourquoi Gombaud aurait-il donné au prieur jusqu'à la nouvelle lune si c'était pour les traquer dès ce soir ? Maintenant, il commençait à se dire que le danger allait grandissant. Si Gombaud goûtait tant la chasse à l'homme, il agirait vite, avant que le prieur où qui que ce soit ne puisse l'en empêcher. Il fallait les mettre en lieu sûr tout de suite et il n'avait toujours pas la moindre idée de ce qu'il pouvait en faire. Il avait bien eu l'idée de les faire embarquer vers la Saintonge de l'autre côté de l'estuaire, mais une vieille animosité perdurait entre les deux rives du fleuve, et il était trop tard pour le faire discrètement ; cela l'aurait vite désigné comme l'organisateur de cette fuite et Gombaud s'en serait pris à lui, l'empêchant d'œuvrer au retour en toute impunité des fugitifs dans leurs familles. Il devait leur trouver un abri sûr où ils pourraient rester le temps qu'il trouve comment obtenir leur grâce, aussi bien celle de la dame de Lesparre que celle de ce méchant prieur.

Il regarda derrière lui, craignant d'avoir été suivi par quelque espion, mais rien ne bougeait sous les pins.

Les ruines de Saint-Nicolas de Grave n'étaient pas bien loin. Dès qu'il fut sur la dune, le vent le gifla, faisant broncher son cheval. La marée était basse, loin au large les vagues moutonnaient fortement en se brisant sur le banc des ânes.

Et plus proche, au-delà d'une vaste étendue de sable découverte par la mer, il y avait l'îlot. Cordouan. Tandis qu'il avançait au milieu des pans de mur émergeant à peine du sable de la dune, l'histoire contée par frère Anselme le matin même lui revint. C'étaient donc ces pauvres murs effondrés, étouffés par le sable, qui avaient été élevés cinq siècles plus tôt par des moines venus de Bourgogne après qu'ils aient tenté de s'installer sur l'îlot de Cordouan. Pourquoi, quittant la sécurité des murs de Cluny, une des plus puissantes abbayes du royaume, étaient-ils venus ici, sur cet îlot solitaire ? L'un d'entre eux avait-il fait vœu de venir y recueillir les naufragés, nombreux à cet endroit dangereux, après avoir lui-même échappé à la noyade ? Au bout du compte, ils n'avaient pu rester sur l'îlot, avaient fondé une abbaye sur cette dune face à l'île et personne ne savait pourquoi ils l'avaient abandonnée à son tour pour s'installer à Soulac. Thomas tourna son regard vers l'île. Disparue aussi la vaste forêt au sein de laquelle les moines ermites clunisiens s'abritaient du vent du large. Ne restait plus qu'une petite surface quasiment plane de lande parsemée de maigres arbustes et bordée d'un rempart rocheux sur lequel se brisaient les flots. En son centre, à quelques dizaines de pas du rivage, deux ou trois bâtisses résistaient encore aux assauts des tempêtes hivernales, mais si la tour semblait encore robuste, les bâtiments qui se serraient à son pied étaient plus mal en point. Pourtant un homme avait choisi de vivre là, seul, sa survie assurée par une maigre redevance versée par les bateaux marchands se rendant à Bordeaux, en échange du feu de signalisation entretenu au sommet de la tour les jours de brume ou les nuits de tempête.

Au-delà de l'étendue de sable découverte par la mer, un étroit chenal longeait les rochers au pied de l'île, et soudain il sut ce qu'il allait faire des villageois en fuite… Il lui restait à les trouver vite, avant que la marée ne remonte.

* * *

Il appela à mi-voix, disant venir de la part de frère Anselme. Une touffe de genêts frémit et ils s'extirpèrent de leur cachette comme des spectres épuisés par le fardeau d'une malédiction millénaire. Et c'est bien ce qui voûtait leurs épaules et rendait hagards leurs yeux rougis, la malédiction d'appartenir à une classe d'humains vouée de tout temps à subir le bon vouloir de plus riches et plus puissants qu'eux.

Ils émergèrent du sol, méfiants envers ce garçon solitaire qui n'était arrivé dans leur petite communauté qu'avant l'hiver. Ils lui accordèrent pourtant vite leur confiance, mais avaient-ils d'autres choix avec Gombaud et ses chiens qui allaient être sur leur piste dès la nuit tombée. Ils jetèrent un regard anxieux sur le soleil qui n'allait pas tarder à toucher l'horizon. Il leur semblait déjà entendre dans le lointain les aboiements de la meute de molosses en chasse. Ils se signèrent, mais Dieu semblait avoir déserté Saint-Nicolas depuis si longtemps. À moins que…

- À moins que vous ne soyez capable de traverser ce chenal, risqua Thomas.

C'était leur seule chance. S'ils parvenaient à traverser tout de suite, avant que la marée ne remonte, ils étaient assurés d'échapper à Gombaud. Frère Anselme en les envoyant se cacher dans cette crypte miraculeusement épargnée de l'ensablement, leur avait offert un bien piètre asile contre les chiens de Gombaud. Mais en levant le nez vers le large, Thomas venait de comprendre comment les mettre en lieu sûr.

- Entre l'estuaire, l'océan et les marais qui occupent tout ce que le sable épargne, ce serait misère de ne pas savoir ! s'exclama l'un d'eux, mais l'ermite ? Pas sûr qu'il veuille de nous !

- Ce n'est que pour quelques jours, il va bien falloir qu'il accepte votre présence. Peut-être va-t-il apprécier un peu de compagnie, allez savoir ? C'est votre seule chance, ça ou les crocs des chiens de Gombaud.

Comme ils se concertaient du regard et que Thomas voyait un nouvel espoir éclairer leurs prunelles, il continua :

- Allez, vite. Effacez vos traces en descendant la dune, le vent et la mer se chargeront du reste. Sur l'île, faites attention à l'ermite. Si vous avez le moindre doute, enfermez-le, il ne faudrait pas qu'il alerte un bateau ou quelqu'un sur la plage. Et veillez à n'être qu'un à la fois hors de la tour.

- Combien de temps allons-nous rester sur ce caillou, maugréa l'un des deux frères, les ermites y deviennent possédés, paraît qu'ils voient des choses...

- Des choses ? Priez plutôt pour que je réussisse à vous sortir de ce mauvais pas.

- Qu'allez-vous faire, Messire ? La dame de Lesparre ne laissera pas passer l'occasion de se plaindre encore de Soulac, nous sommes perdus...

- Allez, filez, je vais faire mon possible. Il ne faut pas perdre espoir. La dame de Lesparre défend ce qu'elle croit être les intérêts de ses enfants, elle ne sait peut-être pas de quelle cruelle manière Gombaud la seconde...

- Méfiez-vous, Messire, les beaux jeunes hommes disparaissent dans la forêt de Lesparre... On dit que...

- Encore cette histoire d'ogresse ! Merci de m'en prévenir, ironisa-t-il. Eh bien, nous verrons cela ! Vite, partez, il n'est plus temps à ces légendes.

Ils s'en furent, balayant leurs traces d'une branche de genêt, le braconnage au moins leur avait appris cela ! Puis ils s'éloignèrent en courant sur le sable découvert par la marée. Quand ils atteignirent le chenal, ils n'étaient plus que deux minuscules silhouettes perdues entre les rochers qui pointaient ici ou là. Ils se mirent à l'eau. Ils avaient à peine cent mètres à nager, mais le courant montant les entraîna vers l'estuaire. Épuisés, ils parvinrent de justesse à s'accrocher aux rochers de la pointe de l'île. Quand ils s'engouffrèrent à la hâte dans la vieille tour, Thomas guetta d'éventuels éclats de voix qui auraient trahi une résistance de l'ermite. Mais s'il y en eut, le vent les emporta au loin.

* * *

Gombaud resta fidèle à son personnage : La nuit fut, tel que le village s'y attendait, peuplée des aboiements de la meute lancée sur la piste des fugitifs. Pas une âme ne traînait dans les rues de Soulac, les pèlerins, d'ordinaire plutôt enclins à profiter de la douceur des nuits d'été pour partager quelques provisions autour d'un feu sur la dune, passèrent prudemment la nuit dans la basilique où le grand portail de bois épais leur garantissait un abri qui ne les rassurait pourtant qu'à demi. Quelques villageois effrayés par la violence déployée par les hommes de Lesparre le matin avaient préféré en faire de même, si bien que la nef de l'église résonna du bruissement des murmures inquiets longtemps dans la nuit. Le silence se fit quand Gombaud passa si près du village que l'on entendit renâcler son cheval et que les cris des hommes excitant les chiens résonnèrent dans la nuit, puis ils s'éloignèrent vers la pointe et la fatigue eut enfin raison des réfugiés.

Thomas qui veillait Frère Anselme, luttant contre la fièvre et la douleur que lui infligeait chaque souffle, guetta aussi les déambulations de Gombaud autour de Soulac. Il faut croire que les pistes dans le village étaient trop brouillées par les allées et venues, car Gombaud ne s'approcha pas du petit cimetière où reposait en paix "son" pendu, pas plus qu'il n'inquiéta les chaumières où les fuyards avaient pourtant passé la journée avec leur famille, avant que frère Anselme ne les cache dans la crypte sur la dune.

Quand il entendit les hommes en chasse de leur pauvre gibier humain s'éloigner vers la pointe du Pas de Grave, il eut bien du mal à résister à la tentation de les suivre à distance pour s'assurer qu'ils ne soupçonneraient rien. Frère Anselme sortit à cet instant de la semi-inconscience agitée où il luttait contre la mort pour prendre le poignet de Thomas :

- Ils vont vers Saint-Nicolas… Murmura-t-il, ils sont perdus…

- Tranquillise-toi, mon ami, ils n'y sont plus… Cependant, je me demande si les chiens vont trouver la crypte…

68

Et s'ils vont ensuite descendre vers la mer, pensa-t-il. Thomas ne confia pas au moine où il avait caché les proies de Gombaud, de peur que la fièvre ne le fasse trop parler. Même s'il ne les trouvait pas cette fois, Gombaud n'abandonnerait pas si vite, et Thomas craignait qu'il n'interroge les pèlerins reprenant la route de Compostelle lorsqu'ils feraient halte à Lesparre où un hospitalet leur offrait gîte et couvert.

- Le clocher, Thomas, monte au clocher de la basilique… De là-haut tu verras la dune…

Thomas emprunta la petite porte qui reliait le monastère des Dominicains à la basilique. Le silence s'était fait, et l'obscurité était presque totale. Epuisés par leur nuit d'angoisse, les pèlerins et les Soulacais réfugiés dans la basilique avaient fini par s'endormir. Il se glissa rapidement jusqu'au pilier du chœur creusé de l'étroit escalier qui se hissait jusqu'au sommet du clocher. Bien plus haut que la dune qui le séparait de l'océan, il était le premier repère des marins cherchant l'entrée de l'estuaire, visible loin en mer, bien avant la tour de Cordouan. De même, il offrait un panorama extraordinaire à 360 degrés sur toute l'extrémité du Médoc, depuis l'estuaire et la côte de la Saintonge au nord, jusqu'à, quand on se tournait vers le sud, la ligne blanche de la plage océane visible loin au-delà de la petite embouchure menacée d'ensablement de ce qui avait été le fleuve Anchise.

Il porta son regard sur Cordouan où tout semblait calme. Le feu n'avait pas été allumé au sommet de la tour, rien de plus normal, la mer était calme et bien éclairée par la lune.

Il repéra Gombaud et ses hommes alors qu'ils descendaient sur la plage, trop tard donc pour savoir s'ils avaient découvert la crypte. La mer était encore haute et une zone rocheuse leur coupant le chemin de la pointe, ils se dirigèrent vers le sud sans sembler s'intéresser à l'îlot.

À l'est, les premières lueurs du jour commençaient à ourler l'horizon d'une fine lueur. De ce côté, les eaux boueuses du large estuaire s'écoulaient puissamment vers la mer. Redescendant loin vers l'amont, son regard s'attarda sur les tours menaçantes du château de Lesparre au bord d'un petit bras du fleuve. Quelques bateaux à l'ancre attendaient là que le cours du fleuve s'inverse avec la marée pour poursuivre leur chemin jusqu'à Bordeaux. Il se tourna de nouveau vers l'océan où Gombaud n'était plus visible, masqué par la dune littorale. Les aboiements de ses chiens résonnaient encore, s'éloignant. L'effrayant capitaine rentrait bredouille, sans doute bouillant de rage, mais même lui avait besoin d'un peu de repos et Soulac serait tranquille pour la journée.

Après un dernier regard vers Lesparre, Thomas reprit l'escalier du clocher qu'il dévala avec entrain. Sa journée s'annonçait périlleuse et complètement imprévisible, mais il avait dans le regard une combativité qui aurait surpris, et sans doute ravi, Paula si elle avait été là pour la voir. Il ne retourna pas au chevet du moine blessé, son destin était entre les mains de Dieu. Il récupéra son cheval dans le pré du paysan à qui il l'avait confié et prit au grand galop la rue d'Espaigne qui sortait de Soulac par le sud. Il dépassa quelques petits groupes de pèlerins qui quittaient la ville et qui se rangèrent sur le bas-côté, effrayés par son furieux galop. À ce train, il serait à Lesparre en moins d'une heure.

* * *

- 3 -

La dame de Lesparre

À Lesparre, tandis que Thomas s'en approche.

- Enfin, Marion, ne pouvez-vous être un peu à ce que vous faites ? Si vous n'êtes pas capable de m'aider à lacer cette robe, je vais vous renvoyer au service de Messire Gombaud et demander à Marie de vous remplacer...

La jeune servante se mit à trembler et n'en fut que plus maladroite.

- Je me demande ce que vous avez tous à redouter tant notre capitaine. Il est bel homme, libre, et son amour de la chasse nocturne en ferait un mari peu encombrant.

Marion regarda sa maîtresse à la dérobée. Se pouvait-il qu'elle ignorât les rumeurs ? Elle se garda bien de répliquer, Émeline la cuisinière racontait que leur maîtresse, la belle Isabeau de La Tour, recevait Gombaud dans ses appartements à toute heure du jour et de la nuit...

- Ce sont ses chiens, dame, ils me font peur...

- Alors cessez de trembler, je les entends rentrer et je dois voir Messire Gombaud avant qu'il ne se repose de sa nuit à parcourir les bois.

À la mort de son époux, Amanieu d'Albret, qui devait la sirie de Lesparre à sa fidélité à Louis XI, Isabeau avait obtenu que ses enfants demeurent sires de Lesparre à leur majorité. En attendant, forte femme, semblait-il peu affligée par son court mariage, elle administrait le domaine avec la seule aide de Gombaud, capitaine qui y maintenait déjà l'ordre quand Amanieu avait pris possession du domaine.

Des pas rageurs claquèrent sur le dallage de l'entrée.

- Marion ! Marion ! Où est donc encore passée cette maudite empotée ! Marion !

- Allez voir ce qu'il veut, fit la dame de Lesparre, que les manières

71

de Gombaud n'irritaient plus depuis longtemps.

La jeune servante revint très vite, tremblant de plus belle :

- Messire désire vous voir, ma Dame, et… il… semble de fort méchante humeur…

- Son gibier lui aura donc échappé. Retournez lui dire que je descends et veillez à ce qu'Émeline lui prépare son déjeuner.

* * *

Thomas prit une chambre à l'auberge où s'arrêtaient les pèlerins les plus argentés. Il espérait bien ne pas avoir à y passer la nuit, mais il lui fallait surtout une écurie pour accueillir son cheval qui l'aurait rendu trop voyant dans les rues de Lesparre, fréquentées surtout de pèlerins, de marins et de paysans. La chambre était sombre, étroite et le lit infesté de vermine. Il y flottait une épouvantable odeur dont il découvrit la provenance en poussant le contrevent de planches épaisses qui obturait la fenêtre : Elle donnait sur une ruelle transformée en cloaque nauséabond par les diverses déjections qui l'empruntaient, coulant mollement vers un fossé que l'on apercevait un peu plus loin. Il referma bien vite et entreprit de parfaire sa tenue en se coiffant du chapeau informe à large bord qui protégeait les pèlerins aussi bien de la pluie que des ardeurs du soleil et en revêtant une ample cape délavée abandonnée à Soulac par un pénitent qui avait eu le mauvais goût d'y mourir.

Ainsi affublé, il gagna le port sans sembler attirer les regards des villageois habitués à croiser des étrangers. Appeler port les quais de bois délabrés de Lesparre était un bien grand mot, d'autant que le bras du fleuve qui le baignait, pourtant large, était peu profond et que les plus gros bateaux, dont on distinguait le sommet des mâts derrière un rideau d'arbres, devaient rester à l'ancre sur le lit principal du fleuve. Il y avait cependant une belle agitation sur la berge, des hommes, torse nu, chargeaient et déchargeaient les barques qui servaient à transborder les marchandises, et des paysans vendaient fruits, légumes et autres volailles de leurs fermes sur un petit marché. Thomas se mêla à un groupe de pèlerins buvant force chopines debout contre un étal rabattu devant la large fenêtre d'une maison donnant sur la petite place. Le vin qu'on lui servit était aigre, rares étaient les tonneaux encore gouleyants en juillet, du moins était-il frais et le bienvenu après sa chevauchée effrénée. Surveillant du coin de l'œil un groupe de sergents occupés à malmener une vieille mendiante qui les avait pris à partie, Thomas parcourut du regard les murs de l'imposant château de Lesparre dont une petite poterne donnait sur le port. C'était donc dans ce château entouré de douves que la dame de Lesparre administrait le fief de ses deux jeunes garçons. Là aussi que résidait le redouté Gombaud, intendant, lieutenant, amant disaient aussi les plus téméraires à voix basse.

Thomas reporta son regard sur les buveurs qui l'entouraient. Il fixa son dévolu sur un fort en gueule si bavard qu'il en savait déjà presque tout : il était marin, de Nantes, attendant la prochaine marée montante pour descendre livrer à Bordeaux une importante cargaison de draps anglais et de tonneaux vides dont il comptait tirer un bon prix à deux mois des prochaines vendanges. Il s'approcha de lui, l'entreprit en lui demandant combien lui coûterait un éventuel passage pour Nantes : « Mais seulement à votre retour de Bordeaux, j'en suis parti bien vite et pas près d'y retourner ! Une épidémie de peste ravage en ce moment les faubourgs, alors vous comprenez… D'ailleurs vous feriez bien de ne pas vous y attarder ! »

Le marin blêmit, se signa et sa voix était déjà beaucoup moins fanfaronne quand il questionna Thomas :

- Tu en viens, dis-tu, l'ami ? Comment se fait-il que personne ne m'en ait parlé ? J'ai croisé ici même hier les gars de la *Madone du Croisic* qui en revenaient et ils n'en ont rien dit !

- Trop peur d'être chassés de Lesparre avant d'avoir fini leur clairet, sans doute !

- Et toi, tu n'as pas peur d'être chassé ? Fit un autre client en s'écartant de Thomas sans cacher sa mesure de prudence. Tu ferais bien de reprendre ton chemin sans attendre, le pèlerin !

Un brouhaha d'approbations suivit cette remarque tandis que tout le monde s'écartait de Thomas.

- File d'ici, avant que je n'appelle les sergents, tu fais fuir la clientèle, fit le tenancier. Et que je ne te revoie pas en ville, sinon tu vas faire la connaissance de Gombaud !

Thomas tendit son gobelet à l'homme qui le prit par réflexe avant de le relâcher en poussant un juron. Dans le silence glacé provoqué par la nouvelle répandue par Thomas, le récipient éclata en mille morceaux en touchant le sol. Tous les regards de la place se tournèrent vers eux. "Bien, dans quelques heures toute la ville sera au courant !" Les regards convergèrent vers le tenancier furieux qui s'essuyait convulsivement la main qui avait touché le gobelet de Thomas. Quand il releva les yeux, Thomas n'était plus là.

* * *

- Alors, Messire Gombaud, la chasse a-t-elle été bonne ? Marion me dit que vous désirez me voir ? continua Isabeau sans attendre la réponse.

Le géant grogna, tout en enfournant une cuillerée de la soupe où il avait mis tant de pain à ramollir qu'elle en était devenue une indéfinissable pâtée brunâtre.

Isabeau de la Tour, dame des villes, terres et seigneuries de Chalus, Chevrol, Maumont en Limousin, seigneur de Lesparre en sa qualité de tutrice de Jean et Gabriel d'Albret, enfants mineurs de feu le redouté Seigneur d'Orval, connaissait bien son Gombaud. Il servait déjà Amanieu d'Albret d'Orval quand elle l'avait épousé. Elle connaissait la crainte qu'il entretenait autour de lui et qui ôtait à elle seule toute idée de révolte de la tête de ses sujets. Elle connaissait ses terribles colères et sa cruauté. Elle savait surtout qu'elle l'avait envoûté dès le premier regard et qu'il entretenait pour elle une dévotion fervente. Il était sa chose, un pantin de plus de deux cents livres, qu'elle pouvait agiter à sa guise, et elle ne s'en privait pas. Au début de son veuvage, quand sa jeunesse et sa nature généreuse avaient repris leurs droits, elle lui avait secrètement accordé quelques nuits, attirée par la puissance et la vitalité qui irradiaient de son imposante silhouette. Mais, bien que non dénué d'intelligence, il n'avait de goût que pour la chasse et la guerre, et ce manque de raffinement avait vite lassé Isabeau. Elle ne lui accordait plus ses faveurs, mais la fidélité de Gombaud n'avait pas faibli pour autant, elle lui en savait gré et lui laissait croire qu'il menait la seigneurie à sa guise, tout en le manœuvrant subtilement, ce qui n'était pas difficile étant donné sa dévotion.

Ce matin, elle le sentait de plus méchante humeur qu'à l'accoutumée, au point que, pour la première fois, elle se demanda si le fauve pouvait mordre la main de sa maîtresse.

- Gombaud ?

Elle ne savait même pas s'il s'agissait de son prénom ou de son nom. Elle ne lui connaissait pas de famille sur la seigneurie. Pour tous il était

74

Messire Gombaud, Gombaud tout court pour elle seule.

- Gombaud ? Appela-t-elle de nouveau d'une voix douce, lâchez un instant votre cuillère, qu'y a-t-il pour vous tracasser tant ? Ne croyez-vous pas que nous devrions en parler ?

Il obéit, grogna encore quand sa cuillère de bois glissa et disparut dans son écuelle parmi les grumeaux de pain et les lambeaux de viande. Mais ne parla pas.

- Je n'aime pas lorsque vous chassez ainsi la nuit. Le château est démuni d'une bonne part de ses défenseurs…

- Je laisse toujours Guiraud et des hommes en suffisance… Les temps sont calmes…

- Calmes, dites-vous ? Comme… à Soulac ?

Elle savait fort bien ce qui le préoccupait. Attaché à la seigneurie comme si elle était sienne, il était convaincu du bon droit de Lesparre dans la querelle qui l'opposait à Soulac : Querelle compliquée et dont les tenants et aboutissants devaient être jugés en remontant toute une lignée de chartes et de donations depuis la fondation du prieuré quatre siècles plus tôt. Le prieuré possédait, outre Soulac même, la quasi-totalité des terres et marais salants de la pointe du Médoc. Même Lesparre, qui payait au prieur la dîme pour quelques marais salants que celui-ci lui y avait concédés, ne contestait pas cette propriété foncière.

La discorde portait sur le droit de justice. Soulac avait pleine justice sur la ville, les chartes étaient incontestables et des bornes aux quatre coins du village délimitaient le territoire du prieuré. Mais Soulac affirmait que sa juridiction s'étendait aux terres et marais de toute la pointe et Lesparre prétendait le contraire.

L'affaire d'ailleurs allait bien plus loin que de savoir qui avait le droit de pendre à sa guise les pauvres paysans et marins concernés : Celui qui serait reconnu seigneur hériterait par exemple du droit de propriété sur les épaves rejetées par les tempêtes sur la partie la plus juteuse du littoral, celle située près de l'estuaire et de ses cruelles passes. Un récent naufrage, récupéré par Gombaud avant même que Soulac ait eu le temps de sortir ses charrettes avait mis le feu aux poudres.

L'affaire se jugeait au parlement de Bordeaux, et les lenteurs des magistrats laissaient tout le temps aux esprits de s'échauffer.

Gombaud leva un sourcil sur elle, le rabaissa bien vite et claqua ses mains sur ses cuisses.

- Nous ne pouvons laisser ces gens assommer nos gardes et se rire de votre justice…

Isabeau, lui tourna le dos et fit quelques pas jusqu'à la porte des cuisines. Gombaud dévora des yeux la silhouette élancée de la maîtresse de Lesparre. Elle allait sortir comme ça, sans lui répondre ? Elle ne cachait plus son mépris, et sa souffrance à lui allait grandissante. Elle fit un pas dans le vestibule, sembla se raviser et tourna les talons. Gombaud eut l'impression qu'elle s'assurait que personne ne pouvait entendre ce qu'elle allait lui dire.

- Ce braconnier, pendu la semaine passée, c'est vous qui l'avez pris ?

- Nous revenions d'une ronde sur les plages. Il faisait plus de bruit qu'une harde de sangliers !

Elle l'observa un moment. Il fixait obstinément son écuelle, absorbé à y remuer l'épaisse platée du bout de sa cuillère. Ces derniers temps, il évitait son regard. Pour qu'elle ne voie pas son désir, ou pour quelque autre raison ? Il fallait qu'elle en sache plus.

- Vous êtes sûr qu'il venait de Soulac ? Vous l'avez interrogé ? On m'a rapporté qu'il était déjà à demi mort lorsque vous êtes arrivé ici.

- Tout à fait certain. Il s'est défendu. Il a reçu un coup de masse d'arme, répondit-il sans toutefois répondre à la deuxième interrogation.

Isabeau n'insista pas. Un coup de masse d'arme laissait un homme sans armure beaucoup moins bavard. Elle continua en haussant légèrement le ton, irritée par la tournure décidément ambiguë que prenaient ses rapports avec son capitaine :

- On dit aussi que vous ne vous êtes pas contenté de vous rendre à Soulac pour réclamer les coupables de l'attentat contre notre gibet. On m'a parlé de pillage… cette fois à l'intérieur de la sauveté, est-ce exact ? Si le parlement apprend cela nous perdrons le procès et, avec lui, les substantiels rapports que les marais salants et les pêcheries de la pointe pourraient apporter à mes enfants si le prieur est déclaré notre vassal…

- En agissant vite je pouvais attraper les canailles qui ont attaqué notre gibet.

- Mais vous ne les avez pas attrapés. Pas plus que cette nuit, n'est-ce pas ?

Le géant resta muet, un peu voûté, contemplant son assiette qui refroidissait.

- Ce n'est pas grave, Gombaud. Mais il nous faut être plus prudents, plus, elle hésita, de peur de le froisser, mais se décida à finir la leçon puisqu'elle était commencée, - plus subtils, tant que ce procès est en cours. Un compromis ne peut qu'être avantageux pour nous, même si nous ne gagnons pas sur toute la ligne…

- Je les aurais eus si un étranger ne les avait pas cachés.

- Un étranger ?

- Oui, un novice arrivé au prieuré avant l'hiver, mes espions à Soulac disent qu'il les a aidés… Il est aussi allé voir le capitaine de la petite garnison du Verdon. Je… La suite sembla plus difficile à sortir, Gombaud se leva pour verser le restant de son écuelle dans la marmite près de l'immense cheminée. Il s'étira, annonçant qu'il avait l'intention de se retirer, ayant visiblement renoncé à se confier plus.

- Gombaud, tu voulais dire autre chose, dit-elle, risquant le tutoiement pour le mettre en confiance.

La réaction du lieutenant général de la seigneurie de Lesparre, surprit Isabeau par sa soudaine violence :

- Inutile de jouer avec moi ! Vous voulez savoir ? J'ai envoyé mon meilleur archer pour me débarrasser de ce gêneur. Et il a échoué. Voilà, cela vous suffit-il ?

– Ce n'est donc pas bien grave. Cela l'aurait été si vous aviez tué quelqu'un dans les limites de la sauveté. Le prieur de Soulac aurait eu beaucoup de plaisir à vous pendre. On le dit aussi implacable que vous. Étonnant pour un homme de Dieu, non ?

Il se rassit, baissant le nez, maussade. Puis après un temps et sur un ton qui révéla une surprenante faiblesse :

- Vous ne me livreriez tout de même pas à ce prieur… ?

- Allez dormir Gombaud. Oubliez Soulac pour le moment. J'aimerais aussi que vous restiez en ville… Vous croyez pouvoir vous passer de « chasse » quelque temps ?

Le géant lui jeta un regard surpris, peu habitué à être la cible de son ironie. Puis sans un mot, il tourna les talons.

* * *

Avant de repasser à l'auberge, Thomas s'enquit d'un drapier auprès d'un villageois qui le conduisit aimablement jusqu'à une ruelle où un cousin à lui venait de recevoir diverses pièces de vêtements à la dernière mode de Paris. Il y dégota un chapeau comme en portait Louis XI, mais d'un vert éclatant et garni d'un bouquet de plumes colorées en place des médailles pieuses qu'y accrochait le roi.

Revenu dans sa chambre, il abandonna sa cape de pèlerin et coiffa sa nouvelle acquisition qu'il avait pris soin de tacher de poussière pour en camoufler l'aspect trop neuf. Il devait être parfaitement ridicule ainsi affublé, mais l'absence de miroir lui évita d'en avoir la certitude.

Il gagna la porte conduisant vers Bordeaux. Une autre graine de peur devait pousser dans la ville : quand les deux rumeurs se rejoindraient, les villageois n'auraient plus de doute sur le danger qui les menaçait.

Cette fois, c'est un troubadour plein d'insouciance qui divertit les pèlerins descendant vers la capitale aquitaine. Il les fit bien rire en racontant comment il avait oublié chez l'archevêque l'instrument sur lequel il s'accompagnait. Ses mimiques réunirent un cercle de badauds hilares, heureux de ce divertissement gratuit avant de reprendre la route. Faisant la quête en tendant son chapeau pour attraper prestement les pièces qu'on lui lançait, il parvint même à ramasser quelques sous, jusqu'à ce qu'il entreprenne d'ironiser sur les pleutres, archevêque et jurats en tête qui quittaient Bordeaux pour « une ridicule petite épidémie de peste ». Là, les rires s'espacèrent, pour s'éteindre tout à fait quand Thomas, qui se découvrait un réel plaisir à faire ainsi le pitre, termina en révélant qu'il avait oublié sa viole chez l'archevêque en fuyant encore plus vite et plus loin que lui.

Les badauds prirent leur distance, grondant et le menaçant quand il faisait mine de s'approcher, le chapeau à la main pour quémander de quoi s'acheter un nouvel instrument. Il s'amusa ainsi quelque temps à les provoquer, ayant constaté que la peur du terrible mal, dont les poussées sporadiques décimaient en un rien de temps un village, les faisait s'écarter précipitamment de lui quand il s'approchait.

Attiré par le remue-ménage, un groupe de soldats quitta la surveillance de la porte pour venir voir de plus près ce qui créait tant de désordre. La foule grondait, des cris saluèrent l'arrivée du guet, exigeant de plus en plus violemment que le dangereux pestiféré, car la foule avait eu tôt fait de le déclarer atteint, soit isolé dans le plus profond cachot du château. L'officier n'eut d'autre choix que d'ordonner à ses sergents terrorisés de se saisir du fauteur de troubles.

C'était fâcheux. Le plan de Thomas était de semer la panique à

Lesparre en ajoutant à la crainte de l'épidémie la rumeur que le curé de Soulac, en raison des agissements de Gombaud, refusait l'Action de grâce et la procession qui tenaient Lesparre protégée de la peste depuis des décennies. Or il n'avait pas eu le temps de procéder à cette dernière phase de son plan. Se maudissant de son insouciance qui l'avait jeté dans ce mauvais pas pour avoir un peu trop poussé le plaisir de s'amuser aux dépens des villageois terrorisés, Thomas tenta de s'enfuir. Mais sous la menace d'une arbalète braquée sur lui par un soldat qui semblait fort désireux de lutter contre le risque d'épidémie de peste d'une façon tout à fait radicale, il dut se résoudre à se laisser conduire au château, tenu à distance des hommes au bout de leurs piques. Ils le jetèrent sans ménagement dans un cul de basse-fosse, une lourde porte se referma sur lui, le verrou claqua, résonnant sinistrement dans le sous-sol obscur.

* * *

Au moins, préférant garder leurs distances par crainte de la peste, les soldats ne l'avaient pas enchaîné. Cependant, les fers qui pendaient contre le mur ne lui disaient rien de bon. Combien de temps faudrait-il pour que quelqu'un prévienne Gombaud et qu'un soldat reçoive l'ordre de l'y suspendre ? Après sa nuit de chasse à l'homme le géant devait dormir, mais à son réveil…

Il examina soigneusement les murs, testa la solidité des barreaux du soupirail au ras du plafond si bas près des murs que sa tête touchait la voûte. La porte était de bois massif, ferrée, à peine pourrie là où elle touchait le sol de terre battue humide. Ils lui avaient fait descendre un étroit escalier en colimaçon, il était sans doute bien au-dessous le niveau du fleuve, il n'osait pas imaginer l'humidité qui devait régner là en hiver. Il repoussa l'angoisse qui l'assaillit lorsque l'idée d'être encore là quand l'hiver viendrait, oublié de tous, tenta de se frayer un chemin dans sa conscience. La venue prochaine de Gombaud n'était pas beaucoup plus réjouissante. Il se rassura en se disant que le terrifiant lieutenant ne l'avait sans doute jamais vu et qu'il n'avait aucune raison de le relier à Soulac. Il en serait quitte pour une correction et peut-être quelques heures de pilori. Piètre consolation. Si le sergent chargé de monter la garde près du pilori ne vous protégeait pas assez assidûment de la rancune des villageois, on en restait bien souvent estropié, sinon éborgné par une pierre un peu trop bien

79

ajustée…

Il lui restait le sauf-conduit du roi, dans un étui de cuir qu'il gardait caché sous sa chemise, pendu à son cou, mais s'il l'utilisait comment expliquer qu'un serviteur du roi se soit livré aux pitreries qui venaient de le faire arrêter ?

Il s'assit sur l'étroit banc de pierre, seul mobilier du cachot, qui servait de couche à peu près sèche aux prisonniers. Son idée était pourtant bonne : menacée de peste, Lesparre oublierait un temps son gibet abattu et il enrageait de ne pouvoir finir de semer le trouble en annonçant que l'Action de grâce qui devait protéger le comté de la peste n'aurait pas lieu cette année, il enrageait de n'avoir prévenu personne de sa folle idée, il enrageait de ne pas savoir si ses lettres étaient parvenues jusqu'à leurs destinataires à Bordeaux.

Le petit volet de bois qui servait de judas grinça en coulissant. Un regard haineux se posa sur lui. L'homme ouvrit, jeta un œil et s'effaça pour laisser entrer une femme. À n'en pas douter, la maîtresse des lieux. Thomas, tout à s'adresser des reproches, n'avait pas eu le temps de réfléchir à l'attitude à prendre. La seule qui lui vint à l'esprit fut de s'en tenir au personnage de troubadour qui lui valait d'être là.

- Je ne crois guère à ton histoire de peste, troubadour. Les nobles seigneurs que j'avais hier à ma table ne m'en ont rien dit. Pourtant ils étaient encore la veille à Bordeaux…

Inutile de s'enferrer dans cette fable. Silencieux, il adopta un air penaud, gardant le regard fixé au sol.

- J'ai menti. Mais je ne voulais qu'amuser ces braves gens et les apitoyer pour acheter une nouvelle guiterne, la mienne m'a été prise en chemin. Par des voleurs, ma Dame, c'est miracle s'ils m'ont laissé la vie.

- Plutôt oubliée dans quelque taberna ou jouée aux dés !

Il garda le silence, après tout, autant ne pas contredire sa fable.

- Te rends-tu compte que tu as semé le trouble et le désordre ? La ville est déjà tout entière en émoi…

- C'est faute aux soldats ma dame, ils m'ont attrapé avant que je ne rassure ces braves gens ! Je fais toujours ainsi : ils sont tellement soulagés quand je les rassure qu'ils ne regardent pas à la dépense ensuite et la quête est miraculeuse ! Maintenant comment vais-je faire ? Je n'ai plus même de quoi me payer une tourte !

- Réjouis-toi, amuseur, tu n'as plus ce problème, nous t'offrons le gîte et le couvert !

Isabeau se tourna vers le geôlier :

- Vous porterez une couverture, un quignon et un pichet d'eau à ce pauvre chanteur, j'aime encourager les arts…

Les yeux toujours rivés au sol, Thomas vit les talons pivoter gracieusement et laissa son regard remonter le long des formes qui franchissaient la porte de son cachot. Ce que l'on disait de la dame de Lesparre était vrai. Belle et impitoyable.

* * *

Assise sur le banc de pierre dans le renfoncement de la fenêtre de sa chambre, Isabeau de la Tour était d'humeur mélancolique. Elle avait chassé Marion avec ordre d'interdire sa porte à quiconque et en particulier s'il s'appelait Gombaud.

Gombaud. Elle n'en avait pas fini avec celui-là. Il prenait maintenant des initiatives qui dépassaient de loin ses attributions. Aller abattre un gêneur à l'intérieur même de la sauveté ! Elle s'attendait d'un instant à l'autre à recevoir la visite du prieur ou de ce frère Benoît, si insolent lorsqu'ils venaient réclamer les dîmes… À moins que ce ne soit lui l'innocente victime de la flèche tirée par l'archer d'élite de Gombaud. Celui-là aussi il allait falloir le remercier pour son adresse !

À trop se reposer sur lui, Gombaud avait fini par se croire le maître. Ce qu'il ne pouvait être. Son jugement se limitait à celui d'un lieutenant, fait pour percevoir les dîmes et garder des paysans dans l'obéissance, et s'il convenait dans l'époque trouble de l'après-guerre, il n'était plus suffisant pour les mœurs plus subtiles, plus politiques du règne de Louis XI. Il lui manquait surtout la puissante motivation qui l'animait, elle : asseoir un fief riche et solide pour ses enfants. Elle n'avait que trop tardé, par paresse, à trouver un meilleur intendant. Encore heureux qu'elle ait vite compris le danger à en faire son amant ! Il aurait eu tôt fait de lui imposer sa loi. Peut-être aurait-elle dû se remarier, comme beaucoup le lui conseillaient… Mais ses prétendants avaient surtout envie d'ajouter Lesparre à leurs fiefs et l'héritage de ses enfants en serait devenu plus qu'incertain.

Il faut dire que le statut de veuve avait des avantages. À commencer par une liberté presque égale à celle des hommes, ce qu'une épouse était loin d'avoir ! Et pas seulement la liberté de posséder, de commercer, de

81

juger même, quand la veuve était celle d'un seigneur, mais aussi toutes les autres libertés dont jouissaient les hommes ! Libertés dont elle usait avec discrétion, mais sans s'en priver quand l'envie lui prenait.

Et puis il y avait le problème de ce garçon, prisonnier dans le cachot, là, en bas, tout près.

Il n'avait pas levé la tête vers elle, mais elle l'avait reconnu au premier regard, il faut dire qu'il n'y avait plus guère de tignasses rousses comme la sienne à Bordeaux depuis le départ des Anglais ! Quelques années plus tôt, deux ou trois ans peut-être, ils s'étaient croisés à un dîner chez le gouverneur. Beau garçon. Un peu jeune, certes, mais grand et bien tourné. Son visage avait une beauté un peu étrange dont elle avait vite appris, car elle s'était renseignée discrètement, qu'il la tenait du mélange anglo-aquitain de ses parents.

Que faisait-il là, à semer la panique à Lesparre ? Elle sentait confusément qu'un mystère plus complexe qu'il n'y paraissait se cachait derrière sa présence à Lesparre.

* * *

Un brouhaha inhabituel attira son regard à l'extérieur, la sortant de ses pensées moroses. Sa fenêtre donnait sur le port. Précisément sur le quai où Thomas avait déposé ses premiers ferments le matin même.

Des petits groupes, semblait-il assez agités, s'étaient formés, chose inhabituelle à cet endroit ordinairement industrieux où chacun s'affairait à sa tâche.

Elle les observa un moment, intriguée, avant de se décider à appeler sa servante, mue par une impulsion soudaine.

Quelques instants plus tard, accompagnée de Marion et de deux solides serviteurs portant livrée aux couleurs de Lesparre, elle fit une arrivée remarquée au milieu des villageois inquiets. Le silence se fit. Elle les considéra d'un air qu'elle espérait à la fois bienveillant et chargé d'autorité. Cela faisait décidément bien trop longtemps qu'elle laissait à Gombaud le soin de conduire ses terres. Elle ne se souvenait même plus de la dernière fois où elle avait adressé la parole à un de ses sujets qui ne soit pas serviteur au château ! Elle s'attendait à devoir les rassurer, les calmer, les remettre au travail, mais elle ne vit que de la peur sur leurs visages. Peur de la peste ? Pas si sûr. "Ils ont au moins aussi peur de moi que de

82

voir le mal s'abattre sur la ville" pensa-t-elle. Il fallait que Gombaud les traite avec une bien cruelle rigueur pour les rendre ainsi craintifs. Comme ses chiens, biens nourris, bien soignés, et… bien châtiés. Finalement qu'aurait-elle pu désirer de plus ? Le résultat était là, peu de crimes, des sujets travailleurs et des taxes qui rentraient bien. Alors, pourquoi vouloir que cessent ces regards fuyants, chargés de crainte, qu'elle surprenait posés sur elle ? Ce qui la troublait c'était la confuse sensation que cette hostilité mêlée de peur n'était pas due à la brutalité de Gombaud, mais directement liée à elle. Que savaient-ils ? Que croyaient-ils ? Elle repoussa ses inquiétudes dans un accès de colère : que lui importait ! Ils pouvaient bien penser ce qu'ils voulaient, elle était ici le maître.

Elle soupira, brusquement accablée par sa solitude. Il lui fallait se défaire de Gombaud, mais aussi volontaire et courageuse soit elle, le remplacer serait une rude et périlleuse épreuve. Et ses fils étaient encore bien jeunes, l'aîné avait à peine douze ans.

L'heure du repos n'avait pas encore sonné.

* * *

- Alors, Troubadour, que préfères-tu ? Ma table est-elle plus attrayante que le repas qu'on t'a servi dans ton cachot ?

Depuis qu'on l'avait extrait de son cul-de-basse-fosse pour le conduire, à sa plus grande surprise, dans la salle de réception du château, Thomas continuait à endosser le personnage de troubadour injustement puni qu'il espérait convaincant.

Dans la grande salle, deux couverts étaient dressés face à face au beau milieu des grands côtés d'une gigantesque table. On l'avait fait asseoir devant l'un d'eux, puis la dame de Lesparre était entrée, s'était assise, et, d'une voix ferme et autoritaire, avait commandé qu'on commence le service.

Il n'avait rien mangé depuis le matin et le jour commençait à décliner. Le mauvais pas où il se trouvait n'avait en rien affecté son appétit et il s'était à peine interrogé sur les raisons de sa bonne fortune en voyant une procession de serviteurs garnir la table d'un esturgeon entouré de légumes, d'un canard nappé d'une sauce au verjus et de la cuisse d'un chevreuil, qui devait être gigantesque, entouré de petits oiseaux en pâtés.

Il prit le temps de vider le verre de vin qu'un serviteur venait de

83

remplir et risqua un regard sur son hôtesse tout en lui répondant d'une petite voix exagérément soumise et plaintive qui, il l'espérait, ressemblait à celle qu'aurait prise un humble troubadour :

- On ne m'a rien servi, ma Dame... Rien depuis ce matin, se plaignit-il, aussi, j'espère que vous pardonnerez ma goinfrerie bien peu élégante.

Elle eut un rire clair et spontané, le rire d'une toute jeune fille, pensa-t-il.

- Rassure-toi, troubadour, pour être de nobles naissances, mes hôtes habituels n'en sont pas moins goinfres, eux aussi !

Le jour, déjà chichement dispensé par d'étroites fenêtres, commençant à tomber, il en profita pour l'observer à la dérobée. Elle était vraiment telle qu'on la lui avait décrite. Sans doute la quarantaine dépassée, grande sans être frêle, le port noble sans être hautain et un visage à peine marqué par les ans sous un front dégagé très haut par des cheveux blonds tirés en arrière et enroulés en savantes torsades sur les côtés. Un imperceptible sourire releva les coins de sa bouche et éclaira son regard quand elle continua :

- C'est à ce moment du repas qu'un troubadour vient égayer les convives. Je t'ai fait porter une guiterne, j'espère qu'elle saura remplacer celle qui t'a été volée...

Thomas se leva lentement, prenant avec un respect exagéré l'instrument qu'on lui tendait. Il s'inclina courtoisement vers la dame de Lesparre et se redressa vivement pour surprendre sur son visage une expression qu'il décrypta sans peine : elle arborait l'air attentif, concentré et très excité du chat qui guette sa proie. « Elle s'amuse de moi. Les distractions doivent être rares à Lesparre... » pensa Thomas. La joute commençait donc. Cela aurait pu être les prémisses d'une bien agréable soirée si sa liberté n'avait pas été en jeu. Il y avait aussi les mises en garde qu'on lui avait adressées. Qu'avait donc dit Frère Anselme ? Une forte femme... qui avait fait de Gombaud ce qu'il est... prête à tout pour préserver l'héritage de ses fils... Tout cela était finalement assez normal, c'était autre chose qui "clochait". L'invitation à dîner en tête à tête d'un pauvre troubadour par dame Isabeau de la Tour éveillait en lui un autre signal. Une noble veuve esseulée pouvait naturellement avoir envie de s'amuser le temps d'une soirée en compagnie d'un insignifiant troubadour qui serait au mieux renvoyé le lendemain sur les chemins avec une ou deux pièces d'or, au pire remis au cachot un temps indéterminé. Mais que signifiait le signe de croix esquissé par frère Anselme tandis qu'il disait : « Je ne la connais que par ce que racontent les villageois » ? Et que signifiait ce regard qu'il venait de surprendre ? Il se pouvait que la dame de Lesparre soit plus dangereuse qu'il ne semblait. Il se pouvait que la découverte de l'appartenance actuelle de Thomas au prieuré de Soulac ne soit pas du tout bonne pour sa santé : Isabeau pouvait par exemple le remettre entre les mains de son compère Gombaud pour qu'il lui fasse avouer où se cachaient les fugitifs qu'il recherchait avec tant d'ardeur… Thomas se sentit commencer à transpirer tandis que des images de chambre de torture l'effleuraient. Ensuite, eh bien ! ensuite, il finirait sans doute en compagnie des deux Soulacais, se balançant au gibet de Lesparre… On semblait pendre facilement par ici…

- Buvez encore un peu de vin, troubadour, il délie la langue et vous semblez avoir chaud !

Thomas décida de s'en tenir coûte que coûte à son personnage. La première épreuve était à sa portée : étudiant, il avait eu à Bordeaux un maître de musique et jusqu'à son départ pour Soulac, il confiait encore sa mélancolie à sa guiterne. Il décida de profiter de l'occasion pour tenter de renverser la situation en sa faveur. S'il faisait un troubadour crédible et pourquoi pas désirable, peut-être parviendrait-il à quitter ce château entier…

Après un long passage musical pour définitivement convaincre Isabeau de sa maîtrise de la guiterne, il entama un chant vieux de deux siècles, à l'âge d'or des troubadours, qu'il agrémenta de digressions personnelles, prenant soin d'installer insensiblement le doute dans l'esprit de son auditrice : l'objet de sa mélancolie était-il un déchirant amour passé ou un amour sans espoir qui lui était destiné à elle ? En tout cas, les coudes sur la table et le menton élégamment posé sur le dessus de ses mains, l'expression de son visage passa, sans qu'elle cherche à le travestir, du doute à la surprise, puis elle sembla se laisser emporter par le plaisir de l'instant.

Quand il eut fini, elle applaudit comme une enfant ravie et l'invita à revenir s'asseoir en face d'elle :

- Magnifique ! Vous devez être bien triste Messire, pour si bien chanter…

Elle resta silencieuse un long moment. De troubadour, il était devenu

Messire. Une trompe d'alarme résonna dans sa tête tandis que le silence se prolongeait.

Elle se décida enfin à continuer :

- Je suis un peu fâchée, Messire. Nous nous sommes déjà rencontrés, savez-vous ? Soit vous ne m'avez pas remarquée à ce banquet chez le gouverneur l'an passé, soit vous me prenez pour une sotte… Vous ne croyez tout de même pas passer inaperçu, fit-elle, descendant d'un geste qui ressemblait à une bénédiction de sa tignasse rousse au reste de sa silhouette encore plutôt athlétique malgré l'ascèse de novice à laquelle il s'astreignait depuis son arrivée à Soulac. Je sais même votre nom, je m'étais renseignée auprès d'une servante ce jour-là, précisa-t-elle sans s'étendre sur les raisons de sa curiosité. Messire Thomas Russ. Elle laissa le désarroi s'emparer de lui le temps d'un long silence. Alors, reprit-elle, pourquoi le commis d'Aymon Tullier, avec qui je commerce parfois, vient-il semer la peur chez moi ?

Thomas prit son air le plus idiot, celui que Tom le troubadour n'aurait pas manqué d'avoir.

- Vous faites erreur ma Dame ! Je dois lui ressembler ! Je vous assure, hier encore je jouais dans une taberna sur le chemin de Bordeaux…

-… Et c'est là que l'on vous a volé votre guiterne ; dont vous jouez fort bien, d'ailleurs, je vous en félicite, je ne savais pas que l'éducation des jeunes bourgeois de notre bonne ville de Bordeaux comprenait l'art de la musique et du chant. Assez ! jeta-t-elle sèchement tandis qu'il continuait à se récrier. Vous vous êtes assez moqué de moi, Messire. Il y a en haut de mon donjon une pièce avec une forte serrure qui convient mieux à un jeune bourgeois entêté. Je vais vous y faire conduire. Vous y séjournerez jusqu'à ce que vous vous décidiez. Sergents, conduisez Messire à la chambre haute !

Désarmé, face à trois piquiers menaçants, il n'eut d'autre choix que de se laisser conduire à sa nouvelle geôle.

L'air n'y entrait que par une étroite meurtrière et il y faisait une chaleur épouvantable. Thomas en regrettait presque l'humidité de la cave où il avait passé la journée. Il eut le plus grand mal à y trouver le sommeil. Si seulement la dame de Lesparre pouvait avoir la riche idée de se plaindre auprès d'Aymon ! Quelqu'un au moins saurait où il est ! Du moins ne semblait-elle pas faire de lien entre lui et Soulac : la procession et la messe pour épargner Lesparre de la peste devaient avoir lieu la semaine prochaine et c'était un miracle qu'elle n'ait pas trouvé étrange qu'il choisisse ce moment précis pour semer la peur de la peste dans sa ville. En outre, il n'était pas trop sûr que le fait qu'elle n'ait à aucun moment mentionné Gombaud soit de bon augure. Le reste de sa nuit fut peuplé de cauchemars agités où frère Anselme, accompagné de tous les habitants de Soulac et de Lesparre réunis, se signait frénétiquement chaque fois qu'il l'entendait prononcer le nom de la dame de Lesparre.

* * *

La fraîcheur matinale venait tout juste d'accorder à Thomas deux ou trois heures de sommeil quand un grand remue-ménage le réveilla. L'étroite meurtrière ne lui permettait pas de voir la cour du château, mais à coup sûr de nombreux hommes d'armes s'agitaient là en bas.

La première pensée de Thomas fut que Gombaud avait lancé une deuxième chasse pendant la nuit, avec succès cette fois tant les voix qui montaient jusqu'à lui étaient vives et excitées.

La voix de la belle Isabeau de la Tour, qui soit dit en passant avait fait quelques incursions dans les rêves de Thomas, lui parvint sans qu'il puisse toutefois comprendre si les fugitifs de Soulac avaient été pris ou non. Deux cavaliers partirent à vive allure. Le galop de leurs chevaux résonna dans la cour puis sur le pont-levis avant de disparaître dans le lointain.

Que se passait-il ?

Le calme retomba. Les bruits ordinaires reprirent leurs droits, caquètements des poules dans le poulailler de la cour, aboiements des chiens de Gombaud quand un serviteur passait trop près de leur chenil, bruits de la ville et du port. Des enfants jouèrent un moment dans l'escalier menant à sa prison, les fils de la maîtresse des lieux sans doute, vite éloignés, courtoisement, mais fermement, par une voix d'homme toute proche : il avait donc l'insigne honneur d'avoir un garde devant sa porte.

À deux ou trois reprises dans la journée, il entendit Isabeau donner des ordres à une servante ou un serviteur et, au ton qu'elle employait, ce n'était clairement pas le jour à traîner pour obéir.

Il passa l'après-midi dans l'attente d'une visite de Gombaud, peut-être même pour être conduit au gibet sans autre forme de procès, mais la journée s'allongea interminablement, accompagnée d'une terrible fournaise. Il devait faire dehors une température de plomb et pas un souffle de vent ne traversait le ciel voilé par une brume de chaleur annonçant la pluie que tout le monde attendait.

* * *

La dame de Lesparre était effectivement de fort méchante humeur. Et elle avait de quoi l'être. Une mauvaise nouvelle au petit-déjeuner était un moyen assez sûr pour passer une journée détestable. Et quand une deuxième mauvaise nouvelle, très mauvaise celle-là, venait à confirmer la première, il n'y avait plus qu'à s'enfermer pour tenter d'éviter une contrariété supplémentaire.

Pour commencer, elle s'était couchée irritée de l'entêtement de ce petit bordelais à ne pas admettre qu'elle l'avait reconnu, persistant dans son personnage de troubadour. Elle pressentait là un mystère plus menaçant qu'il n'y paraissait et dont elle devait absolument venir à bout.

Et ce matin, changement de programme. En descendant aux cuisines, Emeline lui avait appris que Gombaud n'était pas reparu depuis leur altercation à son retour de chasse à l'homme de la veille. Il s'était éclipsé, l'air sombre, aussitôt après et personne ne l'avait vu depuis. Isabeau s'était immédiatement rendue à la tour qu'il occupait, la porte en était fermée à clef. Elle avait fait ouvrir pour trouver son lit défait, mais vide. Quand elle constata l'absence de son chien préféré, elle le soupçonna d'être reparti à la chasse malgré ses ordres, mais la matinée s'était écoulée sans qu'il ne reparaisse. Lui était-il arrivé malheur ? Elle avait passé l'après-midi à lister toutes les tâches dont s'acquittait Gombaud, à constater son incapacité à les ajouter toutes aux charges dont elle s'acquittait - bonne marche du château, éducation des enfants, administration du commerce du port – le plus déprimant était qu'elle ne voyait pas dans ses gens de possible remplaçant. Gombaud était brutal, certes, mais son autorité et sa connaissance de tous les habitants de la sirie le rendaient irremplaçable. De plus, au fil des ans, elle en était venue à se tourner vers lui pour une foule de petits services, certains très privés, qu'elle répugnait à confier à qui que ce soit d'autre. Il était tout à la fois son lieutenant, son régisseur, son âme damnée et sa principale source d'information et de contrôle de la seigneurie. Elle avait fait chercher le second de Gombaud, et l'avait renvoyé rapidement : un homme dont elle devrait bien se contenter, le seul connaissant le travail de Gombaud pour l'avoir accompagné année après année, sans doute loyal,

88

mais qui ne savait pas même compter, léger handicap pour la perception des tailles et taxes ce qui était tout de même la part la plus vitale de son travail pour la seigneurie.

Elle avait passé la fin de cet après-midi étouffant, tandis que l'orage grondait dans le lointain, à broyer du noir dans sa chambre. Les deux sergents qu'elle avait envoyés sur la Levade, un vers Bordeaux, un jusqu'au Verdon revinrent bredouilles. Même une visite à chacun des petits nobliaux vassaux de Lesparre n'avait pas donné la moindre nouvelle du fuyard.

Une servante, amenée par Emeline, vint lui confesser qu'elle partageait à l'occasion la couche de Gombaud. Au matin, s'il avait ete satisfait de ses services, il lui donnait parfois une petite pièce d'argent. Trop confiant dans la peur qu'il inspirait, il ne se cachait même pas en la prélevant dans un sac de cuir des plus rebondis rangé sous quelques vêtements dans son coffre.

- Allons-y, tu vas me montrer ça, ma fille…

Hélas, dans la chambre de Gombaud ils ne trouvèrent pas trace d'or ou d'argent. Elle n'avait pas de raison de douter des paroles de la servante et la disparition de sa fortune ne faisait, hélas, que confirmer la fuite de Gombaud. Décidant cette fois de s'octroyer le droit d'une fouille en règle, elle découvrit, caché sous sa paillasse, un petit carnet avec des colonnes de chiffres qu'elle remonta avec elle.

Le comparant à son propre livre de compte de la sirie, elle eut tôt fait de constater que son fidèle lieutenant prélevait de-ci de-là de quoi se constituer un confortable trésor de guerre. Les sommes étaient modestes, presque raisonnables pensa-t-elle, en comparaison des taxes perçues auprès des fermiers et marchands ponctionnés, mais le fidèle Gombaud ne l'en avait pas moins volée et cette brutale déconvenue failli presque la désespérer, au point de lui faire regretter son défunt mari et la quiétude dont elle jouissait en ce temps-là.

Le summum fut atteint quand le sergent qu'elle avait reçu en début d'après-midi frappa à sa porte. Il était accompagné d'un très jeune homme qui se tenait quelques pas en retrait.

- Ma Dame, j'ai cherché parmi nos hommes celui qui a tiré sur le moine qui aide les malandrins de Soulac qui ont abattu not'gibet. Artùs raconte à dame Isabeau ce que tu as fait.

- Messire Gombaud m'a laissé à Soulac pour trouver les gars qui ont volé le pendu. Je les ai tout de suite trouvés, dit-il fièrement, mais il y a là-bas un drôle de type que le prieur a chargé de les arrêter pour nous les remettre. Celui-là, je donnerais ma main à couper qu'il ne va pas le faire. Il est allé voir le capitaine des soldats du roi au Verdon, Dame, et il y a un cavalier qui est parti aussitôt vers Bordeaux… Je suis sûr qu'il les a aidés à se cacher ce fichu novice, c'est pour ça que Gombaud ne les a pas trouvés cette nuit. J'ai voulu le blesser avant qu'il ne les aide à fuir, vous comprenez, ma Dame, je savais où ils se cachaient à ce moment-là, il y avait juste à les ramasser ! Je l'ai manqué, fit-il piteusement, maintenant qui sait où il a caché ces gredins…

– Alors tu as tiré sur lui. Et tu l'as manqué. Gombaud m'a dit cela. Il semble que tu sois moins bon archer qu'il ne le pense.

- Un coup de vent a dévié ma flèche ! Mais si j'avais pu prévoir que le vieux moine surgirait à ce moment de derrière je n'aurais pas tiré !

- Ne me dis pas que tu as blessé un moine !

- Le frère Anselme, ma Dame, j'ai interrogé des pèlerins de passage avant de revenir prévenir Gombaud, c'est le vieil Anselme, l'écrivain de l'abbaye qui a reçu la flèche. Il est mourant… Avoua le sergent.

- Sortez d'ici, tous les deux, fit-elle d'une voix blanche de fureur, sortez !

Au soir, tandis que l'heure du dîner approchait, une idée l'effleura : Le petit Anglais qui rôtissait dans sa prison sous la terrasse du donjon, pouvait-il être pour quelque chose dans tout ça ?

La fuite de Gombaud lui avait fait oublier Thomas. Peut-être ferait-elle bien de tenter d'en savoir plus sur ce garçon. Et puis elle avait besoin de distraction. Elle essaya de faire abstraction de ses idées noires, de cette angoisse du vide créée par l'absence de Gombaud pour les mois à venir. Petit à petit, elle parvint à se laisser gagner par l'excitation de cette énigme à résoudre. Après tout, elle était Isabeau de la Tour d'Auvergne, Dame de Lesparre, veuve d'Amanieu d'Albret d'Orval. Ce Thomas Russ était en fin de compte une distraction passagère qui venait à point nommé, l'énigme de son étrange comportement n'étant qu'un piquant supplémentaire ajouté aux distrayantes et apaisantes récréations que lui avaient apportées ses prédécesseurs.

- Marion !

La jeune servante qui attendait les ordres de sa maîtresse dans une antichambre voisine, entra aussitôt :

- Descend faire préparer un bain frais au prisonnier de la chambre haute, hier soir déjà il puait comme un bouc, il doit être maintenant aussi cuit qu'une alose dans son court-bouillon d'oseille ! Ensuite, préviens Émeline qu'il dînera avec moi ce soir encore. Et que trois gardes ne le quittent pas des yeux, il n'est pas question que lui aussi disparaisse, m'as-tu bien comprise ?

* * *

- 4 -

Le dîner

Isabeau reçut, tout comme la veille, Thomas en hôte de marque.

Très élégante, sa longue robe découvrait audacieusement ses épaules et la large échancrure qui s'ouvrait jusqu'au milieu du dos finissait d'affoler les regards de Thomas. La ceinture argentée large de deux mains qui enserrait sa taille n'était pas pour diminuer son trouble.

Elle n'en repoussa pas moins fermement toutes les plaintes contre le traitement injuste et cruel "infligé à un pauvre troubadour qui regrette bien son insignifiante plaisanterie".

Ils dînèrent donc en échangeant de rares propos anodins. La dame de Lesparre avait choisi d'afficher un imperceptible sourire, Thomas, lui, n'oubliait pas les propos ambigus de frère Anselme sur son hôtesse et était tout de même inquiet de cette deuxième invitation inattendue. Elle savait qui il était, il continuait à nier pour gagner du temps, mais il fallait que cela cesse avant d'arriver à bout de la patience de son hôtesse. Toute la question était de trouver une raison plausible à son comportement de la veille : Pourquoi, Thomas Russ, neveu d'un marchand bordelais prospère, viendrait-il à Lesparre semer la peur d'une épidémie de peste imaginaire, soi-disant en train de faire fuir les Bordelais ?

Il cherchait depuis la veille et n'avait rien trouvé. La folie ? Il aurait fallu alors qu'il joue le fol depuis son arrestation, mais, hélas, il s'était comporté tout à fait normalement.

Elle le sortit brusquement de ses rêveries :

- Vous ai-je dit que mon lieutenant était mystérieusement disparu ?

Thomas feignit l'incompréhension.

- Gombaud, vous ne le connaissez pas ? C'est "l'homme de la maison". Depuis le décès de mon époux, il m'aide à la bonne marche de cette seigneurie… Et ce matin, pfft, plus de Gombaud. Cette fois son regard n'affichait plus le moindre sourire.

- C'est la première fois que je viens ici… Commença Thomas, comment voulez-vous…

- Messire, voyez-vous ici cette fois une quelconque guiterne ? Non ? Il n'y en a pas, car il n'y a pas plus de troubadour. Vous allez donc cesser cette comédie. Vous êtes Thomas Russ et si vous ne vous décidez pas à être raisonnable, j'enverrai demain quelqu'un enquêter à Bordeaux pour savoir ce que vous faites ici. De plus, la disparition de Messire Gombaud le lendemain de votre arrivée est une étrange coïncidence.

- J'étais enfermé ici !

- Nous vous avons arrêté midi passé et j'ai vu Gombaud pour la dernière fois bien plus tôt…

- C'est cela, je le tue, je l'enlève, ou Dieu sait quoi, et je fais grand tapage pour me faire arrêter !

- Pourquoi pas ? Pour vous introduire ici ; ou croyant que l'on ne viendra pas chercher en prison le meurtrier de ce pauvre Gombaud, fit-elle avec un trémolo dans la voix fort bien joué.

Thomas sentit une goutte de sueur dévaler son dos. Quelle idée de génie avait-il encore eue ! Cela semblait pourtant simple, au départ : il semait dans Lesparre une vague de peur panique de la peste juste avant la procession toute proche, puis il menaçait Isabeau de leur interdire la procession s'ils continuaient à pourchasser les fugitifs. Il avait espéré que l'annonce de l'annulation de la procession provoquerait tant de troubles dans la population que la dame de Lesparre ordonnerait à Gombaud d'abandonner la chasse à l'homme.

À l'évidence, c'était une mauvaise idée. L'éventualité que les paysans de Lesparre, désespérés, ne se lèvent tous ensemble contre Soulac, provoquant un effroyable massacre, lui traversa l'esprit, confirmant l'erreur de jugement que l'urgence lui avait dictée.

Et maintenant il se retrouvait avec une accusation de meurtre. La menace du redoutable Gombaud semblait écartée, mais la belle Isabeau n'était pas sans danger… Il frissonna en repensant à Anselme, à l'impression que le vieux moine ne lui avait pas tout dit sur Isabeau de la Tour, par crainte de médire peut-être. Il ne l'en avait pas moins vivement mis en garde contre elle.

- Je jure devant Dieu que je ne suis en rien responsable de la disparition de cet homme… On dit que plusieurs jeunes hommes ont disparu ces dernières années, dans la forêt de Lesparre…

Thomas, dans la demi-obscurité qui tombait, leva un œil prudent sur elle. Elle semblait songeuse, presque troublée.

- Qui dit cela ? dit-elle finalement d'un ton étrange, mi-inquisitrice, mi-lasse.

Thomas faillit lui répondre étourdiment : « le capitaine du Verdon » dévoilant ainsi qu'il avait lien avec la pointe.

- Qui dit cela, répéta-t-elle, c'est la première fois que j'entends pareille sottise…

À ce moment, une fable jaillit dans l'esprit de Thomas, avec tant de force qu'elle jaillit de sa bouche à peine ébauchée dans son esprit :

- C'est vrai, je suis Thomas Russ, concéda-t-il, je suis ici pour cela… On m'a chargé d'enquêter sur des disparitions dans le Médoc…

- On ? Qui est ce « on » ?

- Je ne peux rien dire, ma Dame.

À ce moment, une incroyable coïncidence, de celles qui vous donnent la certitude d'un dessein supérieur à notre pauvre condition humaine, vint argumenter sa fable : un timide toc-toc à la massive porte de bois de la salle résonna alors que le refus de répondre de Thomas avait installé un silence tendu. Isabeau cria d'entrer, un peu trop fort, un peu trop nerveusement. Marion, sa femme de chambre, avança le regard baissé jusqu'à sa maîtresse.

- Jeanne vient de trouver cela près du bain, dit-elle en lui tendant le sauf-conduit royal de Thomas, elle a dû le faire tomber quand elle a pris les vêtements du troubadour pour les brosser…

La dame de Lesparre déroula le parchemin et en prit connaissance d'autorité, puis resta pensive, sans toutefois que le moindre sentiment ne paraisse sur son joli visage.

- Pour enquêter, disiez-vous ? Pour… le roi ? fit-elle en brandissant le sauf-conduit, le roi s'intéresse à quelques disparitions dans le Médoc ? N'a-t-il donc pas assez à faire avec la conduite du royaume ?

- Non, vous n'y êtes pas, ce sauf-conduit n'a rien à voir…

D'un geste, elle congédia Marion. Elle resta encore pensive quelques instants avant de sembler prendre une décision :

- Vous m'expliquerez un jour l'intérêt de semer la peur de la peste dans ma ville pour retrouver vos disparus, fit-elle froidement, avant de sembler inexplicablement retrouver calme et bonne humeur : mais qui suis-je pour comprendre un enquêteur de roi !

Thomas la regarda, inquiet de ce brusque revirement. Elle affichait de nouveau un sourire indéfinissable. Belle. Vénéneuse ? Pas sûr. Mystérieuse en tout cas. Et d'autant plus attirante. Il prit sa décision. Il fallait qu'il gagne sa confiance. Le jeu était peut-être dangereux, mais il ne pouvait s'empêcher d'admirer cette femme qui avait réussi à convaincre le roi de lui laisser diriger sa seigneurie pour préserver l'héritage de ses enfants, qui pour cela avait été capable de s'imposer dans un monde d'homme, et surtout qui avait su tenir en laisse le terrible Gombaud.

- Je dois vous faire un aveu…

- Vous êtes Thomas Russ ? Merci, je n'en doutais pas, ironisa-t-elle.

Il inclina la tête, feignant le repentir.

- Je ne peux encore tout vous dévoiler, mais nous pouvons cependant passer un accord. En enquêtant, j'ai entendu parler de ces hommes de Soulac que Gombaud pourchassait pour les pendre. Ce sont de pauvres gens, ma Dame, j'ai voulu les sauver par mon petit spectacle d'hier.

- Ils ont attaqué et blessé deux de mes sergents, cela mérite la corde. Mais expliquez-moi comment vous comptiez les sauver…

Thomas raconta sa petite machination visant à instiller la peur de la peste aux Lesparrains pour menacer ensuite de les priver de la procession qui les en aurait protégés. Il omit cependant de mentionner son appartenance au prieuré de Soulac.

- Inventif, commenta-t-elle seulement. Peut-être aurions-nous dû rendre le corps du braconnier à sa famille pour ne pas envenimer nos relations déjà tendues avec Soulac… J'ai sans doute un peu trop laissé Gombaud exprimer sa brutalité. Il m'est précieux, indispensable même, dans la conduite de mon fief, je ne peux sans cesse le contrarier…

- Je peux essayer de le retrouver, si vous laissez en échange la vie sauve à ces paysans soulacais, ils ne voulaient pas vous offenser, ils désiraient seulement inhumer religieusement leur frère.

Elle accepta le marché de Thomas avant la fin du repas. Le plus dur fut de la convaincre qu'il ne fuirait pas sitôt libre, mais son acharnement à sauver les fugitifs paraissait si sincère, qu'elle décida de lui faire confiance.

De son côté, Thomas ne s'aperçut pas qu'elle se souciait peu, bien au contraire, de retrouver Gombaud. Sa décision était prise : elle allait devoir se passer de ses services. À l'évidence, au fil des ans, sa violence avait pris le pas sur sa raison. Elle entrevoyait, tout au contraire, l'occasion de négocier une réconciliation profitable aux deux partis soulacais et lesparrain.

Ce qui l'intéressait, en revanche, c'était d'en savoir plus à propos de ces rumeurs de disparitions de jeunes hommes. Voilà donc qui l'éclairait sur les murmures et regards dérobés qu'elle surprenait de plus en plus souvent lors de ses sorties en ville. Elle n'était pas sotte et savait très bien le mal que pouvait faire une rumeur malfaisante. Sans la brutalité de Gombaud pour tenir éloignée la menace qu'elle sentait planer au-dessus d'elle, elle se découvrait soudain bien vulnérable, bien seule. Un frisson la traversa malgré l'orage qui rendait l'atmosphère de plus en plus étouffante. Elle croisa frileusement ses bras contre sa poitrine, faiblesse qui n'échappa pas à Thomas qui la regardait furtivement, lui donnant l'envie vite réprimée de la prendre dans ses bras. À cet instant de fragilité, elle se montrait telle qu'en elle-même et cette nudité des sentiments rendait encore plus beau l'ovale de son visage encadré de ses longs cheveux défaits. Elle était belle et à ce moment, Thomas ne la trouvait pas le moins du monde vénéneuse ou diabolique.

Elle se ressaisit bien vite. Ce Thomas Russ, selon ses dires, enquêtait sur les disparitions. Que savait-il ? Comment le roi avait-il été averti des disparitions ? L'un des disparus était-il un de ses proches ? Elle ne pouvait interroger directement Thomas sans mettre en péril le fragile lien qu'ils avaient tissé. Gagner d'abord sa confiance, endormir sa méfiance. Ensuite, seulement ensuite, elle saurait bien le faire parler…

- Oublions cela, fit-elle presque joyeusement dans un nouveau revirement. Buvons à notre collaboration, en attendant, qui sait, notre amitié, dit-elle en levant son verre. Me feriez-vous goûter de nouveau à vos talents de troubadour, cette fois sans qu'il y ait entre nous cette affreuse tromperie ? minauda-t-elle, feignant un reste de rancune.

Thomas, à mille lieues de se douter de l'intérêt qu'il avait suscité en prétendant enquêter sur les disparitions, se laissa entraîner dans ce nouveau jeu. À vrai dire, il était tard et il était las. Trop las pour continuer à s'interroger, en tout cas.

Marion apporta la guiterne, réprimant ses regards effrayés. Même elle, songea Isabeau, même elle a eu vent de la rumeur et me soupçonne des pires pêchés… Thomas ne vit rien.

Il commença une balade de Bernard de Ventadour qui fut troubadour à la cour d'Aliénor il y avait bien longtemps… Les yeux d'Isabeau virèrent au tendre bleu d'un ciel de printemps au récit du mal d'amour du troubadour. Thomas ne s'aperçut même pas que les siens y plongeaient irrésistiblement.

* * *

- 5 -

Les soucis de maître Tullier

Bordeaux mi-juillet, au moment même où Thomas commençait à dîner avec la dame de Lesparre.

La maison de maître Tullier était plongée dans un silence bien inhabituel. La livrée royale couverte de poussière du cavalier qui venait de faire irruption dans la cour avait, pour une fois, figé l'exubérance gasconne des gens d'Aymon Tullier.

Le messager se tenait maintenant devant la table de travail d'Aymon, immobile et droit malgré les quinze lieues par jour qu'il venait d'abattre depuis son départ du château de Plessis-Lez-Tours. Se souciant peu de savoir si ses propos seraient rapportés au roi, le marchand laissait libre cours à son désagrément, apparemment insensible aux yeux ronds du serviteur du roi, plus habitué à voir les destinataires de ce genre de message se frotter les mains de fierté, sinon d'orgueil.

- Sait-il que le travail de la vigne est commencé ? Non, bien sûr ! Sans doute les raisins vont-ils arrêter de mûrir pour laisser à ma maisonnée le temps de le recevoir !

Les vendanges étaient, pour les Bordelais, le moment de l'année que rien ne pouvait entraver. Ici, la vigne était reine. Tous, ou presque, avaient au moins quelques règes[5] de vigne, à la périphérie de la ville voire dans les cours ou les jardinets intra-muros, au point que, du plus simple artisan au magistrat cossu, quand le ban des vendanges était fixé, toute autre activité cessait, et plus rien ne venait interrompre le travail du vin avant le

---

[5]Rège : unité de surface équivalente à environ un are.

15 octobre. Bordeaux ne vivait cette période que pour et par le vin, et cela jusqu'à la foire où l'on vendrait la récolte et où le commerce reprendrait ses droits. En juillet déjà la vigne réclamait des soins. Sans compter les barriques, cuves, pressoirs et autres vaisseaux vinaires qu'il fallait soigneusement laver, réparer, préparer en vue des vendanges. D'où le désespoir qui saisissait Aymon.

- Ce pli m'avertit seulement de sa venue prochaine. C'est bien vague. En savez-vous plus ?

- J'ai fait le trajet en six jours, les chariots du grand chambellan ont dû partir aussitôt après moi, la route était bonne et sèche, ils seront là dans une semaine peut-être… Le roi est vaillant cavalier et voyage avec une petite escorte d'Écossais habitués à ses incessants voyages, réfléchit à haute voix le messager en réprimant un soupir. Il sera là le lendemain, c'est habituellement ainsi…

- Et voilà ! Mordiou, juste lorsqu'il sera temps de se mettre à l'ouvrage ! J'ai compris ! Il veut venir nous prêter la main et participer aux vendanges vertes pour presser lui-même son verjus[6] !

- Messire, avez-vous lu la fin du pli royal ? Risqua le cavalier, le roi m'a expressément demandé de m'en assurer.

- La fin, la fin, que veut-il encore, fit Aymon, s'approchant pour mieux lire de la fenêtre inondée de soleil qui lui offrait le majestueux paysage du méandre affairé des quais, n'est-ce pas assez de… Cap de Biou[7] ! Cette fois c'est…

- Un problème, Messire, fit le messager, voyant la trogne déjà rubiconde du marchand virer au cramoisi.

Le ton soudain presque sévère de l'homme de Louis XI rendit à maître Tullier conscience de l'identité de l'homme qu'il avait face à lui. Et de la sienne par la même occasion : Un membre influent et respecté de la jurade de Bordeaux.

- Non, non, merci, c'est que recevoir le roi comme il le mérite n'est pas une mince affaire…

- Ne vous préoccupez que de lui offrir le gîte que vous réserveriez à un ami de votre rang et permettez-moi de m'assurer avec vos gens de

---

[6]Une partie des raisins était vendangée « verts » pour que les grains restants soient plus gros. Le jus de raisins verts, le vertjus, était très utilisé au moyen-âge pour faire des sauces.
[7]Juron gascon : tête de Dieu !

l'accueil de son secrétaire, son chambellan et deux ou trois proches serviteurs. Il y a aussi la vingtaine de gardes qui constitue son escorte…

- Le roi traverse la France en si petite compagnie !

- À longueur d'année, Messire, fit l'homme soupirant de nouveau.

- Bon, allez reprendre des forces en cuisine. Dites à Ysabeau, qui vous a mené à moi tout à l'heure, qu'elle vous aide en tout. Et qu'elle me trouve immédiatement Juan et Paul !

* * *

Devant la porte, ils échangèrent un regard, chacun cherchant dans les yeux de l'autre l'assurance de son soutien, un dernier signe de loyauté. Ils avaient partagé tant d'aventures, tant de périls qu'ils ne pouvaient en douter, mais ce messager royal qu'ils avaient entraperçu en passant devant la cuisine ne leur disait rien de bon. Et, depuis le départ de Thomas, Aymon avait eu peu recours à leurs services. Paula rajusta son pourpoint d'homme, arrachant un petit sourire à Juan, qui, depuis leurs aventures au Pays de Galles, était le seul à connaître la supercherie par laquelle elle continuait à vivre travestie en homme malgré le départ de Thomas.

- Qu'attendez-vous, entrez ! tonna la voix d'Aymon à l'intérieur.

Quelques minutes plus tard, ils écoutaient maître Tullier relire pour la deuxième fois la lettre du roi. Effondré dans son confortable fauteuil, ce fardeau s'ajoutant à la retraite soudaine de Thomas au prieuré de Soulac, dont il ne se remettait pas, semblait lui avoir porté un coup terrible. Juan, resté près de l'entrée, s'interrogeait sur les raisons de sa présence pour entendre les plaintes affligées de maître Tullier. Et les réponses qui lui venaient à l'esprit ne lui plaisaient pas.

- Ne faites pas cette tête d'enterrement, fit le jurat, qui ne semblait pas avoir conscience de la piètre figure qu'il montrait lui-même, et toi Juan, ne reste pas près de cette porte, que je te vois, approche-toi donc de Paul… Bon, le problème n'est pas que le roi vienne entraver ces vendanges, vous le devinez. « Et pour ce qu'il est de nos bons et loyaux sujets Thomas Russ et Paula Van Eyck, j'ai grand désir de les voir et les remercier des bons services qu'ils nous ont faits, nous voulons et vous demandons expressément que vous les meniez devant nous. Et n'y faites faute, car besoin avons de leurs personnes pour pourvoir au bien et utilité de nous, du royaume et de la couronne ». Aymon laissa le silence s'installer, le temps

101

qu'ils prennent la bonne mesure du pli royal.

Ils restèrent silencieux.

- Premier problème : le roi est en route et sera là dans une semaine. L'un d'entre vous a-t-il une idée pour lui expliquer que messire Thomas s'est réfugié dans la sauveté de Soulac pour ne plus avoir à le servir en « bon et loyal sujet » ?

Paula et Juan se tournèrent l'un vers l'autre comme un seul « homme ».

- D'accord, nous verrons cela ensuite. La missive du roi me pose un autre problème auquel vous devez pouvoir répondre plus facilement : qui est cette Paula Van Eyck que le roi souhaite rencontrer en compagnie de Thomas ?

Silence. Embarrassé. Résigné aussi. Un silence qui était un aveu.

- Je ne vous trouve guère bavards tous les deux. Il explosa soudain : Paul ! Ou Paula, plutôt ! Tu vis ici depuis des années ! Toutes ces années tu m'as trompée ! Le roi savait qui tu es, et moi, moi qui t'ai accueillie chez moi, je n'en savais rien ! Dans ma maison !

Paula regardait ses pieds, courbant le dos sous l'orage.

La physionomie d'Aymon changea du tout au tout et il éclata de rire :

- Bravo ! Cela n'a pas dû être facile ! Il faudra que tu me racontes pourquoi tu t'es donné tout ce mal, Paul… Ah ! boun diou ça ne va pas être facile de t'appeler Paula !

Juan, je vois à ta mine que toi, au moins, étais aussi au courant… J'étais donc ici le dindon de cette farce ?

- Depuis l'Angleterre seulement, Messire…

- Et l'idée ne t'est pas venue de me le dire ?

- Ne le blâmez pas, mon oncle (Paula avait pris l'habitude de l'appeler « mon oncle » comme Thomas), je l'ai supplié de n'en rien faire…

- Mais le roi, le roi ! Comment savait-il ?

Paula se tourna instinctivement vers Juan. Lui seul pouvait…

- Je n'ai rien dit, Messire, euh, Damoiselle… À personne, je vous le jure.

- Il faut donc croire que le roi a de bons espions, fit Aymon.

- Mais pas assez pour lui révéler que Thomas est désormais presque moine…

- Imaginez-vous sa colère ? Le Royal Cul huit jours sur une selle pour rien ? Car j'ai idée que ce sont vos services que le Roi vient de si loin chercher. Paula, tu vas nous ramener Thomas. Et sortir de son foutu crâne de Godon[8] ses envies de retraite ! D'ailleurs, je ne sais si cela t'aidera à le ramener, mais je crois bien que l'inaction commence à lui peser : j'ai aussi reçu tantôt cette lettre. Elle est de lui.

Paula eut un frémissement qui n'échappa pas à Aymon.

- Il faudra me dire à quel jeu vous jouez tous deux… Plus tard, plus tard, fit-il comme Paula ouvrait la bouche, les yeux déjà brillants de colère et d'amertume, à cette heure il importe seulement de satisfaire le roi. Lis cette lettre. Notre défenseur de la justice est parvenu à se mettre à dos tout à la fois le prieur de Soulac et la dame de Lesparre pour sauver quelques paysans en détresse. Et bien sûr, Oncle Aymon, qui peut tout, est appelé à l'aide pour mettre un peu d'ordre dans tout cela !

Paula parcourut la missive de Thomas, luttant à grand-peine contre ses émotions. Depuis la fin de l'automne dernier et son départ pour Soulac, c'était la première lettre qu'il leur adressait. Tantôt assaillie par la tristesse, tantôt par la rage, tout au long de cet hiver et du magnifique printemps qui l'avait suivi, pas un jour où elle n'avait pensé à lui. Quelle ironie, songea-t-elle, il l'avait arrachée au couvent en l'aidant à fuir Bruges et il l'abandonnait pour s'enfermer, volontairement lui, dans un prieuré à vingt lieues de Bordeaux…

- Il termine en vous demandant expressément de ne pas faire appel à moi, dit-elle amèrement. Il me fuit pour on ne sait quelle raison qu'il n'a jamais eue le courage de m'avouer. Si ce n'était pour le roi, je le laisserais volontiers se tirer seul des ennuis où il se complaît tant!

- Le sait-il seulement lui-même ! Il me semble à moi que tu te retiens de ne pas t'y précipiter. Tu vas devoir attendre que la marée s'inverse. J'ai une petite gabarre[9] rapide toute prête à te conduire à Soulac. La marée descend bientôt, hâte-toi de prendre un bagage. Cela me laisse juste le temps d'écrire un mot à cette dame de Lesparre que je connais un peu. Tu devrais être à Soulac en fin de journée demain. Juan, tu restes avec moi pour le moment, le labeur ne va pas manquer pour préparer la venue du roi

---

[8]Godon : sobriquet donné aux Anglais pendant la guerre de Cent Ans.
[9]Gabarres : petits chalands à fond plat servant au transport sur le fleuve. Les plus lourdes servaient surtout à descendre des marchandises depuis l'amont, vin, pastel, bois, d'autres, plus légères, et avec un meilleur gréement servaient à la navigation en aval de Bordeaux.

tout en s'occupant des vignes et du chai. Demain, je tâcherai d'arracher le vicaire de Sainte-Croix à ses prières, et à la préparation de ses vendanges, le temps de rédiger un pli qui rendra moins vindicatif le prieur de Soulac. Cet abbé est un brave homme, mais de là à rendre un religieux réceptif à la demande pressante d'un jurat de la commune de Bordeaux… Tu partiras aussitôt pour Soulac. Et tu me ramènes Thomas, même si tu dois l'enfermer dans un tonneau pour cela !

* * *

- 6 -

Ça bouge à la pointe du Médoc

La dame de Lesparre avait eu du mal à se résoudre à laisser Thomas quitter le château. Non pas qu'elle craignît qu'il n'en profite pour s'échapper, pour cela elle lui avait « offert » l'escorte de deux solides gaillards ; non, plutôt à cause de la délicieuse et fort bienvenue nuit qu'elle venait de passer en sa compagnie. Cela faisait de bien longues semaines qu'elle n'avait pas mis d'homme dans son lit et elle ne voyait vraiment pas ce qui pourrait la contraindre à ne pas profiter encore un peu de cette aubaine.

Après une courte résistance, qu'elle ignorait être due aux projets monastiques de Thomas, sa proie s'était révélée être un amant tendre et passionné, quoiqu'un peu mélancolique peut-être... Elle se promettait d'arranger cela dès ce soir, peut-être un peu plus de vin enrichi d'épices, ou des venaisons plus juteuses, aideront-ils ce jeune bourgeois à retrouver un peu de vigueur et de joie de vivre.

Thomas, de son côté, s'était vite persuadé qu'il « devait en passer par là » d'abord pour finir de décider Isabeau à lui rendre sa liberté, mais surtout pour sauver la vie des « agresseurs » Soulacais du gibet de Lesparre. Que ne faut-il faire pour aider ses semblables !

Au petit matin, elle l'avait donc laissé partir à contrecœur, mais maintenant que Gombaud n'était plus là elle avait de son côté beaucoup à faire. De plus, ils avaient convenu d'un modus operandi concernant Soulac : elle acceptait de négocier l'arrêt des poursuites contre les fugitifs, en échange de la baisse des dîmes des marais salants appartenant au prieuré que Lesparre exploitait sur le territoire de Soulac et peut-être même reconnaîtrait-elle les droits de justice du prieur sur la pointe s'il se montrait particulièrement généreux. Tout était donc pour le mieux de ce côté. Mais la disparition de Gombaud occupait l'esprit de Thomas. Isabeau était restée des plus évasives, et lorsqu'il avait proposé d'enquêter, elle avait tout fait pour l'en dissuader. « Il reviendra, occupe-toi de tes deux casseurs de gibet, puisqu'ils te tiennent tant à cœur ! » Il lui avait semblé qu'elle n'avait cédé si facilement à propos de Soulac, que pour l'éloigner de sa prétendue enquête sur les disparitions. Se pouvait-il que les rumeurs qui étaient allées jusqu'à Soulac soient fondées ? Pourtant il était ressorti lui-même sain et sauf des bras de « l'ogresse ». Il se demanda si Gombaud était une disparition de plus à mettre à l'actif de la dame de Lesparre. Se remémorant le gabarit impressionnant du géant, il se dit que c'était un bien gros morceau pour Isabeau. Elle avait donc un ou plusieurs complices. Si elle était bien celle que la rumeur décrivait.

Il n'en savait pas assez pour le moment, et de toute façon l'heure était à se concentrer sur sa prochaine rencontre avec le prieur. Thomas sourit. Le prieur allait être furieux de le voir réapparaître en négociateur officiel de Lesparre. « Ma carrière de moine va s'arrêter là », pensa-t-il. Que fera-t-il, après ? Il rejeta ces pensées. Un temps pour tout. Pour l'heure, il s'agissait de finir de sauver les deux fugitifs.

Thomas chevauchait donc allègrement vers Soulac, les deux sergents de Lesparre, armés et vêtus de cottes de mailles comme s'ils s'apprêtaient à affronter les Anglais, suant et soufflant à deux pas derrière lui.

Ni les deux sergents, tout occupés, selon les ordres reçus de la dame de Lesparre, à ne pas quitter des yeux Thomas, ni lui-même ne virent le sinistre pèlerin qui les suivait depuis le pont près des gibets, à la sortie de la ville.

Il s'arrêta, cracha un jet fielleux dans le fossé et les regarda s'éloigner vers Soulac.

* * *

Soulac, ce même jour, en milieu d'après-midi.

Tandis que la petite gabarre accostait, Paula contemplait, un peu abattue, les chaumières du Verdon. La descente de la Gironde s'était passée sans encombre, mais la dernière fois qu'elle avait contemplé ce paysage, elle se rendait à Bristol avec Thomas et c'était dès ce moment que tout avait été de travers entre eux deux. La tristesse et la nostalgie avaient, à cet instant, raison de sa nature volontaire. Elle soupira, attrapa la besace où tout son bagage avait trouvé place et se mit en marche vers Soulac.

La journée était bien avancée, mais tout le monde travaillait encore dans les marais salants et dans les pêcheries, profitant de la fraîcheur de ces longues soirées d'été. Paula n'était jamais venue jusqu'ici. La pointe du Médoc située à près de vingt-cinq lieues de Bordeaux, était assez isolée. Sitôt sorti des marécages de la pointe, l'unique chemin qui y menait plongeait dans une forêt épaisse à peine entrecoupée de cultures et de parcelles de vignes autour des rares villages. Une terre de villages de forestiers, parfois quelques simples huttes presque cachées dans les bois. Soulac était différent. C'était un assez gros village d'une vingtaine de rues regroupées autour du prieuré et de la basilique qui était elle-même un lieu de pèlerinage à sainte Véronique, et nombre de pèlerins sur le chemin de Compostelle débarquaient là pour se recueillir à Notre Dame de la Fin des Terres.

Le prieur la reçut assez fraîchement. Thomas n'était plus au prieuré et ferait bien de n'y point revenir. Il ne voulait plus entendre parler de lui, qui ne lui apportait que tracas depuis son arrivée, disait-il. Ce qui était faux, Thomas ne lui manifestait son hostilité que depuis quelques semaines, lorsque le prieur avait fait brûler vives deux paysannes accusées de sorcellerie. Paula, qui n'avait pas renoncé à se faire passer pour un homme, découvrit le caractère inflexible et impitoyable du prieur qui, soit dit en passant, aurait sans doute vu en elle une dangereuse hérétique s'il avait su sa véritable identité. Elle lui tint cependant tête quand il fit mine de tourner les talons et elle finit par apprendre que Thomas était passé le matin même et lui avait servi une étrange soupe : il avait tout arrangé avec la dame de Lesparre, Gombaud ne les ennuierait plus, ayant de toute façon disparu, et lui, Thomas Russ, un novice vaguement recommandé par l'abbé de Sainte Croix, lui avait presque donné l'ordre d'abandonner toute poursuite à l'encontre des paysans qui avaient abattu le gibet de Lesparre, se mêlant d'une querelle qui n'appartenait qu'à lui, lui le prieur doté des droits de haute et basse justice sur Soulac. Ce Russ l'avait même menacé ! Une missive allait soi-disant lui arriver de l'abbaye de Sainte-Croix et il ferait mieux de laisser les fugitifs tranquilles en attendant ! Alors, que ce nouveau Bordelais qui débarquait à peine, retienne bien que c'était lui le maître ici et ne lui rebattre pas les oreilles avec ce Thomas Russ, un novice qui était reparti aussi vite qu'arrivé, en refusant de regagner sa cellule et en ignorant la pénitence que son prieur venait de lui imposer.

Paula eut le plus grand mal à en savoir plus. Ce n'est qu'en déclenchant tout de bon la fureur du religieux qu'elle apprit qu'il avait quitté les habits de novice, et qu'il lui avait tout l'air d'être devenu la chose obéissante et décérébrée d'Isabeau de la Tour, une sorcière sur laquelle les pires rumeurs circulaient et qui n'avait pas son pareil pour subvertir les hommes, il n'y avait qu'à voir comment elle avait fait de Gombaud un être coléreux, cruel et violent. Sans trop chercher à savoir qui était ce Gombaud, mais peut-être aurait-elle dû, elle comprit qu'elle venait de manquer Thomas de peu et qu'il était reparti pour Lesparre. Il n'avait quitté le prieuré que pour replonger tête baissée dans une de ces situations dangereuses et inextricables qu'il semblait attirer sur lui. Et bien sûr, au cœur de l'affaire il y avait une femme. Allez donc savoir pourquoi, mais elle n'imaginait pas du tout la sorcière de Lesparre en vieille femme voûtée avec un nez crochu et un poireau sur le menton. Elle soupira. Au moins, il avait repris goût à l'action.

Elle prit rapidement congé du prieur. La pensée de retrouver Thomas très bientôt l'angoissait. Comment se comporter quand elle serait face à lui ? Et lui, comment l'accueillerait-il ? S'il la rejetait ? Sa lettre à Aymon lui demandait de ne pas la mêler à cela. Cet idiot était bien capable de filer le parfait amour avec cette Isabeau de la Tour qui semblait avoir une dangereuse réputation.

Dans la rue d'Espaigne, elle trouva à acheter une mule. Le soir approchait et Lesparre était à sept lieues. Il ne fallait pas tarder si elle voulait retrouver Thomas avant la nuit. Il faisait encore une chaleur étouffante, mais elle ne parvenait pas à contrôler le tremblement de ses mains sur les rênes.

* * *

L'endroit était désert. Quand la nuit serait complètement tombée, le ciel plombé de cet orage qui semblait ne jamais vouloir se décider à éclater ne laisserait pas passer le moindre rayon de lune. Il fallait vraiment qu'elle se hâte. La Levade, bordée de marécages déserts, sans le moindre endroit où se cacher ni issue pour fuir, n'était pas un endroit recommandé pour une

108

jeune fille solitaire à la nuit tombée, fut-elle revêtue de chausses et d'un pourpoint d'homme.

Elle pressa sa mule qui accéléra le pas sans se faire prier, mais se mit à renâcler un peu plus loin, au moment où la forêt commençait à border le côté droit du chemin. Elle touchait au but pourtant, il lui semblait bien voir la silhouette sombre des tours d'un château se découper au-dessus des branches après le coude du chemin.

Plus moyen de faire avancer cette fichue bestiole.

Elle mit pied à terre et tenta de contraindre la mule à avancer, arc-boutée sur la longe de la pauvre bête freinant des quatre fers.

Elle était bien tentée de l'abandonner là, mais elle l'avait payée un prix exorbitant et elle ne pouvait pas dilapider ainsi les écus de la bourse que lui avait donnée Aymon avant de partir.

Deux formes sombres apparurent comme elle s'en approchait, tranchant sur le sol clair du chemin. Elle fit halte. Si son imagination ne lui jouait pas des tours, deux hommes étaient là, recroquevillés sur le sol, inertes.

C'était une façon vieille comme le monde d'attaquer les voyageurs : vous vous allongiez au beau milieu du chemin et vous vous dressiez comme un beau diable quand l'imprudent s'agenouillait pour vous secourir.

Quand quelque complice ne surgissait pas des fourrés pour vous assaillir par-derrière.

Paula jeta nerveusement un regard circulaire.

Il était trop tard pour reculer. Sa main glissa doucement vers la garde de son épée et elle avança vers les silhouettes.

Les deux corps ne bougèrent pas quand elle les poussa du bout de sa botte. Et pour cause. Les deux sergents encore revêtus de la cape portant les armes de la sirie de Lesparre ne bougeraient plus jamais. L'un avait la gorge traversée de part en part par une flèche tirée de si près qu'elle avait dû lui briser les cervicales, l'autre, qui avait sorti son épée, n'avait sans doute pas eu le temps de s'en servir. Le bras qui tenait encore l'arme serrée dans son poing crispé gisait à quelques pas de son propriétaire.

Paula hissa les corps des deux hommes sur le dos de sa mule maîtrisant à grand-peine la panique de celle-ci. Tant bien que mal, conduisant son triste équipage, elle reprit son chemin vers Lesparre.

* * *

Les portes du château étaient fermées, mais un garde répondit tout de suite à ses appels, du haut d'une tour. On la fit patienter de longues minutes adossée à la porte, surveillant l'ombre qui baignait maintenant presque totalement le paysage. Puis une voix de femme commanda que l'on ouvre. La porte entrebâillée, une longue silhouette se précipita sur les corps, entourée de soldats l'épée à la main.

La femme se tourna vers l'ombre du chemin et poussa un rugissement de fureur :

- Messire Russ ! Vous allez payer très cher le prix de ces meurtres ! Je vais vous emmurer dans ma chambre haute et vous y laisser jusqu'à ce que vous soyez aussi ratatiné qu'un hareng séché ! Vous ne vous en tirerez pas, vous m'entendez ?

* * *

Les soldats écartèrent Paula, pétrifiée par le nom qu'elle venait d'entendre hurler, et entourèrent la mule et son sinistre chargement. Thomas serait l'auteur de ces meurtres ? Impossible. Il ne tuait que pour protéger sa vie. Et jamais il n'aurait laissé deux mourants se vider de leur sang. Pourtant c'est bien ce qu'elle avait vu : deux larges taches sombres sur le sable du chemin en attestaient.

Isabeau donna quelques ordres à ses hommes pour qu'ils emmènent les corps sans vie de leurs deux compagnons, puis se tourna vers Paula :

- Où les avez-vous trouvés ?

Paula raconta sa découverte.

- Emmenez-moi là-bas.

Accompagnées par quelques hommes, elles allèrent jusqu'aux taches sanglantes sur le chemin. Devant les traces du combat, Isabeau murmura encore une fois :

- Comment avez-vous pu faire cela, Messire Russ ? Me tromper ainsi… Ces hommes ne vous ont rien fait, il faut maintenant que j'annonce cela à leurs femmes…

- Dame, fit Paula, pourquoi êtes-vous si sûre que Thomas est le coupable ?

Isabeau de la Tour la regarda avec surprise. Dans son trouble, elle mit un peu de temps avant de bien comprendre :

- Thomas, dites-vous ? Vous le connaissez donc ?

- Oui. Il faut que nous parlions, j'ai une lettre pour vous, d'Aymon Tullier, dont il est le neveu.

Isabeau regarda plus attentivement ce jeune homme aux traits fins et à la courte tignasse bouclée aussi rousse que celle de Thomas.

- Aymon Tullier, dites-vous ? Qu'avez-vous à m'apprendre ? Je vous préviens que je ne suis pas d'humeur à m'entendre dicter ma conduite par le commis d'un marchand de vin, maugréa-t-elle en faisant demi-tour sans se préoccuper de savoir si la personne à qui elle s'adressait la suivait.

Paula regardait avec inquiétude les tours du château de Lesparre qui s'élevaient, massives, bien au-dessus des toits de chaume de la petite ville frileusement serrée à leurs pieds. On ne savait trop si l'imposante construction entourée de ses douves larges et profondes servait à protéger les villageois ou au contraire à les écraser de sa puissance.

Elle ne savait rien ou presque d'Isabeau de la Tour, ne l'ayant pour sa part jamais rencontrée. Tout ce qu'elle savait c'était ce que Thomas avait écrit dans sa lettre : les pendus (elle apercevait un peu plus loin les charpentiers en train de reconstruire les gibets), la froide violence du capitaine qui faisait régner l'ordre sur le domaine de la dame de Lesparre, les querelles de voisinage avec Soulac.

Et elle était en train de franchir le pont-levis. La herse, brièvement levée allait se rabattre derrière elle. Quand elle aurait résonné sur les pierres du seuil, elle serait totalement à la merci de cette femme hautaine et de ses gens.

Repensant à la fureur contre Thomas qui semblait l'habiter, elle regretta de s'être ainsi précipitée dans la gueule du loup. Enfermée au château elle risquait de ne rien pouvoir faire pour trouver Thomas avant que la dame de Lesparre ne l'attrape… et ne le pende. Maintenant, elle faisait tout au plus un bon otage, voire un appât pour mieux l'attraper.

* * *

Elle eut beau tenter de convaincre Isabeau des mœurs pacifiques de Thomas, celle-ci, doublement furieuse parce que Paula venait de lui révéler les liens de Thomas avec le prieuré de Soulac, n'en démordait pas : Thomas avait occis ses deux chaperons pour s'enfuir.

Et ce n'est vraiment que parce qu'il lui était difficile de se mettre à dos la très puissante jurade de Bordeaux, qu'elle se retint de faire goûter illico à Paula l'ambiance chaleureuse de sa chambre haute.

Isabeau raconta tout de même à Paula ce qu'elle savait de Thomas. Omettant au passage la deuxième partie de la nuit précédente, celle où elle avait détourné un novice de sa vocation pour le mettre dans sa couche trop souvent solitaire. Omettant aussi de parler de l'enquête sur les mystérieuses disparitions de jeunes hommes dont Thomas avait prétendu être chargé.

- Votre ami s'est bien moqué de moi ! Il m'a si bien convaincu de son désir de rétablir la paix entre Soulac et nous, que je l'ai laissé partir en toute confiance.

- Ce n'est pas mon ami, rectifia Paula, et elle eut l'impression de le trahir en le reniant ainsi, nous sommes tous deux au service d'Aymon Tullier. Et je viens de Soulac où le prieur m'a raconté la visite de Thomas. Il a bien transmis votre offre de négociation. Même si ce fou furieux ne me semble pas en de très bonnes dispositions pour cela.

Puis, après un temps, elle reprit :

- En toute confiance… Hum, tout de même chaperonné par deux gardes armés…

- Une bande rançonne les pèlerins par ici en ce moment, c'était pour sa protection, mentit-elle, et ils devaient me confirmer que messire Russ avait bien rencontré le prieur, rien de plus. Et puis, les manants qui ont eu l'audace d'abattre mon gibet rôdent dans ces bois. Qui sait si ce ne sont pas eux qui ont tué mes gardes pour que votre Thomas, qui semble si désireux de les aider, s'enfuie…

La dame de Lesparre avait mis une telle violence dans cette dernière phrase que Paula la considéra à la dérobée avec inquiétude, regrettant encore une fois de s'être jetée entre ses griffes.

- À propos, Thomas parle dans sa lettre de votre capitaine, messire Gombaud. Je ne l'ai pas vu, l'avez-vous déjà lancé sur les traces de messire Russ ? s'inquiéta Paula.

Il y eut un nouveau silence, plus long celui-là, au point que Paula se demanda si son hôtesse ne s'était pas assoupie dans la demi-obscurité.

- Vous posez beaucoup de questions, Messire… Je vais répondre à celle-ci, mais ensuite vous ne m'en voudrez pas de me retirer. Messire Gombaud a disparu, à coup sûr victime lui aussi de votre Thomas et de ses amis Soulacais.

Sur ces paroles, elle se leva et se dirigea vers la porte. Avant de la franchir, elle se retourna à demi :

- Attendez ici quelques instants, je vais vous faire préparer une chambre. Je me sens trop lasse pour continuer ce soir. Mais nous avons encore beaucoup à nous dire…

Et elle laissa Paula seule, dans la grande salle du château envahie par la pénombre. Une soudaine bourrasque fit claquer une porte, quelque part dans le château. Paula s'approcha d'une fenêtre. L'orage était là. Des éclairs presque incessants illuminaient de lourds nuages tandis qu'un grondement menaçant avait fait taire le chant des grenouilles et des oiseaux de nuit.

Où pouvait bien être Thomas ? Dans la forêt, sous les gouttes épaisses qui commençaient à s'écraser sur les dalles de la petite place en bas ? Des trombes d'eau se déversèrent brusquement. Et si Isabeau avait raison, si Thomas avait changé au point de tuer ces deux pauvres sergents pour fuir ? Mais pour fuir quoi ? De quoi pouvait-il être coupable au point de tuer deux innocents pour s'échapper ? C'était impossible… Ils avaient donc été attaqués. Elle frémit. Sous le choc de la découverte du carnage, elle n'avait pas réfléchi à cela. Tandis qu'elle se penchait sur les corps sans vie des gardes, il était peut-être là, à quelques pas d'elle, blessé, agonisant, incapable de se manifester. Il fallait qu'elle quitte ce château, qu'elle parte immédiatement à son secours. Elle se dirigea vers la porte, mais s'arrêta net. Des pas montaient les marches, furtivement. Le bruit avait été trop ténu, trop léger pour être le fait d'une servante venant la conduire à sa chambre. Elle s'immobilisa, tous les sens aux aguets. Une bourrasque s'engouffrant par une meurtrière souleva les tapisseries, souffla les bougies, la laissant dans le noir. L'orage gronda un peu plus fort, à la lueur des éclairs, meubles, chandeliers, tentures, tout s'animait en silhouettes fantomatiques. Elle se tourna brusquement sur le côté ; le temps d'un bref éclair une ombre s'était projetée sur le mur. Elle mit la main au côté, cherchant la garde de son épée, ne rencontra que le vide. Maudite soit cette femme qui la lui avait fait retirer comme à une criminelle que l'on arrête ! Un coup de tonnerre assourdissant déchira le silence. Une présence, dans la salle même, toute proche. Un éclair devant ses yeux, un formidable coup de tonnerre au cœur de son crâne et l'obscurité qui tombe tandis qu'un bras la retient, l'empêchant de glisser au sol.

* * *

Une lame plus violente que les précédentes souleva le navire qui manqua une fois encore d'empanner contre le gré de l'homme de barre. Depuis qu'ils erraient au large de Royan, hésitant à s'engager entre les bancs de sable qui parsemaient l'embouchure, la situation ne faisait qu'empirer. Le capitaine appela son second, un solide gaillard habitué, tout comme lui, à entrer et sortir de la Gironde.

- Tu as vu quelque chose ? Couvrant à grand-peine le hurlement du vent et le fracas des vagues contre les flancs du navire, nous devrions pourtant être juste devant !

- La nuit tombe ! On n'y voit plus rien avec ces rafales de pluie ! Je mettrais pourtant ma main au feu que le clocher que l'on a vu tout à l'heure était celui de Royan… et il m'a bien semblé apercevoir les ruines de Saint-Nicolas sur la dune quelque part par là…

Il se tut, affermissant instinctivement sa prise sur le cordage gorgé d'eau tandis que le bateau se couchait presque, frappé par une lame plus violente encore que les précédentes.

- Renan, bon sang ! Ce n'est pas le moment de dormir ! hurla le capitaine au marin cramponné à la barre, garde le nez à la vague, sinon on va tous y rester !

Il le rejoignit pour peser sur le gouvernail que le marin épuisé ne maintenait plus qu'à grand-peine.

- Le vent force encore ! Ça va secouer ! Si nous n'entrons pas maintenant nous abriter dans l'anse du Verdon, il faut virer et s'écarter de la côte !

Le capitaine, luttant pour garder stable le bateau resté en suspend sur la crête d'une vague monumentale essaya une fois encore de s'orienter. Voyons… La côte charentaise devrait être à bâbord, n'offrant aucune protection contre le vent d'ouest qui sifflait maintenant rageusement à ses oreilles. Il ne fallait pas compter s'y abriter, la baie de Royan n'était utilisable que par beau temps… Yann a cru voir Saint-Nicolas par-là, un peu plus à droite… S'il disait vrai, ils fonçaient droit sur le banc des Olives…

- Capitaine ! Il faut se décider ! hurla le barreur au bord de la panique… Ça moutonne blanc ! Droit devant !

En une fraction de seconde, maître Tarterin eut soudain la certitude, née d'il ne savait quelle alchimie personnelle, que les rouleaux d'écume qui grondaient devant eux marquaient bien les hauts-fonds rocheux du banc des Olives, un peu au sud de l'estuaire... Il lui sembla même apercevoir la flèche grise du clocher de Soulac entre deux rafales de pluie, à peine au sud des rouleaux. Dans ce cas, l'îlot de Cordouan était maintenant par leur travers... Le feu qui brûlait chaque nuit de tempête ou de brume à son sommet aurait dû être visible... Il scruta rapidement sa gauche... Rien, pas la moindre lueur. L'horizon continuait à être éclairé par intermittence par les éclairs d'un autre orage plus au sud, éclairant les dunes de la côte. Une formidable gerbe d'eau presque fluorescente se découpa sur le noir d'encre du ciel d'orage, droit devant.

- On vire, on vire ! Tout à tribord, vite ! Ils pesèrent de tout leur poids sur l'épaisse barre de bois, bientôt rejoint par le second. Par bonheur, leur navire, bien que sillonnant les mers depuis près d'un demi-siècle, avait été récemment transformé pour recevoir un gouvernail d'étambot[10], bien plus efficace que la longue rame qui faisait précédemment office de gouvernail à l'arrière du flanc droit. Les planches du navire craquèrent, les drisses grincèrent longuement sous l'effort formidable qui leur était infligé. Une voile se déchira avec un claquement sec, leur faisant croire un instant qu'un mât venait de se briser. Le fracas des vagues sur les rochers tout proches se mêlait au ressac maintenant nettement audible malgré le froissement désordonné des lambeaux de toiles agités par le vent.

- On a évité les Olives ! hurla le patron, on est derrière le banc !

La ligne de dunes blanches défilait maintenant à leur droite, à peine visible.

- On entre dans la passe sud ! Le barreur abandonna le gouvernail au capitaine comme pour se décharger de toute responsabilité dans la catastrophe qui ne saurait manquer de se produire. Y'a pas trois brasses d'eau par-là ! C'est folie, Capitaine, c'est folie !

- La marée est presque haute ! Et avec ce vent d'ouest qui pousse l'eau dans la passe il doit bien y avoir une ou deux brasses de plus !

Malgré sa voile déchirée, ils sentirent le bateau accélérer brutalement lorsqu'ils reçurent conjointement les effets de l'abri relatif de

---

[10] Gouvernail dans l'axe de la quille du navire, comme les gouvernails actuels. Une nouveauté sur les navires de l'époque.

l'îlot et du courant montant qui semblait les aspirer vers l'embouchure. À cette allure, s'ils rencontraient un banc de sable ils allaient se désintégrer… Plus jeune, il avait emprunté ce passage maintes fois en allant chasser la baleine dans le golfe de Gascogne… À l'époque, pour entrer dans l'Estuaire, il fallait longer la côte jusqu'à la pointe, passer entre le banc du Rouffiat et les hauts-fonds de la Pointe de Grave, puis s'écarter un peu avant de se rabattre sur l'abri de la petite baie du Verdon. Qu'en était-il maintenant ? On disait que la passe se creusait, que Cordouan était de plus en plus loin du rivage… Les paysans du coin disaient qu'autrefois, il n'y a pas si longtemps, le bras de mer qui séparait l'île du continent était si étroit qu'il suffisait de poser le pied sur une tête de bœuf au milieu du courant pour sauter sur l'île à marée basse… La tête de bœuf ne faisant pas partie du bagage habituel du voyageur, il s'agissait sans doute d'un rocher à la forme évocatrice… Restait à souhaiter qu'il ne soit pas juste sur leur chemin ! Il jeta de nouveau un regard furieux à la masse sombre de la tour qui s'éloignait déjà sur l'arrière. Pourquoi ce fichu ermite censé y entretenir le feu ne l'avait-il pas fait ? Que personne à Bordeaux ne viennent lui réclamer les six sols tournois dont chaque navire passant l'estuaire devait s'acquitter ! S'ils passaient… Le navire ralenti brusquement tandis qu'un raclement inquiétant montait de la cale. Chacun retint son souffle se cramponnant à tout ce qui se trouvait à proximité dans l'attente du choc qui allait démembrer la nef soumise à rude épreuve. Le capitaine frémit en pensant au fameux rocher. À moins que ce ne soient les ruines de l'antique cité engloutie dont les pans de murs et les colonnes étaient, paraît-il, encore visibles au fond de l'eau quelque part par là… Qu'ils percutent un de ces vestiges et ils iraient rejoindre au milieu des flots bouillonnants les contemporains d'Ausone[11] qui dormaient peut-être là depuis un millénaire… Le raclement cessa aussi soudainement qu'il avait commencé et le bateau reprit librement son aire. Puis le vent les refrappa de toute sa puissance, faisant pivoter le navire, associé au courant de la marée qui s'engouffrait dans l'estuaire. La dune de la Pointe de Grave défila, encore plus haute que la dernière fois lui sembla-t-il, puis l'anse du Verdon et les quelques feux du hameau apparurent sous les vivats soulagés

---

[11] Ausone : Poète gallo-romain du IVe siècle qui vécut à Bordeaux et dans une villa romaine des environs de Soulac. Il avait à Soulac un ami paysan un peu fruste (selon ses propres critères de patricien lettré).

de l'équipage. Chacun regagna vivement son poste et prépara l'arrivée avec une application toute particulière, hommage sincère à l'habileté de celui qui venait de les sauver d'un naufrage dont peu d'entre eux auraient réchappé.

* * *

Rien ne bougea à leur arrivée devant les quelques habitations du hameau. Tout le monde s'était frileusement calfeutré à l'abri de la tempête, à mille lieues de se soucier des insensés qui se risquaient à entrer dans l'estuaire par une nuit pareille. Ils passèrent donc la nuit à bord, secoués par les bourrasques, allongés entre les marchandises de la cale où il restait bien peu de place pour les loger tous à la fois, dans l'odeur forte des barriques de harengs séchés qu'ils ramenaient d'Angleterre et qui était devenue la leur tant elle imprégnait leurs vêtements.

Ils attendirent que le jour se lève, bien heureux d'avoir, cette fois encore, échappé à la mer.

* * *

- 7 -

Maître Tarterin

Au matin, une chaloupe de la garnison royale se détacha du bord et se dirigea vers eux.

Le soleil était revenu, le petit havre abritait suffisamment le navire de la houle, forte encore, pour que l'équipage puisse se mettre sans tarder à l'ouvrage pour réparer les dégâts causés par la tempête. Quand les soldats eurent terminé leur minutieuse inspection, maître Tarterin descendit dans la chaloupe pour les accompagner à terre : il avait deux mots à dire à leur officier et il sentait une saine fureur monter en lui. L'officier du roi serait un assez bon réceptacle à celle-ci. Les rumeurs de retour des Anglais avaient beau s'intensifier, justifiant la présence de ces quelques soldats, chacun moquait ces oisifs dont les contrôles tatillons venaient s'ajouter à ceux qui émaillaient l'estuaire jusqu'à Bordeaux. Et que pourrait une douzaine de soldats face à une escadre anglaise ? Ils n'auraient d'autre choix que de s'égailler dans la nature comme moineaux effarouchés si une flotte anglaise venait à rééditer la descente de Talbot quinze ans plus tôt, et chacun à Soulac raillait par avance leur débandade. Soulac, comme le reste du Médoc n'avait rien à reprocher aux soldats anglais, ou si peu, mais n'était pas près d'oublier les exactions des troupes françaises qui les poursuivaient.

Le port, à peine un hameau d'une dizaine de cabanes de planches occupées par la garnison et quelques familles de pêcheurs, se résumait à quelques pontons branlants tout juste bons à l'accostage de barques, les navires restant ancrés à quelques encablures. Jehan Tarterin se hâta vers la cabane couverte de joncs qui tenait lieu tout à la fois de domicile et de bureau à l'officier du roi.

Le sable mouillé et frais du chemin crissait sous ses pieds nus. Loin d'avoir été épuisé par le terrible combat qu'ils venaient de livrer contre la mer, il se sentait débordant d'énergie, bouillonnant d'allégresse. Il ne s'était jamais senti aussi vivant.

L'officier du roi n'était pas chez lui. Un vieillard lui désigna d'une canne tremblotante un chemin bordé de buissons rabougris. Il trouva son homme, vêtu d'une veste de drap bleu à la propreté douteuse, sans doute son uniforme du guet, en train de traverser un carré de vignes, caressant au passage les tiges chargées de fruits que le vent agitait en tous sens.

- Que faites-vous donc ici, attaqua-t-il d'emblée, j'ai risqué cent fois me rompre le cou en vous cherchant !

- Ah ! Vous êtes sans doute du bateau arrivé cette nuit ! Félicitations, Messire, lorsque je vous ai vu foncer comme un taureau furieux sur le banc des Olives, je n'aurais pas parié un sol sur vous ! J'ai fait le détour par ici en redescendant de la pointe voir si le vent n'avait pas trop maltraité mes vignes… Expliqua-t-il comme s'il s'agissait d'un sujet tout aussi important, les vendanges s'annoncent fructueuses et cette tempête aurait pu tout anéantir, continua-t-il, visiblement soucieux…

- N'avez-vous pas mieux à faire ? Ce feu par exemple, ou plutôt son absence, qui a bien failli causer notre perte…

- Pensez-vous donc que je ne l'ai pas remarqué ? Je viens du prieuré, où personne n'a pu me dire ce qui se passe là-bas…

- Et c'est tout ? Vous inspectez donc tranquillement vos vignes sans vous soucier des marins qui n'auront peut-être pas, la nuit prochaine, autant de chance que nous ?

- Eh ! Mais que voulez-vous donc que je fasse ? Même si je parvenais à traverser jusqu'à l'île, croyez-vous que ma baleinière pourra aborder par ce temps ? Nous irons à midi, lorsque la marée sera basse et que nous pourrons l'échouer sur un banc de sable. Et si le temps le permet, ajouta-t-il, pour clore la discussion en indiquant clairement à son interlocuteur qu'il était ici le maître. Pour vous être agréable, je vais ordonner à mes hommes quelques rondes sur la dune.

- Il sera bien temps de secourir ces malheureux lorsque la mer aura rejeté leurs corps à la côte…

- Sans vous offenser, c'est surtout parce que Lesparre oublie un peu trop les limites de sa seigneurie et envoie ses gens sur les plages appartenant au prieuré, piller les épaves que la mer y abandonne. La dame de Lesparre et le prieur se querellent sans cesse au point que je crains qu'ils en viennent à des violences dont le sénéchal ne manquera pas de m'accuser de les avoir laissées se développer.

- Et vous prélevez sans doute aussi votre dîme sur les naufrages… Ce qui explique peut-être votre manque d'empressement…

- Oh là ! Ne me faites pas plus mauvais que je ne le suis ! Je reçois ma part il est vrai, mais je la partage avec mes hommes. La solde est maigre, Messire, et sans les petits à-côtés… Mais rentrons, je suis certain que le jus de cette vigne saura vous enlever l'envie de me chercher querelle !

Le vin, bien que de l'an passé, était étonnamment bon, malgré la misérable croupe de grave envahie par le sable dont il était issu. Et l'officier du roi était un brave homme que maître Tarterin ne tarda pas à apprécier. L'un raconta son Médoc, fait de marais salants et de bancs d'huîtres, de forêts et de marécages giboyeux, de prairies et de vignes. L'autre conta la mer et les navires que le soldat ne connaissait que par ses inspections à bord, les passes changeantes au gré des tempêtes, les combats dantesques contre les baleines du golfe sur des canots minuscules habillement manœuvrés par quelques solides paires de bras de rameurs.

- Et qu'amenez-vous donc à Bordeaux qu'on attend si impatiemment ? Il n'est guère prudent de voyager sans escorte… S'enquit l'officier du guet, vous m'avez dit venir de Londres…

- J'étais avec un convoi vénitien qui redescendait chez lui, en compagnie d'un autre navire pour Bordeaux, *l'Anguille.* La tempête nous a séparés… J'espère qu'il aura eu la sagesse de chercher abri à La Rochelle… Le marin se fit matois : quant à mon chargement, outre une pleine cale de tonneaux de harengs, j'ai fait cette fois commerce avec des épiciers de Londres… Et le convoi de Vénitiens avec lequel nous avons fait route est arrivé à point nommé à Londres pour les approvisionner.

La conversation s'interrompit le temps de déguster avec un claquement de palais approbateur le vin du soldat, tandis que la torche de résine dont ils s'éclairaient chichement crépitait en les environnant de son âcre fumée.

- La vie ici doit être bien rude… Êtes-vous bordelais ?

- J'étais… Jusqu'à ce que l'on m'exile ici, loin de l'épouse d'un bourgeois influent… Me croiriez-vous si je vous disais que j'y ai trouvé une vie qui me satisfait pleinement ? Ce sont les abbés de Sainte-Croix qui sont seigneurs de Soulac. Une toute petite seigneurie, tout juste quelques arpents de marais et de dunes, à peine plus de cent feux[12] de paysans qui connaissent leur terre et leurs chenaux aussi étroitement que les connils qu'ils braconnent, cinq moines et leurs serviteurs pour veiller sur leurs âmes et quelques soldats du roi en poste ici qui ont le malheur de m'avoir pour chef...

- Je passe le plus clair de mon temps sur mon bateau, mais je ne peux m'imaginer vivant ailleurs qu'à Bordeaux... Cela doit vous paraître un peu bizarre, non ?

- Les gens ici sont... étranges, eux aussi. La sirie de Lesparre nous sépare de Bordeaux, occupant presque tout le reste du Médoc jusqu'à la seigneurie de Blanquefort. Chaque pont, chaque gué donne lieu à péage. Si bien que les paysans de Soulac ne sont pour la plupart jamais allés à Bordeaux... et n'iront jamais. J'ai une... bonne amie, la fille du meunier : lorsque je lui parle du port de Bordeaux encombré de barques et de hauts navires, de la foule bruyante qui s'y active, elle me demande : cela fait du bruit comme à la sortie de la basilique après la messe ? Et quand je lui décris les hautes murailles qui entourent la ville, le clocher de Saint-Michel qui perce les nuages, les rues bordées de boutiques où l'on peut tout trouver, elle me répond que le moulin de son père lui aussi disparaît dans la brume et qu'elle a ici tout ce dont elle a besoin quand je lui tiens la main... Ils sont... en dehors du temps. Le roi Louis est venu il y a maintenant quatre ans, accompagné de sa suite pour prier Notre Dame et les reliques de Sainte Véronique, vous savez la dévotion du roi pour la Sainte Vierge... Il y eut une grande procession des moines pour l'accueillir. Je crois bien que les Soulacais étaient surtout curieux de voir l'abbé de Sainte-Croix, leur seigneur. Ils en ont d'ailleurs été pour leurs frais, car il n'a pas quitté son Béarn. Remarquez que s'il l'avait fait, ils auraient vu un gamin de quinze ans que l'on dit assez laid...

Le marin songea à voix haute :

- Tout de même... À l'ouest une dune à peine plus haute que les toits des chaumières les sépare de l'océan. À l'est du village, quelques marais salants, quelques pêcheries[13] au bord du fleuve. Au nord, la pointe et

---

[12] On comptait la population par feu (on dit foyer maintenant) à raison de quatre ou cinq personnes par feu on a donc quatre à cinq cents habitants pour le village de Soulac et les quelques habitations du Verdon.

[13] Les premiers moines arrivés à la Pointe de Grave eurent l'idée d'y installer dans les marais des espaces où les poissons se retrouvaient piégés par la marée descendante. Ces dispositifs portaient à l'époque le nom de pescheries.

l'estuaire, et sitôt franchi le chenal de Neyran à tout juste un quart de lieue bordelaise vers le sud ils sont sur les terres du sire de Lesparre… Un bien petit espace pour y passer une vie !

- Le sel et les huîtres se vendent bien, les bois des dunes fourmillent de lapins, les marais d'oiseaux, je crois qu'ils aiment vivre là à l'écart des tracas ordinaires. Les gens d'ici sont attachés à leurs chaumières et à leur marais, pour le reste… Avec ce qu'ils en savent ! Pour eux, le monde extérieur se limite à quelques querelles de voisinage avec le sire de Lesparre… Mais je vois à vos sourcils froncés que mon vin n'est pas parvenu à adoucir votre courroux, voulez-vous rencontrer le prieur ?

- Et comment ! Je ne repartirai pas sans m'etre assuré de ne pas revivre une telle aventure à mon prochain passage, fit le marin, maussade, quel mal à cela?

- Aucun mal, aucun, si le cœur vous en dit… Je dois tout de même vous avertir que c'est un brave homme qui vient d'user de son droit de haute justice pour condamner au bûcher deux pauvres femmes que j'aurais, pour ma part, envoyées se faire réduire en cendre ailleurs… Mais vous jugerez par vous-même ! Mettons-nous en chemin, nous devrions arriver au bourg à temps pour la collation du matin ! La mer sera basse dans un couple d'heures, ce qui nous laisse le temps de rendre visite aux bons moines de Soulac avant de traverser la passe sans danger. Cela vous convient ? conclut-il avec une concision toute militaire.

En sortant, il jeta un long trille d'un sifflet de marin qu'il portait au cou, ce qui fit accourir un sergent.

- J'accompagne le capitaine de la *Loyse* au prieuré. Tenez la baleinière prête, nous serons de retour à temps pour nous laisser porter sur Cordouan à la fin du descendant, finit-il en se tournant à demi vers les soldats silencieusement groupés un peu plus bas.

Ils se dirigèrent vers la dune à travers les vignes. Le vent était presque complètement retombé et le soleil tapait dur. Les sarments, soigneusement relevés sur de courts échalas, portaient déjà de lourdes grappes d'un vert acide.

- Encore deux mois, peut-être moins, fit le soldat, se frottant les mains de contentement, et s'il pleut un peu, les grains vont encore enfler… Si Dieu le veut, la récolte sera belle…

- Cette terre est la vôtre ? Comment se fait-il qu'un soldat…

- Cette dune était couverte de ronces, l'abbaye m'a consenti un bail pour seulement le sixième de mes vendanges, en échange les bons moines voyagent gratis sur les bateaux du roi lorsqu'il leur vient l'envie de retrouver Sainte-Croix quelques jours. Mais ne le répétez pas, il en coûte bien plus aux Soulacais ordinaires…

Ils avaient regagné le chemin entre dune et marais salant qui reliait le bourg de Soulac au havre du Verdon. La promenade matinale commençait à creuser l'estomac du marin qui grimaça lorsqu'ils passèrent devant quelques cabanes de planches sommairement équarries.

- Est-ce là votre bourg ? Ces cabanes de forestiers ? Où est votre somptueuse basilique ?

- Patience, nous y sommes.

Ils débouchèrent, au détour d'une petite dune isolée plantée de pins, dans une véritable rue bordée d'honnêtes chaumières. Puis le bourg les environna de toute part et ils débouchèrent sur une large place qui semblait concentrer tout l'éventail des besoins des villageois : une église des plus coquettes garnie d'un haut clocher qui justement sonnait prime, une maison commune imposante au centre de la place, un moulin sur une dune curieusement située en plein village et semblait-il bien plus de boutiquiers et d'artisans que nécessaire à un bourg d'une centaine de foyers. Déjà, quelques sauniers[14] partaient vers le chenal qui les conduirait à leur carré de marais salants, tandis que d'autres s'enfonçaient dans les dunes vers l'océan.

- Venez, ne perdons pas de temps, sinon ces gras moines ne nous laisseront rien, fit l'officier en tirant familièrement le marin par la manche, vous admirerez mon village plus à loisir le ventre plein.

Ils contournèrent la basilique et heurtèrent la porte d'un bâtiment de pierre qui jouxtait un petit cloître.

- Messire Daulède ! Vous arrivez à point pour partager notre modeste repas, fit le jeune moine qui leur ouvrit, mais trop tard pour participer à l'office de sexte, le gronda-t-il tout en posant un regard curieux sur l'étranger au village qui l'accompagnait. Messire est aussi le bienvenu, s'il vient en paix.

- La *Loyse* de maître Tarterin a échappé de peu au naufrage cette nuit, n'ayant pas de feu sur la tour pour le guider… Je crains qu'il ne nourrisse quelque ressentiment contre le frère qui est censé alimenter le

---

[14] Travailleurs du sel

fanal ! Mais il consentira, j'en suis sûr, à faire taire ses griefs le temps de partager le pain.

Le visage du religieux s'assombrit :

- Nous sommes très inquiets pour frère Bernard… Croyez-vous pouvoir traverser la passe aujourd'hui ?

- Nous y parviendrons si le vent ne forcit pas de nouveau, rassurez-vous.

Ils suivirent le moine jusqu'au réfectoire, bien trop grand pour les quatre moines qui y étaient attablés. L'officier fit les présentations. Le marin, bordelais, savait que la seigneurie de Soulac dépendait de l'abbaye de Sainte-Croix, mais, ne s'étant jamais attardé à la pointe, n'en savait guère plus. Il fit la connaissance du redouté prieur, gros homme au visage rouge et aux mains si étrangement fines qu'elles en paraissaient griffues, ainsi que de deux bénédictins entre deux âges.

- Il y a aussi frère Anselme, un vieux moine qui tient les registres du prieuré, mais il est, le pauvre, bien mal en point. On lui a tiré dessus il y a une semaine. Par chance, la flèche a épargné le poumon… Qui peut bien lui en vouloir, c'est un vieil homme et la bonté même…

- Votre compagnon n'a que faire des affaires du prieuré, intervint sèchement le prieur, c'est la flèche perdue d'un braconnier à moins qu'un de vos sergents n'ait été maladroit. On dit qu'ils sont plus habiles aux dés qu'aux armes.

- Notre prieur administre Soulac d'une main, heu, ferme, chuchota le curé de la paroisse à maître Tarterin qui s'était éloigné, embarrassé par le ton désagréable du prieur, la terre de Soulac est seigneurie des bénédictins de Sainte-Croix. Mais je suis curé de la paroisse et ne dépends que de l'archevêque, ajouta-t-il[15] pour marquer son indépendance.

Le curé désigna deux chaises à l'extrémité de la table où deux tailloirs couverts d'épaisses tranches de lard avoisinaient deux écuelles fumantes :

- Asseyez-vous et mangeons. Il sourit devant la mine du marin,

---

[15] Schématiquement, le prieur avait le bénéfice de la seigneurie de Soulac. Comme celle-ci appartenait aux moines bénédictins de Sainte-Croix, il devait à l'abbaye une part des revenus qu'il en tirait. Le curé de Soulac était lui nommé par l'archevêque, car, par une négociation ancienne (1166), le chapitre de Saint-André (la cathédrale de Bordeaux), percevait la moitié de ce que Sainte-Croix recevait du Prieur.

étonné de ces plats qui les attendaient manifestement. Messire Daulède, qui est déjà venu ce matin nous prévenir de l'inexplicable absence de feu à Cordouan devait passer partager le pain, et nous savions qu'il avait un invité… Miraculeusement entré au Verdon malgré la faute de notre ermite… Nous avons rendu grâce au seigneur de sa bonté avant votre arrivée lors de l'office.

Le marin s'inclina en signe de remerciement tandis que le curé continuait :

- Excusez ce qui semble une indiscrétion, mais tout se sait si vite… Le jour était à peine levé que déjà les femmes étaient sur la dune à guetter on ne sait quel signe de Cordouan…

- À moins que leurs hommes ne les y aient envoyées voir si quelque épave ne s'était pas échouée, ajouta le sergent du roi qui les avait rejoints, elles en seront pour leur frais, une patrouille m'a déjà rapporté qu'aucun autre navire ne semble avoir pâti de l'absence du fanal.

Ils mangèrent tranquillement, sinon joyeusement, un pain fort bon, encore chaud, et des pâtés de gibier odorants délicieusement relevés d'épices et d'herbes aromatiques en provenance d'un jardinet niché bien à l'abri entre l'église et une petite dune. Le marin qui avait choisi prudemment de garder le silence n'en observait pas moins le soldat qui manœuvrait souplement pour dissuader le prieur de l'accompagner sur l'îlot.

Une gabarre chargée de sel partait le lendemain pour l'abbaye à Bordeaux et le prieur devait superviser le pesage des dîmes et parts qui revenaient à chacun ; il restait pourtant sourd aux arguments de messire Daulède : l'ermite de la tour était un moine de Sainte-Croix, il se devait donc d'aller en personne s'inquiéter de sa santé. La journée s'annonçait belle, et on sentait bien que le chef de la petite communauté religieuse, dérogeant à ses habitudes de rigueur et de discipline, ne résistait pas à l'envie de s'offrir la balade jusqu'à Cordouan et de repousser au soir une tâche qui ne l'enchantait guère.

- Les préparatifs de la procession vous creusent l'appétit, mon Père, ironisa le soldat, voyant le curé de Soulac se resservir une large tranche de pâté, on dit qu'elle s'annonce bien…

- C'est que la tâche ne manque pas et mes ouailles ont peu de temps pour m'aider les pauvres… Mais ça ne fait rien, Lesparre veut arrêter la stupide querelle qui nous sépare, Thomas est venu l'annoncer hier au prieur, envoyé par Isabeau de la Tour, alors qu'importe le labeur, cette procession doit être encore plus belle que les précédentes ! Il baissa la voix : parait même que ce brigand de Gombaud a disparu… Vous croyez que Thomas… ?

- C'est un bien gros morceau pour ce freluquet prétentieux ! intervint le prieur.

Le soldat, qui se demandait toujours de quelle mission royale Thomas avait bien pu être chargé, trouva préférable de changer de sujet.

- Messire Tarterin, vous plairait-il de m'accompagner en haut de ce moulin qui vous sert de cap pour franchir les passes ? J'y tiens un garde jour et nuit pour sonner l'alarme si une flotte anglaise apparaissait. De là-haut nous verrons si la mer nous permet de faire la traversée jusqu'à Cordouan. D'ailleurs nous ferions bien d'y aller, la marée n'attend pas. Il se tourna vers le prieur :

- Finissez tranquillement votre repas, Messire Hugues, j'emmène maître Tarterin au moulin.

* * *

Le soldat marchait à grands pas, traversant la place du village où un attroupement s'était fait, commentant l'inquiétante absence de signe de l'ermite. À leur passage les questions fusèrent, la présence à Soulac du capitaine de la garnison royale du Verdon, en compagnie d'un inconnu, éveillait les hypothèses les plus diverses. Le bourg était en effervescence, une mine prête à exploser pensa le soldat. Cela faisait beaucoup en peu de jours : la pendaison du braconnier, la disparition des deux frères, le sac organisé par Gombaud, le départ inexpliqué de Thomas qui avait été vu galopant à bride abattue vers Lesparre (certains juraient même l'avoir vu revenir la veille en compagnie de deux sergents lesparrains) et pour finir l'absence de feu à Cordouan qui risquait d'attirer sur Soulac les foudres bordelaises. Le soldat savait que, parmi les Soulacais, les plus chauds cherchaient à entraîner les autres dans une révolte hasardeuse contre le prieur, dont il entendait partout condamner la cupidité, l'inhumanité, ou contre la puissante Lesparre dont le prieur les défendait si mal et dont on disait que la Dame était une sorcière qu'il fallait brûler en compagnie de son gardien de l'enfer Gombaud. Il soupira. Dans le meilleur des cas, tout

127

cela allait tout droit vers la pendaison des plus bavards. Tandis qu'ils traversaient les petits groupes qui discutaient à voix basse dans les rues de Soulac, l'inquiétude était pesante, une angoisse faite de rage et d'impuissance que le soldat essayait d'apaiser du mieux qu'il pouvait :

- Les choses s'arrangent avec Lesparre, restez en paix – Cordouan ? Nous y allons, oui – Gombaud ? Il n'y a rien de sûr, mais Thomas a effectivement dit hier au prieur qu'il avait disparu – Rentrez chez vous, mes bons amis, tout va s'arranger. Occupez votre dimanche à réparer les dégâts causés par Gombaud, c'est bien tout ce que vous pouvez faire de sage…

Ils dépassèrent le dernier attroupement et gravirent une butte sableuse toute proche. Des rondins retenaient le sable, traçant un cheminement de longues marches vers le moulin.

- Plutôt soupe au lait, le prieur, ne put s'empêcher d'ironiser le marin, est-il toujours ainsi ?

- Il ne faut point l'agacer plus que raisonnable. Et la contradiction est déjà bien au-delà ! Plaisanta le soldat avant de se rembrunir : tant que ces pauvres gens se contentent de survivre en travaillant du soir au matin, tout va bien… Nous sommes loin de Bordeaux et de son parlement, ici. Ce mauvais homme est en train de tirer une jolie fortune des revenus des pêcheries et des salants, sans compter les dons des pèlerins, et il en consacre bien peu à entretenir Notre-Dame de la Fin des Terres et son propre prieuré. Un jour, il quittera Soulac, enrichi, et laissera des ruines à son successeur et la misère aux Soulacais. Racontez cela à Bordeaux ! Si quelqu'un là-bas se soucie d'autre chose que du feu de Cordouan et de la sécurité des navires de commerce…

Au sommet, dominant largement les toits de joncs du village, ils débouchèrent devant le moulin.

- Mes hommes se relaient pour garder une vigie là-haut, fit-il en désignant le toit du moulin d'un signe du menton, ordre du roi. En vérité, nous ne sommes au Verdon que pour cela ! Louis redoute un retour des Anglais. Je ne sais cependant ce que nous ferons lorsqu'une escadre anglaise apparaîtra à l'embouchure ! Lui-même, lorsqu'il a voulu inspecter les défenses du fleuve il y a quatre ans, a échappé de peu à un pirate anglais et n'a trouvé le salut qu'en passant la nuit dans une barque cachée dans les roseaux ! Holà ! Cria-t-il la tête tournée vers le ciel, Jehan ? Tout va bien ?

Une tête ensommeillée apparut à une petite fenêtre, agitant le bras.

- Nous montons, cria l'officier de nouveau, je signale toujours mon arrivée, ajouta-t-il à l'attention de son compagnon, il serait bête de mourir du coup d'arquebuse d'un homme mal réveillé. Nous ne sommes qu'une douzaine et avec les pèlerins à accueillir, les bateaux à contrôler et les quarts ici, cela fait beaucoup de travail… Je ne peux leur en vouloir de s'assoupir parfois.

Ils escaladèrent l'étroite échelle, jusqu'à l'arbre des grandes ailes de toile de lin. Le soldat de garde accueillit avec reconnaissance la tranche de pain chipée par son supérieur en quittant le réfectoire des moines.

- Tout va bien Jehan ? reprit messire Daulède, la nuit a été calme ?

- Calme, c'est vite dit, avec la tempête ! J'ai bien cru m'envoler ! Mais je n'ai remplacé le Guillaume qu'au milieu de la nuit, et le vent est vite tombé.

L'officier s'approcha d'une ouverture.

- Venez voir notre pointe. C'est cette heure, au midi, qui a ma préférence.

La vue n'avait rien à envier à celle qu'avait découverte Thomas du sommet du clocher de la basilique. À l'est, de l'autre côté d'un fleuve qui lui semblait beaucoup plus large que vu du pont d'un bateau, une forêt s'étendait, immense. Passant à une autre ouverture, il contempla la pointe du Médoc, le port du Verdon où il distingua son bateau, minuscule au-delà des rectangles bien dessinés des pêcheries et des marais salants de Soulac. Quelques pas jusqu'à l'ouverture suivante et cette fois c'est l'océan qu'il voyait avec sa ligne infinie de plage au-delà de la forêt qui poussait sur le flanc est des dunes, forêt qui semblait couvrir tout le Médoc quand on regardait vers le sud et qui se réduisait à ses pieds à une étroite ligne d'arbres se terminant au nord, à l'extrême pointe du Médoc en une lande plus ou moins couverte de broussailles, de ronciers et de fougères. À une demi-lieue au large enfin, Cordouan, l'îlot posé là tout exprès semblait-il pour indiquer aux marins l'entrée du fleuve et qui avait bien failli causer leur perte.

- Toujours pas de feu sur la tour ? Le guetteur hocha la tête ; et, dis-moi, continua l'officier, Gombaud est revenu sur la dune avec ses chiens cette nuit encore ?

- Le vent sifflait dans ces foutues ailes, répondit l'homme, tous les chiens de l'enfer auraient bien pu aboyer que je n'aurais rien entendu…

Quant à avoir vu quelque chose… Il faisait si noir avec la tempête, que j'ai passé la nuit à me cabosser la tête contre la mécanique de ce moulin.

L'accord avec le curé concernant l'utilisation du moulin comme tour de guet interdisait toute chandelle ou torche de résine, ce qui avait déjà causé plusieurs accidents, la vie de soldat recelait parfois des dangers insoupçonnés.

- D'ordinaire, il est toujours là au petit matin les lendemains de gros temps à voir s'il n'y a pas quelque épave à glaner, mais ce matin on ne l'a pas vu, même que je me suis dit que tout allait à l'envers en ce moment…

- Tu n'as donc vu personne sur la dune ?

Le guetteur et maître Tarterin levèrent l'œil sur le capitaine du roi, alertés par son insistance.

- Vous voulez dire, euh, ceux de l'autre fois ?

Le capitaine lui jeta un regard impérieux qui n'échappa pas à maître Tarterin.

- Les femmes, ce matin, venues voir ce qui se passait à Cordouan… Rien de plus.

- Nous partons sur l'île, prendre des nouvelles de l'ermite. Nous ne pouvons attendre que la mer se calme plus, peut-être est-il malade ou blessé… Tu raconteras à nos femmes comment nous avons péri ! Ajouta-t-il en s'engageant sur l'échelle.

En sortant du moulin, l'officier prit un étroit chemin qui semblait devoir contourner le village.

- Je dois vous confesser quelque chose, dit-il à mi-voix sans se retourner. Je crois pouvoir me confier à vous. De toute façon, vous ne me semblez pas du genre à me laisser aller seul sur Cordouan, n'est-ce pas ? Je ne peux, par contre, laisser le prieur nous accompagner. Nous irons sans lui. Vous avez entendu ces gens tout à l'heure. Le Thomas dont ils parlaient est un novice, un ami du temps où nous usions nos chausses sur les bancs du collège de Guyenne.

Messire Daulède ne semblait pas trop savoir par quel bout raconter son histoire :

- Bref, Gombaud, le bayle de Lesparre, une brute sanguinaire, est venu réclamer au prieur deux hommes d'ici, qui ont décroché un des leurs du gibet de Lesparre. Thomas s'est mis en tête de les sauver.

- Et il les a cachés sur Cordouan.

Le soldat jeta un regard embarrassé au capitaine de la *Loyse*.

- Thomas ne m'en a rien dit, mais mon guetteur du moulin les a vus traverser à la nage il y a de cela deux jours. Ensuite, il est parti pour Lesparre avec en tête, je crois, l'idée de rapprocher nos deux communautés pour les tirer de ce mauvais pas. À en croire le curé, il serait en train d'y parvenir.

- Et le redoutable Gombaud a disparu. Votre ami Thomas me semble homme de ressources, dites-moi. Si vos fugitifs sont de la même trempe, pas étonnant que l'ermite chargé d'alimenter le feu ne donne plus signe de vie…

No plaisantez pas, Messire Tarterin, je connais les fugitifs, ce sont des jumeaux, de braves garçons, mais l'absence de feu est bien préoccupante. Espérons que la mer voudra bien nous accorder le passage, il me tarde de savoir ce qui se passe là-bas.

* * *

- 8 -

Cordouan

L'amplitude de la marée était particulièrement grande. La baleinière du roi put néanmoins les déposer directement dans une anse rocheuse à peu près protégée du ressac qui balayait le petit plateau. Un siècle plus tôt, comme le commerce entre l'Angleterre et la Guyenne anglaise se développait, le Prince Noir avait fait ériger là une haute tour octogonale pour mettre fin aux nombreux naufrages dans l'embouchure. Elle était déjà bien mal en point. Elle avait été bâtie à la pointe de l'île tournée vers le continent, mais la disparition d'un banc de sable qui la protégeait à l'époque de sa construction avait permis aux vagues de ronger l'îlot au point qu'elle était maintenant très près de la rive ouest et livrée à la merci des plus grosses tempêtes. Notre-Dame de Cordouan, la petite chapelle au pied de la tour n'était plus que ruine. Ruinés aussi les bâtiments du petit monastère qui avait précédé la tour.

Tandis que l'équipage de la baleinière restait à bord, l'officier et le marin s'avancèrent jusqu'à l'étrange construction octogonale sans détecter d'autre signe de vie que les petits crabes qui fuyaient à leur approche.

- Il est devenu bizarre ces derniers temps… Lorsque nous livrons le bois, il reste en haut de sa tour, nous remerciant à peine… Nous laissons le bois en bas des marches, des pains, des chandelles, une petite futaille de vin et nous repartons sans l'avoir vu… Les hommes disent qu'il est devenu monstrueux, le visage boursouflé et variqueux comme la coquille d'une huître à force de ne se nourrir que de ces coquillages… Mais personne ne l'a vu depuis des semaines, à la vérité. Il en faut beaucoup moins pour exciter l'imagination… Comment s'expliquer que l'on choisisse de se retirer en un tel lieu, même si, par une belle journée d'été, il peut sembler un petit paradis ?

Ils poussèrent la porte de l'étroit logis accolé au bas de la tour. Personne. Un courant d'air chargé d'humidité et une forte odeur de feu éteint leur arriva d'une petite porte basse restée entrouverte.

– La tour, fit le soldat, maintenant il se réfugie là-haut lorsque nous venons… Les deux frères ont dû nous voir arriver et se cacher, mais que frère Bernard ne nous réponde pas est plus inquiétant…

Leurs appels en bas de l'escalier de pierre restèrent pourtant sans réponse.

- Montons, il nous faut être sûr qu'il n'agonise pas près de son feu… Ou pire…

Au milieu de la terrasse, quelques morceaux de bois à demi calcinés baignaient dans une flaque grisâtre de cendres diluées par la pluie. Penchés sur le parapet de pierre ils explorèrent du regard la minuscule surface plane au-dessus des flots. Rien.

- Une lame les aura emportés tous trois, fit le marin. Lorsque nous sommes passés près de l'île cette nuit, les vagues donnaient naissance à des gerbes d'écume aussi hautes que la tour…

Ils redescendirent fouiller sans trop d'espoir la bordure de rochers inlassablement attaquée par la houle.

Découragés, ils s'abritèrent du soleil à l'ombre d'un mur de la petite chapelle délabrée. Le soldat s'assit sur un tas de pierres provenant de la voûte effondrée.

- Je ne choisirai pas cette île pour finir mes vieux jours, fit le marin. Regardez-moi ça, pas un arbre pour procurer un peu d'ombre fraîche. Rien que des tas de cailloux sans même un brin d'herbe qui y pousse !

Il remua de sa botte un bout de chiffon qui dépassait entre deux pierres. Le soldat le fixa, horrifié : c'était le pan d'une robe de moine.

Ils déplacèrent les pierres jusqu'à découvrir le visage grisâtre d'un cadavre.

- C'est frère Bernard… fit l'officier royal.

- Et vos braves jumeaux ne lui ont pas fait de cadeau…

Le visage du moine était marqué de coups, et le crâne enfoncé à plusieurs endroits ne laissait que peu de doutes sur la façon dont il était mort.

***

- Vous n'avez pas dû voir bien souvent de cadavre, Maître Tarterin, celui-ci est mort depuis plusieurs semaines. Je suis bien aise que les frères Pellou ne soient pas les auteurs de ce meurtre.

Qui avait bien pu assassiner l'ermite ? Et pourquoi ? Il n'y avait rien sur Cordouan qui mérite que l'on tue, du moins à la connaissance de Messire Daulède.

Ils levèrent tous deux pensivement la tête vers le sommet de la tour.

- Et vos jumeaux, ils sont passés où ? Fit le marin, ce caillou commence à être bien mystérieux.

- Espérons qu'ils ne sont pas quelque part sous un tas de pierres eux aussi…

- Retournons au frais dans la tour, il me vient une idée…

Ils poussèrent la porte de chêne rendue grise par les intempéries. Les épais murs de pierre conservaient là une fraîcheur plus que bienvenue.

- Que voyez-vous, Maître Tarterin ?

- Qu'y a-t-il à voir ? Une table pourrie, une chaise en aussi mauvais état, un escalier qui monte vers la terrasse.

- Et ? Ou plutôt, il ne vous semble pas manquer quelque chose ? Comme le marin restait muet, le soldat continua : pas de coffre pour ranger ne serait-ce que sa bible et quelques hardes, pas plus de table ou de chaise, pas même une paillasse ! Tout est ruine sur l'île, le logis de l'ermite ne peut être… qu'ici, fit le soldat en montrant le plafond du doigt, ce plafond est bien trop bas pour être le sol de la terrasse.

Ils s'arrêtèrent au premier des courts paliers qui interrompaient l'ascension de l'escalier.

- Lorsque cette tour fut construite, il fallait bien que ses occupants puissent s'y cacher sans pour autant abandonner leurs provisions aux pirates et autres crapules qui traînent un peu trop souvent par ici.

Le marin qui sentait sa langue se dessécher et qui rêvait d'un pichet de vin se désola :

- Croyez-vous que nous trouverons son tonneau ? Il doit bien ranger ses provisions quelque part…

En haut de la première volée de marche, une porte permettait de condamner l'accès au palier. Ouverte, elle était rabattue contre le mur et impossible à bouger.

- Rouillée, fit le marin, il faudrait une hache…

- Les gonds sont au contraire enduits de suifs et en fort bon état… Voilà !

Il suffisait de faire légèrement basculer une dalle du sol en posant le pied dessus pour que la porte soit astucieusement libérée. Derrière, une autre porte, plus petite celle-ci, s'ouvrit sans résistance.

Le soldat avait donc vu juste. Ils avaient trouvé le refuge dont les ermites devaient se transmettre le secret. Ils pénétrèrent dans une pièce d'assez grandes dimensions, fort sombre, car dépourvue de fenêtres. Ils ne virent d'abord qu'un considérable amoncellement de bois, des bûches énormes qu'un homme seul devait avoir bien de la peine à hisser au sommet pour alimenter le feu. Contre un mur, un coffre à demi noyé sous le tas de bûches, un baril qui devait contenir de la viande séchée, un tonneau de vin.

Et contre le mur opposé, serrés comme deux enfants pris en faute, à ceci près que des enfants affichent bien peu souvent la lassitude et le découragement qui creusaient leurs traits, les deux frères Pellou.

- Au moins nous vous avons trouvés fit sévèrement le soldat. Tout le monde n'est donc pas mort sur cette île !

* * *

Avisant un pichet ébréché qui traînait sur une petite table, l'officier du roi le remplit au tonneau, goûta, claqua la langue en grimaçant. Le vin, qui datait de presque un an puisque la nouvelle vendange approchait, était à vrai dire infâme, aigre et trouble comme un mauvais vinaigre inachevé.

- M'ouais. Sans me vanter, mon vin est meilleur que celui des moines, fit-il en passant le récipient au marin qui s'en octroya néanmoins une large rasade.

L'officier royal les considéra en silence, mettant à profit ce moment de répit pour faire le point des événements. Une chose était sûre : l'ermite était mort bien avant l'arrivée des deux frères. D'autre part, la mort de l'ermite expliquait l'absence de signalisation sur la tour la nuit dernière, mais…

- Vous devez avoir beaucoup à nous raconter, mes enfants, fit le soldat, la nuit dernière a dû être agitée ici…

- On ne l'a pas tué, murmura Gilles, vous allez nous donner à pendre,

136

mais on ne l'a pas tué.

- Morbleu, nous savons bien que vous ne l'avez pas tué ! Mais Maître Tarterin, qui m'accompagne, a bien failli laisser sa peau dans les passes la nuit dernière ! Si vous nous racontiez un peu pourquoi il n'y avait pas de feu sur la tour ? Vous auriez pu en faire, non ?

Les deux frères se regardèrent, hésitant, comme si, du regard ils pouvaient s'accorder sur ce qu'ils allaient raconter. « Ces deux-là ne sont pas des criminels, pensa l'officier, ils ne se sont même pas mis d'accord sur une fable à nous conter… »

- On ne sait rien, on est presque tout le temps restés cachés dans les ruines et derrière le tas de bûches en bas… Il nous faisait peur…

- Pour sûr, il était pas beau à voir, fit le soldat, repensant à l'affreux cadavre émacié de l'ermite, c'est vous qui l'avez enseveli sous les pierres ?

Cette fois, les deux frères affichèrent avec un bel ensemble l'incompréhension la plus totale.

Il aurait pu les embarquer sans autre forme de procès, mais il pressentait qu'il lui fallait en savoir plus avant de quitter l'île. Et, à vrai dire, deux autres motivations le guidaient : il avait bien compris que Thomas essayait de leur sauver la vie et il savait qu'il aurait à batailler ferme avec le prieur, et peut-être même avec la dame de Lesparre, pour leur éviter la corde après un procès des plus sommaires. Le plus simple était de laisser tout le monde dans l'ignorance de la mort de l'ermite et qu'ils restent là, à entretenir le feu en attendant le retour de Thomas. Option qui, en plus, lui évitait de devoir laisser un soldat sur l'île pour l'entretien du feu jusqu'à ce qu'une nouvelle vocation d'ermite se manifeste. Ce qui pouvait prendre un bon bout de temps. Le soldat, qui avait la nostalgie de la bruyante et joyeuse agitation des tavernes bordelaises parvenait à peine à imaginer que quiconque puisse choisir de s'enfermer là.

Évidemment, s'il y avait eu crime, les choses étaient différentes. Il envisagea de nouveau la culpabilité des deux frères. Ils étaient sur Cordouan depuis quatre jours. L'ermite était mort, assassiné, plusieurs semaines plus tôt. Qui l'avait tué ? Ils apportaient des vivres à l'ermite tous les quinze jours. Il comprenait maintenant pourquoi, ces derniers temps, les soldats lui avaient rapporté que l'ermite restait en haut de sa tour, refusant de se montrer. Un imposteur avait pris sa place.

- Décidément, tout le monde semble avoir envie de se cacher ici !

bougonna l'officier. Le mieux est encore que vous nous racontiez ce qui s'est passé depuis votre arrivée, il y a (il s'interrompit pour compter sur ses doigts) quatre jours, depuis lundi, c'est bien cela ? fit-il pour leur laisser comprendre qu'il en savait plus qu'ils ne pouvaient le croire. Et faites vite, la marée n'attend pas.

- Thomas nous avait dit que l'ermite était bizarre, mais qu'il ne nous rejetterait pas… Oui-da ! fit le second frère, Pey, qui était resté muet jusque-là, si on avait su, jamais on ne serait venus sur l'île, hein, Gilles?

Et, s'interrompant l'un l'autre pour amener une précision ou prendre la suite du récit, ils racontèrent aux deux hommes leur étrange semaine.

La traversée à la nage les avait épuisés. La marée était basse et il ne restait guère plus d'un quart de lieue entre l'île et l'étendue de sable découverte. Ils en firent même une bonne partie en marchant, de l'eau à peine plus haut que la taille, luttant tout de même contre un courant de plus en plus fort à mesure qu'ils s'approchaient du chenal proprement dit. Quand ils avaient dû nager, la marée n'avait pas tout à fait fini de descendre et le violent courant parallèle à la côte avait bien failli leur faire manquer l'île, les emportant on ne sait où vers le sud où leurs corps auraient fini par être emportés au large.

Après avoir repris leur souffle, ils s'étaient dirigés vers la tour, un peu intimidés en découvrant que le bâtiment était nettement plus imposant qu'il n'y paraissait vu depuis la dune de Saint-Nicolas de Grave. Pour la sécurité de ses navires, le Prince Noir avait vu grand. Peut-être avait-il failli périr là lui-même au cours d'un de ses voyages entre la Guyenne et l'Angleterre ! Toujours est-il que la tour octogonale de pierre noire, haute de quinze mètres, posée sur cette table rocheuse au ras de l'eau était bien plus impressionnante que le clocher de Soulac. Impressionnante et un peu inquiétante.

Ils avaient appelé l'ermite : « Frère Bernard ! Ohé, frère Bernard ! » sans obtenir de réponse.

Ils étaient entrés dans la tour.

Une voix forte, bien qu'un peu étrange, avait soudain résonné, venant d'on ne sait où. Sans doute de l'escalier qu'ils voyaient monter vers le sommet, mais l'écho semblait la faire sourdre des murs même de la construction sinistre et délabrée.

« Vous n'avez rien à faire ici, avait dit la voix, partez, retournez à vos petites occupations humaines et laissez-moi gagner le salut en paix ».

Ils avaient dû s'expliquer longuement pour faire entendre raison à la voix qui tonnait au-dessus d'eux comme Dieu lui-même dictant ses commandements à Moïse.

Finalement, l'ermite avait accepté leur présence. Mais à la condition qu'ils restent en bas sans chercher le moindre contact avec lui. Il allait leur déposer des vivres devant la tour, une ligne pour pêcher, et un petit tonnelet de vin. Ils devraient dormir dans les ruines de la chapelle et ne plus entrer dans la tour.

Les nuits étaient belles et douces, dormir seulement protégés d'un pan de voûte dans un coin de murs à demi effondrés leur sembla une aventure nouvelle et qui allait les reposer du labeur éreintant imposé par le prieur.

Qu'un ermite fuie la société des hommes ne leur sembla pas non plus étonnant.

Soulagés de voir leur présence acceptée, ils firent le tour de l'île, récupérèrent les provisions descendues entre-temps par l'ermite et s'installèrent dans la chapelle.

Trois jours plus tard, à la mi-journée, l'air devint irrespirable, la chaleur étouffante. L'horizon se chargea de nuages qui prirent une noirceur d'encre à la tombée de la nuit tandis que la mer virait à un gris épais. Un formidable orage éclata soudain, accompagné d'une tempête qui prit vite des allures dantesques. Le vent portait des gerbes de mer dans le moindre recoin de leur refuge délabré. L'air et la mer, sillonnés d'éclairs, semblaient ne faire qu'une seule et unique entité liquide. Sous les rafales qui tourbillonnaient dans les ruines de la chapelle, ce qui restait de la voûte menaça bientôt de s'effondrer. Bravant l'interdiction de l'ermite, ils coururent jusqu'à la tour.

Le silence était complet, ou plutôt aucun bruit humain ne leur parvenait au milieu des hurlements du vent et du fracas des vagues. De l'eau commença à passer sous la porte. L'inquiétude laissa place à la peur. Ils trouvèrent tout d'abord refuge sur les premières marches avant de se décider à monter, tâtonnant dans le noir. La porte de cette pièce, celle où ils se trouvaient en ce moment en train de raconter leur histoire, était ouverte. Là aussi, l'obscurité était complète. Ils continuèrent leur ascension, arrivèrent sur la terrasse. L'ermite n'y était pas, le feu était éteint. Le paysage était apocalyptique. Même là-haut, plus de quinze mètres au-dessus de la mer, les embruns saturaient l'air d'eau salée. Le ciel déversait des trombes d'eau. De gros nuages noirs y étaient zébrés d'éclairs, et même dans les moments où l'obscurité reprenait ses droits, une maléfique lueur fluorescente émanait des fantastiques colonnes d'écume qui montaient à l'assaut de leur asile.

Où était l'ermite ? Emporté par une vague ? Il fallait rallumer le feu, si un bateau tentait d'entrer se réfugier dans l'estuaire, sans repère il était perdu. Ils n'avaient rien pour ça, pas de briquet, pas de silex, pas d'amadou[16]. Ils redescendirent, la pièce obscure sur le palier inférieur devait être le logis de l'ermite. Ils entreprirent de l'explorer. Dans l'obscurité, ils renversèrent un banc avec fracas. Une silhouette se dressa. En vérité, ils ne virent qu'une robe de moine aux longues manches amples s'agiter à deux pas d'eux, une cagoule sombre et le blanc d'un regard terrifiant. L'ermite était manifestement possédé. Au milieu d'imprécations effroyables, il tendit vers eux un doigt accusateur et menaçant. Épouvantés, ils dévalèrent l'escalier. Ils entendirent des meubles violemment déplacés, des mots sans suite, des lamentations, d'infernaux cris de bête. Plus tard il y eut le choc d'une vague formidable mêlé à un grand cri, puis plus rien. Rien que la tempête qui ne s'épuisa qu'au petit jour.

Quand ils eurent fini leur récit, maître Daulède resta pensif un long moment.

- On ne l'a pas tué, il faut nous croire ! Pourquoi aurions-nous fait ça !

- Venez, ne restons pas ici dans le noir.

Maître Daulède les conduisit dans la chapelle.

- Vous avez donc vécu ici trois jours.

Pey montra un angle de la chapelle, près de l'autel :

- Oui, là. Le soleil tapait dur, ce coin restait à l'ombre. Nous n'osions pas nous montrer sur l'île de peur que quelqu'un sur la dune ne nous voie.

Messire Daulède montra le tas de pierres près de l'entrée :

- Vous étiez à dix pas du corps de frère Bernard…

Les deux fugitifs gémirent avec un bel ensemble.

- Je n'ai pas dit que vous l'aviez tué, les interrompit l'officier avant qu'ils ne protestent de leur innocence, frère Bernard a été assassiné il y a

---

[16]Pour faire du feu, on mettait une petite boule d'amadou sur un morceau de silex que l'on frottait avec un briquet de fer.

plusieurs jours, plusieurs semaines sans doute, en tout cas bien avant votre arrivée sur l'île. Pour l'autre, celui que vous avez pris pour lui, je ne sais pas… Peut-être étiez-vous ivres, peut-être vous êtes-vous battus ?

- Non ! Regardez, nous n'avons pas de marques de coups !

Le soldat se tourna vers le marin :

- Que vous en semble, Maître Tarterin ?

- Je crois qu'ils disent vrai… Il faisait un temps de chien, je vous assure. Quand nous sommes passés, c'était l'enfer sur Cordouan ! Celui qu'ils ont pris pour l'ermite a bien pu être emporté… Mais qui était-ce ? Et que faisait-il là ?

- On peut imaginer qu'il est le meurtrier de frère Bernard, mais pour le reste, je crains fort que cela ne reste un mystère.

Il se tourna vers les deux frères :

- Messires, j'ai une requête à vous présenter. Une requête qui va vous coûter un peu, mais c'est la meilleure solution pour vous deux. Vous devez rester là quelques jours encore ; le temps que Thomas finisse d'assurer votre sécurité. Il faut aussi quelqu'un pour remplacer frère Bernard jusqu'à ce que le prieur trouve un nouvel ermite.

* * *

- 9 -

Un peu plus tôt au château de Lesparre, le matin de ce même jour, au moment précis où le capitaine de la Loyse commençait sa journée à Soulac...

- Marion, où est le jeune commis qui a dîné avec moi, hier, ce messire Paul qui a découvert nos deux pauvres gardes tués sur le chemin ?

- Mais, ma Dame, il était ici, avec vous, je croyais que… dit-elle avant de s'arrêter brusquement. L'écarlate de son visage ne disait que trop clairement où elle pensait que messire Paul était.

- Vous pensez trop, Marion, en tout cas à mon propos. Vous devriez également moins prêter foi aux ragots.

La dame de Lesparre marqua un temps. Elle croyait, jusqu'à ces derniers jours, que les rumeurs sur elle qui circulaient dans Lesparre ne concernaient que les aventures sans lendemain auxquelles elle se livrait avec délice quand un jeune homme bien tourné venait à passer à sa portée. On ne peut recevoir à dîner dans le château de la dame de Lesparre sans que cela finisse par se savoir. Il était inévitable que ses serviteurs parlent et elle se souciait finalement assez peu que l'on critique ses mœurs. Cependant, le malaise qu'elle éprouvait maintenant face à ces regards furtifs, ces voix basses sur son chemin, l'avertissait d'une plus grave menace.

- Marion, que dit-on sur moi qui vous fais rougir ainsi ?

La jeune servante blêmit cette fois et se mit à bredouiller, toute tremblante, sans parvenir à lui répondre.

- Que j'ai la cuisse légère ?

Marion opina faiblement du menton et espéra avec ferveur pouvoir s'en tenir là.

143

« Quelle sotte je suis, pensa immédiatement Isabeau, je lui fournis une réponse qui ne m'apprend rien. Maintenant, elle n'en dira pas plus… ».

- Et depuis quand durent ces bavardages imbéciles ?

- Lorsque ce jeune noble de la cour de Bretagne est passé, ma Dame… On a dit que la mort de Messire d'Orval, votre époux, ne vous avait pas enlevé l'appétit de, de…

- Est-ce tout ?

- On disait aussi que son trépas finalement vous laissait riche et libre de, de…

Amanieu d'Albret d'Orval était mort après une longue agonie et l'on avait suspecté un empoisonnement, méthode pour se débarrasser des importuns très à la mode à l'époque. Bref, la rumeur l'accusait de l'avoir empoisonné, mais cela, Marion ne le dirait jamais.

Elle la regarda pensivement. Sa jeune servante semblait sur le point de défaillir.

- Est-ce tout ? répéta Isabeau.

- Ma Dame… Supplia Marion.

Elle était terrorisée. Isabeau était autoritaire, comme il sied à une maîtresse qui entend être servie avec promptitude et obéissance, mais elle ne pensait pas inspirer une telle frayeur. Il y avait autre chose à coup sûr, et Marion savait quoi. Elle se demanda si elle devait continuer à l'interroger, elle ne pouvait tout de même pas lui faire appliquer la question ! Et quelque chose qui ressemblait à de la prudence lui soufflait de s'en tenir là. Une fois la boîte de Pandore ouverte, qui pouvait prévoir les proportions que tout cela prendrait ?

- Revenons à ce Paul, vous ignorez donc aussi ce qu'il est devenu ?

Marion lui avoua que, à vrai dire, on ne parlait que de ça au château. Enfin, on parlait aussi un peu des deux sergents tués la veille, mais on se demandait surtout si le jeune Paul était encore, heu…

- Dans ma chambre ? Non, Marion, il n'est pas dans ma chambre. L'orage m'a tenue éveillée jusqu'au matin à me demander si les récoltes et les vignes allaient y survivre, c'est là l'essentiel de ma nuit, si cela peut vous concerner…

- On a retrouvé son bonnet, ma Dame, dans la grande salle, près de la porte…

- La herse est baissée chaque soir, des gardes circulent sur le chemin de ronde. Il ne peut avoir quitté le château. J'avais donné l'ordre de le surveiller ! Allez me chercher Auger, l'incapable qui commande mes sergents ! Tout va donc de travers depuis que Messire Gombaud n'est plus là !

Marion s'empressa de descendre s'acquitter de sa tâche, trop contente d'échapper à bon compte à l'interrogatoire de sa maîtresse.

Restée seule, Isabeau de la Tour, mit un moment à calmer la fureur qui l'agitait. Voilà qu'on l'accusait maintenant de mettre dans son lit chaque homme qui passait par le château. Elle n'était pour rien dans la disparition de ce Paul. Avec ses grands yeux de fille, il n'était pas du tout à son goût. Une crainte bien plus dangereuse la saisit : en plus de les avoir mis dans son lit, on l'accusait sans doute aussi d'avoir fait disparaître Thomas et Paul. « Pourquoi pas Gombaud, pensa-t-elle, tout Lesparre doit savoir que lui aussi est passé par mon lit... » Et lui aussi avait disparu. On allait bientôt l'accuser du meurtre de ses propres gardes, les deux pauvres sergents qui accompagnaient Thomas...

* * *

À midi, Auger avait fouillé le moindre recoin du château sans trouver trace de Paula.

Isabeau lui donna l'ordre de reprendre la recherche de Thomas, dans les forêts et les marécages autour de Lesparre.

- Trouvez ce Thomas, vous trouverez Paul. Ils sont complices, il m'a avoué être avec lui au service d'un marchand bordelais. Je me demande bien ce que cet Aymon Tullier me veut, mais il ne perd rien pour attendre !

Cependant, après une rapide collation, c'est vers Soulac qu'elle se dirigea. La procession avait lieu dans trois jours, le matin du vingt juillet. Elle avait suffisamment de problèmes pour ne pas avoir en plus une révolte populaire si les Lesparrains étaient privés de cette messe à Soulac qui renouvelait chaque année la protection contre la peste que La Vierge leur accordait. D'après ce Paul, Thomas avait bel et bien vu le prieur la veille, mais avait été reçu plus que fraîchement. Il fallait qu'elle vérifie tout ça par elle-même. Il était temps qu'elle rencontre ce satané prieur et qu'elle voie ce qu'il avait derrière la tête.

* * *

145

Elle arriva au prieuré en milieu d'après-midi. Le prieur ne décolérait pas. Messire Daulède l'avait tout bonnement floué en partant sans lui pour Cordouan, le laissant face aux demi-sourires et aux remarques agaçantes des flatteurs qui commentaient hypocritement ce qu'il ressentait comme un affront inouï.

Il avait fini par se résigner au contrôle du chargement de la gabarre de sel qui partait dans la nuit pour Bordeaux. Tâche qui aurait au moins le mérite de lui permettre de passer ses nerfs en tyrannisant les pauvres sauniers peinant au labeur sous le soleil brûlant, déjà réapparu après le formidable orage de la nuit précédente.

C'est là qu'elle le trouva, au bord d'un chenal, à l'ombre d'un bosquet rabougri.

En voyant venir vers lui neuf cavaliers, la dame de Lesparre en tête, accompagnée de deux clercs en robe de moine, le tout escorté de six sergents portant les armoiries de la sirie, il eut un moment la crainte qu'ils ne viennent s'emparer de lui.

Il se ressaisit bien vite, et, tout en se disant qu'il devrait peut-être lui aussi se faire escorter lorsqu'il s'éloignait un peu trop de son prieuré, il sentit l'agacement monter en lui jusqu'à atteindre le niveau d'une très sainte colère. Après la visite de Thomas, puis de ce Paul arrogant et irrespectueux, voilà que cette catin venait à son tour le provoquer. On allait voir ce qu'on allait voir, il allait lui en donner pour le prix de ses six lieues de déplacement.

- Recevez mes respectueux hommages, Messire Hugues, vous devinez sans doute l'objet de ma visite. Je vous ai envoyé hier messire Russ avec une offre de trêve, voire de négociation, mais il m'a semblé plus courtois de venir moi-même m'en entretenir avec vous, fit-elle, passant diplomatiquement sous silence la fraîcheur de la réception qu'il avait réservée à Thomas d'après les dires de Paul.

- Ah, ah ! Messire Russ, ce petit novice insolent. Le voilà maintenant passé ambassadeur de la dame de Lesparre, ironisa-t-il, vous donne-t-il pleine et entière satisfaction ?

- À vrai dire je ne sais, répliqua-t-elle, lui et mes gardes ont été attaqués sur le retour et...

Il l'interrompit en s'esclaffant bruyamment :

-... Il a disparu. Non ! Si ? Ah, ah, ah ! fit-il en mettant toute la dérision possible dans son rire forcé, encore un bellâtre qui disparaît !

Gombaud lui-même a disparu, me dit-on ? Ah, ah, ah !

- Ne croyez pas pour autant pouvoir trop me manquer de respect, Messire Hugues, fit-elle sans perdre son calme. Je ne suis pas venue porter la guerre, mais justement, peut-être le départ de messire Gombaud va-t-il permettre de reprendre des relations moins « tendues ». C'est du moins mon souhait. Gombaud, ces derniers temps a pris des initiatives que je regrette.

Désarçonné par cet aveu, le prieur ne put que s'enquérir de l'offre que portait Isabeau.

Concernant Gombaud, elle s'engageait à ne pas le reprendre à son service s'il réapparaissait. En outre, elle proposait de faire son possible pour retrouver et rendre les biens dérobés par lui lors du sac de Soulac.

Pour finir, elle proposait que les deux clercs qui l'accompagnaient examinent et discutent avec lui les anciennes chartes régissant les dîmes et les droits des deux parties. Peut-être pourrait-on faire l'économie du coûteux procès au parlement de Bordeaux ?

Quant au dernier incident entre les deux voisins, elle abandonnait la chasse de ceux qui avaient abattu son gibet, souhaitant qu'ils ne soient pas non plus inquiétés par le prieur.

Comme le prieur rechignait à se voir dicter sa conduite par Lesparre, elle lui lut le passage de la lettre d'Aymon Tullier qui lui faisait part d'un arrêt du parlement de Bordeaux parfaitement clair : cette attaque contre le gibet de Lesparre était du ressort du parlement et ne pouvait être jugée qu'avec leur différend territorial.

À vrai dire, l'offre d'armistice de Lesparre venait à point. Le prieur était poussé par le besoin de vivre en paix avec le curé de la basilique, qui, lui, dépendait directement de l'évêché et le brave curé tenait beaucoup à sa procession. Le prieur avait là le moyen rêvé d'apaiser le mécontentement de son curé et de ses ouailles par une belle journée de fête, et, qui sait, d'obtenir la reconnaissance des limites des droits de justice qui étaient le vrai sujet de discorde entre les deux fiefs.

- Dans ces conditions Soulac fera bon accueil à votre procession, fit le prieur en soupirant comme si cette concession allait être difficile à obtenir de ses fidèles, alors qu'il élaborait déjà dans sa tête le discours où il s'attribuerait tout le mérite de la paix retrouvée.

- Une dernière chose, Messire Hugues. Vous conviendrait-il que mes clercs restent à Soulac le temps de discuter de tout cela avec vous ? L'un d'eux est un peu médecin. Il paraît qu'un moine du prieuré a reçu accidentellement une flèche tirée par un maladroit de Lesparre, peut-être pourra-t-il lui venir en aide ?

- Qu'il l'examine si cela lui chante. La Guillemette le soigne et ce matin il allait un peu mieux. Je pourrais exiger que vous me livriez ce « maladroit », ajouta-t-il dans une tentative de tirer parti de l'aveu de la culpabilité de Lesparre…

- Tout comme je pourrais exiger que vous me livriez ceux qui ont tué les deux gardes qui accompagnaient Messire Russ hier. Et que vous me rendiez celui-ci, ajouta-t-elle d'une voix sombre, accusant Soulac à tout hasard.

Le prieur leva sur la cavalière un regard effrayé :

- Que me chantez-vous là ! Ce Thomas n'est pas ici ! Les gardes qui l'accompagnaient ont été tués, dites-vous ? Vous me l'apprenez ! C'est épouvantable !

La surprise laissa place à la crainte sur le visage du prieur : une accusation de meurtre sur deux sergents de Lesparre ! Voilà qui pouvait le conduire à la potence, tout prieur qu'il soit, s'il ne s'innocentait pas.

Isabeau le regarda de ce regard froid et perçant qui lui avait si bien servi à dominer Gombaud, et quelques autres d'ailleurs.

- Je vous crois, Messire Hugues. On vous dit implacable avec les criminels, mais un homme d'Église ne se vengerait pas d'un affront sur deux innocents, n'est-ce pas ?

Elle s'apprêta à tourner bride.

- Je laisse donc mes deux clercs en votre Sainte Garde. Nous nous reverrons à la procession. Une dernière chose, quitte à déclencher une fois encore vos rires : Le jeune Paul que vous avez vu hier soir a lui aussi disparu. Si toutefois vous retrouviez l'un ou l'autre, pouvez-vous, disons, les retenir ? J'ai quelques éclaircissements à leur demander…

- C'est entendu, fit-il en faisant mine de retenir un fou rire et sur un ton léger, comme s'ils savaient tous deux fort bien où ils étaient et qu'on ne les retrouverait jamais. Avec le même regard mi-apeuré, mi-dégoûté que les autres, pensa Isabeau. En tout cas, s'il croit si fort que c'est moi, c'est que ce n'est pas lui qui a enlevé le jeune Thomas, pensa-t-elle. Alors qui ?

* * *

- 10 -

Bordeaux, ce même après-midi

La maison d'Aymon Tullier était depuis deux jours la proie d'un désordre indescriptible. Le lendemain de l'arrivée du chevaucheur annonçant au marchand et jurat bordelais l'arrivée du roi et son royal désir de loger chez lui, une cohorte d'artisans s'était présentée le jour à peine levé et s'était mise au travail. Puis les premiers chariots étaient arrivés.

Louis était sans cesse sur les routes, honorant plus souvent de sa présence les demeures de bourgeois cossus que les châteaux d'une noblesse dont il se méfiait. Ses ennemis profitaient de ce choix pour le dépeindre comme un personnage fruste et grossier, incapable de goûter le raffinement qui sied à un roi, mais Aymon avait à domicile la preuve du contraire. Avant chaque visite royale, une équipe parfaitement rodée investissait la demeure de l'heureux élu et s'assurait que Louis y trouverait tout le confort et le faste qui sied à un roi. Ainsi, une équipe de menuisiers qui accompagnaient le roi dans tous ses voyages, transformait la meilleure chambre de la demeure d'Aymon, en l'occurrence la sienne, pour y construire le lit auquel était habitué le roi, recouvrait tel mur de boiserie, tendait de luxueuses tapisseries sur tel autre. Les escaliers, la cour étaient encombrés de coffres et de caisses, les chariots bloquaient complètement la circulation de l'étroite rue menant aux bords de Garonne, et la foule de badauds, qui savait déjà la cause de ce remue-ménage, n'arrangeait rien à la pagaille. Il fallut faire venir les sergents pour mettre un peu d'ordre et bientôt tout Bordeaux sut que le roi arrivait incognito et allait résider chez le jurat Aymon Tullier.

Pour finir, une autre équipe choisit un ancien chai transformé en remise, entassa tout le fatras qu'il contenait dans des chariots expédiés on ne sait où et entreprit d'en faire une salle de réception, allant jusqu'à percer de larges ouvertures dans les murs tandis que Aymon s'arrachait les cheveux et virait au cramoisi. Le roi semblait, en plus, avoir l'intention de mettre à profit son séjour pour rencontrer marchands, parlementaires et autres notables de la cité, visiblement en audiences (on avait même construit un imposant trône de chêne surmonté d'un ciel azuré décoré de fleurs de lys), mais aussi lors de banquets fastueux si on en jugeait aux caisses de vaisselle d'or et d'argent qui s'entassaient en cuisine.

L'agitation de tout ce beau monde ne disait rien qui vaille à Aymon. Les visites courtoises se succédaient, mettant à rude épreuve un Aymon qui ne savait pas même quand le roi allait arriver exactement.

La préoccupation principale d'Aymon était bien sûr l'absence de nouvelles concernant Thomas. Paula était partie depuis deux jours maintenant, et ce matin, saisi par une soudaine inquiétude, il avait envoyé Juan lui-même porter à Soulac la missive de l'abbaye de Sainte-Croix appelant comme le souhaitait Thomas le prieur de Soulac à faire preuve de clémence envers les deux fugitifs et lui interdisant de les livrer à Lesparre. Un petit voilier rapide devait le déposer au Verdon le lendemain matin. Mais il allait falloir encore au moins deux jours pour qu'ils ramènent son neveu, si toutefois celui-ci acceptait de rencontrer le roi. Comme si l'on pouvait se permettre de dédaigner Louis ! Étant à demi Anglais qui plus est. Dans ses insomnies, le marchand en arrivait à penser que sa sœur et John Russ le marchand anglais qu'elle avait épousé auraient bien dû emmener leur rejeton quand le temps de l'exil était venu, à la fin de la guerre de Cent Ans. Bien sûr, il regrettait ses pensées à peine émises, il avait été bien trop heureux lorsque Thomas avait choisi de rester.

* * *

Ce samedi, vers la fin de l'après-midi, tandis qu'à Soulac Isabeau rencontrait le prieur, l'agitation s'intensifia encore dans la demeure du marchand. Une inquiétante fébrilité s'empara de chacun puis soudain tout sembla figé. L'angoisse d'Aymon monta d'un cran. La cour se vida comme par enchantement, les chariots n'obstruèrent plus la rue et seuls quelques coups de marteau résonnèrent encore sporadiquement.

Puis il y eut un grand mouvement de foule dans la rue et un

150

chambellan vint inviter Aymon à se rendre au port. La galiote du roi, partie le matin de Blaye où le roi avait passé la nuit, était en train de manœuvrer et ne tarderait pas à accoster.

* * *

Le roi fit à Aymon l'honneur de dîner en tête à tête avec lui. Il était bossu et avait un visage des plus ingrats, mais là s'arrêtait la vérité des commérages colportés pourtant généreusement dans le royaume. Peut-être était-ce pour cela qu'il tenait tant à se montrer au cours de nombreux voyages, pensa Aymon qui avait bien du mal à trouver l'appétit, sentant arriver le moment où le roi demanderait à voir Thomas. Pourtant, l'esprit vif et l'intelligence de Louis commençaient à rassurer le vieux marchand, qui par ailleurs ne se mêlait pas d'intrigues et avait toujours affiché sa loyauté.

- Eh bien ! Messire, nous sommes bien aises de vous rencontrer. Les commerçants comme vous sont nos plus fidèles alliés pour garder le royaume des Anglais et de la désobéissance de certains nobles qui se disent du bien public.

Se doutant qu'il ne s'agissait que d'une entrée en matière, Aymon se contenta d'incliner la tête avec ce qu'il fallait de respect.

- En vérité, nous désirons juger de notre propre vue de la fidélité des Aquitains. Vos navires vous ont sans doute rapporté la présence d'une flotte anglaise dans le golfe de Gascogne ?

- Ils ne se sont pas approchés de l'estuaire, Sire, fit Aymon, craignant que le roi n'en vienne à suspecter l'administration communale d'avoir renoué avec ses anciennes amours. L'âpreté de votre père à faire payer à Bordeaux sa fidélité aux Anglais, en a peut-être fait douter quelques-uns, mais tout ceci est le passé…

- Un rien peut cependant décider Edouard à débarquer. Ses amis bourguignons le pressent, et ils ne sont pas les seuls. N'allons pas par quatre chemins : vous savez que nous avons repris la Normandie à notre frère Charles qui n'a pas su se garder de son voisin le duc de Bretagne. Mais nous voulons lui donner en échange un beau duché qui soit digne de ses mérites et de ceux d'un frère de roi. Nous pensons que la Guyenne pourrait le satisfaire.

Aymon ne put cacher sa surprise, puis son inquiétude. Charles avait

151

une solide réputation d'homme faible, facilement influencé par celui qui lui faisait miroiter le plus bel apanage. Il s'était ainsi retrouvé mêlé à tous les complots contre le roi. Cela n'était bon ni pour la Guyenne ni pour le commerce. Enfin, et c'était la dernière expression qui s'afficha sur son visage, il se demanda pourquoi le roi lui révélait ça.

- Nous vous voyons inquiet et surpris, Maître Tullier. Nous allons continuer à parler franc. Mais bien sûr, tout cela restera entre nous, n'est-ce pas ?

Le ton du roi était resté courtois, affable même, mais ce que l'on savait de lui était suffisant pour que Aymon y sente le danger. Il en savait déjà beaucoup trop pour reculer. Il inclina encore une fois la tête en signe d'assentiment.

Le roi continua, lui vantant les avantages que Bordeaux tirerait à être gouvernée par son frère. Certes il faudrait le faire se tenir tranquille, mais loin de la Bourgogne et des manigances du Téméraire avec les Anglais, cela ne devrait pas être trop difficile. Aymon, en tant que jurat de Bordeaux, pensait-il que la ville ferait bon accueil à Charles ?

Il en vint enfin à ce que redoutait Aymon :

- Maître Tullier, vous pensez bien que nous ne vous avons pas choisi par hasard. Bien sûr, le gouverneur nous tient informés, mais il nous plaît d'avoir beaucoup d'oreilles attentives au bruissement du royaume. Être roi c'est d'abord douter de tous, alors qu'il faudrait être sûr de tout ! Les notes que nous avons reçues sur vous, votre qualité de jurat et de marchand, nous portent à vous faire confiance. Et puis il y a votre neveu et son amie flamande qui ont servi le royaume en loyaux et talentueux sujets l'an dernier, lors de cette affaire en Angleterre. Le moment venu, nous voudrons savoir comment la Guyenne va accueillir Charles. Ensuite, vous nous tiendrez personnellement avertis de ce que vous saurez de sa conduite. Pouvons-nous compter sur vous trois ?

Cette dernière question tenait lieu d'ordre. Aymon avait, sa vie durant, réussi à se tenir à l'écart de la politique, parvenant même à ne s'afficher ni pour la France, ni pour l'Angleterre du temps de la guerre de Cent Ans. À l'automne de sa vie, il se retrouvait élevé à la redoutable dignité d'informateur du roi, sans la moindre chance d'échapper indemne à cette nouvelle charge. Il était consterné. Il avait craint que le roi ne vienne en personne charger Thomas d'une mission que celui-ci aurait bien été capable de refuser, ce qui l'aurait à coup sûr conduit dans quelque sombre cachot, mais c'était lui, Aymon, qui se retrouvait précipité au cœur des intrigues et du danger.

Le roi continua sans relever la mine de deux pieds de long que faisait le marchand :

- Mais nous n'avons pas vu votre neveu, ni son amie Paula ?

La figure d'Aymon s'allongea encore. Mentir au roi était impossible. Il était bien informé – après tout, il savait que Paul était en réalité Paula, alors que lui-même l'ignorait jusqu'à la semaine dernière – et peut-être cette dernière question ne visait-elle qu'à tester sa loyauté. Décidément, il était plus facile de commercer que de se mêler de politique!

- Sire, il est en ce moment dans le Médoc pour débrouiller une affaire opposant le prieur de Soulac à la sirie de Lesparre. J'ai envoyé Paula le chercher, ils devraient être là dans un ou deux jours…

- Racontez-nous ça…

Aymon raconta ce qu'il savait, c'est-à-dire le peu que Thomas expliquait dans sa lettre.

- On nous a dit qu'il vivait retiré au prieuré de Soulac… Nous sommes bien aises de le savoir revenu parmi nous. Le regard de Louis XI se fit acéré :

- Nous les verrons donc lundi…

* * *

- 11 -

Soulac le matin du dimanche 18 juillet

Les têtes se tournèrent au passage du petit homme quand il traversa la place devant la basilique. Il faut dire qu'il ne faisait rien pour passer inaperçu. Brun de poil et de peau, il portait un pourpoint noir, des chausses noires, de hautes bottes fauves à revers, et un chapeau noir qui lui cachait les yeux, pas du tout à la mode de ces petits bonnets sans bord ou à rebord étroit que l'on portait partout en France. Seule touche de couleur : l'ample manteau de drap rouge sombre jeté sur l'épaule opposée à la longue épée qui lui battait les jambes. Tout cela lui donnait un air de gentilhomme espagnol qu'il arborait fièrement avec un soupçon de provocation. Bref, Juan avait choisi de ne pas chercher à passer inaperçu, mais plutôt d'afficher un personnage ostensiblement étranger aux affaires qui opposaient Lesparre à Soulac.

Car son instinct, dès le début de cette affaire, c'est-à-dire pour lui dès que maître Tullier lui eut fait part des ennuis où Thomas s'était encore fourré, son instinct lui soufflait que sa mission n'allait pas se cantonner à porter au prieur la lettre que le vicaire général de l'abbaye mère, l'abbaye bénédictine de Sainte-Croix, avait remise à Aymon.

Des lettres de Thomas, il ressortait que le seul allié de confiance qu'il avait dans la place était le capitaine de la petite garnison royale du Verdon. Dès son arrivée il était donc allé le trouver, avec la lettre d'introduction qu'Aymon avait écrite à son intention.

Très vite, ils s'étaient fait mutuellement confiance. Juan était ainsi : ombrageux ou tendre, ami fidèle ou ennemi implacable, tendant la main ou sa rapière, c'était selon.

Juan, catastrophé d'apprendre la mystérieuse disparition de ses amis, reprit vite ses esprits. Il était seul ? Qu'importe. À seconder « les deux petits » il avait appris. Cette enquête était la sienne, il allait montrer de quoi il était capable.

Se félicitant de son déguisement, il décida de garder le plus longtemps possible secrète la raison de sa venue.

L'officier accepta de porter la lettre au prieur, il prétextera qu'un navire la lui avait remise à son intention.

La lettre n'était plus très importante : l'officier venait de raconter à Juan les événements des derniers jours, depuis les disparitions de Thomas et de Paul jusqu'à sa visite sur Cordouan et la narration de la rencontre de la veille entre Isabeau et le prieur, les nouvelles se propagent vite dans une si petite communauté et un saunier qui avait tout vu tout entendu s'était empressé de lui en faire le rapport.

La lettre du vicaire ordonnait au prieur de laisser tranquilles les fugitifs, dans l'attente du procès en cours au parlement de Bordeaux, et lui recommandait même fortement de les protéger de Lesparre. La deuxième partie rappelait au prieur son devoir de protéger le calme et la sainteté du sanctuaire, étape lucrative de nombreux pèlerins sur le chemin de Compostelle. Et c'était toujours un rappel utile si le prieur oubliait sa promesse à Isabeau.

* * *

Ainsi donc, tandis que messire Daulède affrontait le redoutable prieur, Juan, qui ignorait que le roi était déjà à Bordeaux, traversait tranquillement la place de Soulac. Il voulait tout d'abord prendre la température du lieu, asseoir son personnage aussi. Il entra dans la basilique et s'agenouilla parmi les pèlerins. Après un temps qui lui parut suffisant (il n'était à vrai dire pas très porté sur les bondieuseries), il se dirigea vers la taverne, le regard dissimulé sous le rebord de son chapeau, ne perdant pas un détail. À la taverne, il en rajouta un peu sur son identité présumée de gentilhomme espagnol. Il se délesta généreusement de quelques pièces en offrant à boire à une tablée de bavards, auxquels il raconta sans se faire prier qu'il était venu spécialement d'Espagne pour participer à la procession de Lesparre ; un voyageur lui en avait parlé, et il avait fait vœu d'y participer, ayant lui-même échappé miraculeusement à une épidémie de peste qui avait décimé toute sa famille, là-bas près de Bilbao. Ce qui était vrai, à ceci près qu'il était orphelin depuis longtemps à cette époque et que c'étaient ses compagnons traîne-misère que la peste avait tués.

Son personnage bien campé, il les abandonna avec force courtoisie et finit sa reconnaissance des lieux sur la dune, à observer Cordouan. Il n'aimait pas la mer. Toute cette eau agitée par la houle lui donnait le tournis et il gardait de la récente traversée pour Bristol le souvenir désagréable d'un univers chaotique de vent, d'humidité et de sol bien trop instable sous les pieds.

La matinée avançait. À ce qu'il avait compris de l'affaire et malgré la bonne volonté apparente d'Isabeau de la Tour, tout se passait à Lesparre. Il était temps de passer à l'action. Un gentilhomme espagnol ne marche pas. Il acheta donc un cheval, faisant baisser de moitié le prix demandé par le maquignon d'un simple tapotement énervé sur la poignée de son épée. Puis il quitta paisiblement Soulac au petit trot.

* * *

Il arriva à Lesparre en début d'après-midi. Il avait eu tout le temps de réfléchir à la disparition de Paula et de Thomas. Quel jeu pouvait bien jouer Isabeau de la Tour ? Messire Daulède avait bien sûr évoqué les rumeurs faisant d'elle, n'ayons pas peur des mots, une mante religieuse dont chaque amant disparaissait sitôt consommé. Était-ce possible ? Et si oui, comment une femme avait-elle pu venir à bout de jeunes hommes, pleins de vigueur, à plusieurs reprises et sans le moindre accroc ? Leur plongeait-elle un couteau dans le cœur alors qu'ils étaient endormis dans sa couche ? Non, la rumeur ne parlait pas de draps ensanglantés. Le poison ? Même dans ce cas, comment sortait-elle les corps du château ?

Il s'efforça d'éloigner l'idée de ses deux amis sans vie, assassinés on ne sait comment. Il lui fallait garder la tête froide et les idées claires. Cette fois c'était lui et lui seul qui devait penser et agir. L'officier du Verdon, désolé, ne pouvait quitter son poste et surtout ne pouvait être impliqué dans cette affaire plus qu'il ne l'était en protégeant les fugitifs. L'officier avait promis de lui envoyer un chevaucheur à Lesparre si un événement d'importance se produisait à Soulac, mais pour le reste, Juan était la seule chance de retrouver Paula et Thomas, le dernier espoir.

À Lesparre, il descendit dans une auberge faisant face au château, de l'autre côté des larges douves alimentées par un chenal venant du fleuve. Les marées se faisaient sentir bien au-delà de Lesparre (plus haut que Bordeaux, même), une énorme vanne maintenait le niveau de l'eau très haut, ce qui rendait toute entrée impossible hors du pont-levis, nota-t-il en arrivant.

Il confia son cheval à un jeune palefrenier, et prit possession d'une chambre plutôt moins infestée de poux et de vermine que la moyenne.

Son maigre bagage poussé sous le lit, il partagea prudemment en deux la bourse confiée par maître Tullier et en dissimula une moitié sous une latte du parquet qu'il arracha en s'aidant du long poignard glissé dans sa botte.

Cette élémentaire précaution prise, il redescendit dans la grande salle. L'après-midi avançait et le feu était éteint. Il allait devoir attendre jusqu'au soir le gibier qu'il voyait pendu au plafond de la cuisine. Il se contenta d'une large écuelle de garbure encore tiède et d'un pâté de lapin embaumant l'ail et les herbes aromatiques. La salle était presque déserte. Les désœuvrés étaient rares dans les villages. Il dédaigna un groupe d'étrangers jouant aux dés, marins sans doute, et un pèlerin à l'air épuisé qui sommeillait dans un coin : ceux-là ne lui apprendraient rien. Il choisit de s'asseoir près du patron qui s'affairait derrière un comptoir fait d'énormes madriers posés sur des tréteaux qui auraient pu soutenir un bœuf.

L'aubergiste dont le front dégoulinait de sueur ne refusa pas de partager un pichet de son meilleur clairet, il faut dire que le soleil était de nouveau là, et bien là, et que les pierres de la cheminée rayonnaient encore une chaleur qui devait être infernale pour qui s'agitait dans l'étroit espace derrière le comptoir.

Il s'enquit du maître du château, « pas trop dur ? ». Il n'apprit rien qu'il ne savait déjà, l'homme sans doute échaudé par quelque algarade avec le redoutable Gombaud tenait sa langue. Mais il faisait chaud. Au deuxième pichet, l'aubergiste, mis en confiance, laissa échapper une information oubliée par l'officier du Verdon : Gombaud, le terrible Gombaud dont Thomas parlait dans sa missive, n'était pas reparu depuis plusieurs jours, avant même que Thomas et Paula ne disparaissent à leur tour.

L'interrogatoire était difficile : Juan devait forcer son accent espagnol, faire mine de mal comprendre, ne jamais oublier son personnage de gentilhomme venu tout exprès de Bilbao pour remplir son vœu de miraculé de la peste. L'aubergiste fut flatté d'apprendre que la notoriété de leur procession était allée aussi loin. Il goba même, un troisième pichet aidant le mensonge à passer, que son établissement lui avait été chaudement recommandé par un gentilhomme espagnol dont Juan ne savait s'il y était descendu lui-même ou s'il tenait l'information d'un troisième important personnage. Bref, il succomba. Et donna force détails, après tout, Gombaud n'était plus là pour le lui reprocher. Les rumeurs prêtant à Isabeau une petite cohorte d'amants, depuis Gombaud lui-même, peu de temps après le décès d'Amanieu d'Albret d'Orval six ans plus tôt, jusqu'à ce Paul, la veille. Et ce n'était pas tout, ajouta l'homme à mi-voix pour refroidir la lueur concupiscente qu'il voyait s'allumer dans le regard de l'hidalgo, Gombaud n'est pas le seul, tous ont disparu…

- Oui, Messire, disparus ! Tous ! Gombaud le lendemain d'une dispute avec la dame du château elle-même, c'est un fait certain, la cuisinière l'a raconté à son frère qui était encore là tout à l'heure, vous seriez arrivé plus tôt il vous l'aurait conté lui-même !

- Elle a fait supprimer son bayle[17] parce qu'elle lui reprochait quelque chose ? Voilà una senora qu'il ne fait pas bon contrarier ! Les autres disparus aussi lui ont tenu tête ?

L'aubergiste avoua ne pas savoir. Il refit la liste des disparus, celui d'hier, le rouquin aux traits aussi fins que ceux d'une jeune fille, le ménestrel disparu la semaine dernière, celui-là un drôle d'oiseau, il avait fait croire que la peste était à Bordeaux, comme si on pouvait rire de ça ! Le riche pèlerin qui avait laissé son cheval à l'auberge (vous vous rendez compte, on a nourri cette bête pendant deux mois avant de la vendre), il y avait eu aussi un jeune et séduisant marchand italien, j'en oublie sûrement, cela fait tout de même trois, rien que pour cette semaine ! N'allez pas au château, Messire, on ne sait jamais, s'esclaffa le Médocain.

- Merci du consejo ! Juan réfléchit un court instant. L'homme devait avoir d'autres renseignements et était bavard, c'était une occasion inespérée. Mais quelle question poser ? Comment retrouver la trace de Thomas et de Paula ? De plus, il devait faire vite, avant que tant de questions ne paraissent suspectes.

- Donc, à part Gombaud, que des étrangers au Médoc ?

- Ah si ! Je l'avais oublié celui-là ! Il y a eu ce Pèou… Celui qui

---

tenait une auberge de l'autre côté des ruines de notre pauvre muraille que le roi il nous a abattue. L'aubergiste s'esclaffa :

- Alors pour celui-là, elle n'a pas été difficile l'Isabeau !

Il regarda soudain autour de lui, craignant que quelqu'un n'ait entendu la familiarité avec laquelle il venait de parler de la maîtresse de Lesparre.

- Ah oui, et pourquoi donc ? fit Juan.

- Il était laid, sale, joueur, et on le disait couvert de dettes.

Un banc racla les dalles. Ils sursautèrent. Ils se croyaient seuls depuis le départ des marins, mais une petite silhouette voûtée, toute de noir vêtue, apparut près d'eux.

* * *

La salle était plongée dans la pénombre pour garder un semblant de fraîcheur. Aussi n'avaient-ils pas vu la vieille qui se tenait dans un recoin obscur. Depuis combien de temps les écoutait-elle ? Peut-être s'était-elle distraite de toute leur conversation… Quoi qu'il en soit, elle venait de se décider à se joindre à la conversation.

- J'ai connu Pèou… Il avait bien la taverne hors les murs. Une belle grange qu'il avait achetée au vieux Maynard. Payée avec de beaux écus tournois, brillants comme des soleils, je les ai vus comme je vous vois, ne me demandez pas comment… Not'maître était encore là, au château, fit elle en adressant un signe du menton, qu'elle avait pointu autant que poilu, vers les tours qui dominaient le village.

Elle demeura un instant perdue dans ses souvenirs. Ils attendirent tous deux qu'elle reprenne, la vieille avait encore à leur en apprendre.

- Mais plus personne ne sait qui il était, le Pèou. Moi je sais. Ce que j'sais pas, c'est d'où il l'a sorti, son or ! Elle secoua la tête. Il a quitté Lesparre deux ans, pour aller à Bordeaux on disait, et il est revenu avec une belle bourse gonflée comme le pis d'mes chèvres ! Qu'est-ce que vous dites de ça ?

Elle les regarda de ses petits yeux vifs et malicieux.

- J'vous fais languir, hein ! Pourquoi qu'il vous intéresse le Pèou ? Moi ça me donne soif de parler comme ça.

Juan posa une pièce sur la table et le tavernier se leva tirer un pichet au tonneau.

La vieille but une longue rasade, claqua de la langue comme un maquignon et reprit, semblant avoir oublié sa question :

- C'était point un bon gars. Oh ! Il avait bien des excuses, les mercenaires écossais de Charles VII ont brûlé son village, et tué tout le monde sous ses yeux, le laissant seul survivant à pas quinze ans. Mais vous ne savez pas tout. Moi je sais qui l'a recueilli et élevé comme son fils…

- La dame du château, fit Juan.

- Quel ballot ! Je vous ai dit que notre maître était encore de ce monde. Qu'est-ce qu'elle en aurait eu à faire du Pèou ! Elle avait ses deux fils tout minots, l'Isabeau, pourquoi qu'elle se serait préoccupé d'un pauvre manant orphelin ! Non, c'est Gombaud qui l'a pris avec lui, oui mes beaux sires, Gombaud ! Mais il devait avoir eu la tête tourneboulée, le gamin, il faisait les quatre cents coups. Et puis il est parti sans rien dire à personne, pas même à Gombaud pour ce que je sais. Quand il est revenu, il avait plus besoin de Gombaud, pour sûr ! Je sais même pas pourquoi il est revenu là !

Elle se remit à biberonner allègrement son pichet, son histoire apparemment terminée.

- Et Isabeau, elle l'a... On dit que… s'empêtra Juan qui ne savait pas comment empêcher la vieille de partir, son pichet fini.

- Comme les autres, tu veux dire, mon beau ? Là je sais pas, on m'invite pas au château ! Il faut leur demander à eux.

* * *

À la fin de la journée, Juan avait beau tourner ce qu'il savait dans tous les sens, aucune piste ne s'offrait à lui.

Gombaud : disparu. Pèou, disparu. Aucune trace de Paula et de Thomas. Un seul point commun entre toutes ces disparitions, le château et Isabeau. Il soupira. Le temps pressait, pour peu qu'il ait chevauché un peu assidûment, le roi était peut-être déjà à Bordeaux. La vieille avait raison, il ne lui restait qu'à affronter le château au risque de disparaître à son tour, bien qu'il douta qu'Isabeau ait une quelconque attirance pour un petit Espagnol velu et un peu ventripotent. Se doutant qu'il ne pourrait être admis en présence de la dame de Lesparre avec son épée, il logea sa dague dans une botte, mit un peu d'ordre dans sa tenue et se présenta au château

161

alors que l'angélus sonnait.

Isabeau avait passé la journée à attendre des nouvelles des gardes envoyés aux quatre coins de la sirie à la recherche de Thomas et de Paula. En vain. Persuadés d'avoir été lancés en chasse par Isabeau pour dissimuler sa propre culpabilité, ils avaient interrogé quelques villageois au hasard sans grande conviction, en souhaitant même ne surtout rien découvrir.

Le soir venu, quand on lui annonça qu'un petit homme se disant envoyé par Aymon Tullier demandait à être reçu, elle se résigna avec lassitude à affronter quelque nouvel ennui.

Une heure plus tard, Juan ressortait, guère plus avancé. Isabeau, méfiante, lui avait tout de même appris que Gombaud avait multiplié, depuis deux mois tout au plus, ses « chasses » nocturnes. Bien, mais quel indice cela lui apportait-il ? Pour les disparitions, elle affirmait ne rien savoir et Juan n'avait pas osé lui parler de la rumeur… Il était impensable pour le petit serviteur espagnol d'un marchand, fut-il jurat, de demander à dame Isabeau de la Tour si elle s'offrait des récréations coquines avec des amants de passage et si elle avait une petite idée de ce qu'ils devenaient ensuite ! Quant à Thomas et Paula, rien de nouveau. Pour elle, Thomas s'était débarrassé des gardes qui l'avaient accompagné à Soulac et s'était enfui, peut-être avec l'aide des deux Soulacais recherchés, à moins que ce ne soit le prieur qui les ait attaqués. Mais elle doutait de cette dernière hypothèse. Paula ? Mystère. Elle l'avait laissée dans la grande salle après un rapide dîner, une servante devait venir la conduire à une chambre et les gardes avaient ordre de veiller à ce qu'elle ne quitte pas le château. Il y avait eu un gros orage cette nuit-là et elle n'avait rien entendu de particulier. Au matin, Paula avait disparu sans laisser d'autres traces que son bonnet, et son épée était toujours au poste de garde.

Juan avait réussi à maintenir une ambiance courtoise tout au long de la rencontre et Isabeau l'avait invité à partager le repas des domestiques avant de quitter le château. Juan fut bien un peu vexé de ne pas avoir été admis à la table de la maîtresse du château comme Thomas et Paula, mais il put ainsi poser quelques discrètes questions qui ne lui apprirent pas grand-chose, mais confirmèrent la mystérieuse disparition de Paula. Aucun n'accepta de parler devant les autres, mais juste avant de partir, une jeune femme lui souffla qu'elle quitterait le château sa tâche terminée et qu'elle lui en dirait plus s'il l'attendait dans l'ombre de la ruelle face au pont-levis du château.

Il attendit donc. Le temps passa. Juan sentait la panique et le découragement le gagner. Ses recherches n'avançaient pas, cette servante était la seule chance qui lui restait. Et elle n'arrivait pas. Il avait beau tourner ce qu'il savait en tous sens, il ne parvenait pas à y entrevoir le moindre semblant de cohérence. En imaginant qu'Isabeau soit atteinte de la folie de tuer ses amants après les avoir mis dans son lit, en supposant que Thomas ait subi ce sort, il aurait été stupide qu'elle tue Paula, la sachant envoyée par maître Tullier. Ce deuxième meurtre faisait d'elle un coupable évident. À moins que Paula n'ait découvert une preuve accablante et qu'Isabeau n'ait plus eu d'autre solution… Juan comprit soudain ce qui le dérangeait : Pas une seconde il n'avait perçu en elle le moindre signe de folie. Certes, il l'avait trouvée méfiante et à coup sûr elle cachait une partie de la vérité. Mais il ne se sentait pas aveuglé par la beauté d'Isabeau au point de perdre tout jugement. Il se reprocha de ne pas avoir su la questionner sur la rumeur qui faisait d'elle une meurtrière.

Une ombre pressée franchit enfin la poterne. La nuit était tombée depuis longtemps. Au lieu de venir vers la ruelle où la servante lui avait donné rendez-vous, elle se dirigea vers le port et s'engagea sur un chemin qui longeait un chenal. Pestant contre ce nouveau mystère, il la suivit de loin, espérant qu'elle soit la bonne personne et que « sa » servante ne soit pas en train de sortir du château maintenant, pendant qu'il s'éloignait derrière une autre femme. Obliquant, le chemin s'enfonça dans une pinède, tandis que le chenal se perdait dans un marécage envasé. Juan entendait la respiration de la femme qui se hâtait, ses paroles énervées lorsque sa cape s'accrochait à un roncier. Où diable l'emmenait-elle ? Qu'est-ce qu'une servante pouvait bien avoir à faire en pleine nuit dans la forêt ? Les troncs se dressaient, sombres colonnes menaçantes pouvant chacune dissimuler un danger, homme ou bête. Le sol tapissé d'aiguilles de pin rendait leur progression silencieuse et seuls les cris des oiseaux de nuit résonnaient sous les branches. Juan commença à ne pas en mener large. Si c'était un piège ? Si c'était ainsi que les victimes d'Isabeau disparaissaient, s'éloignant du château de leur plein gré ! Un homme surgit soudain, coupant le chemin, les faisant s'arrêter net tous deux.

Juan se glissa derrière un tronc.

La femme fit un pas en arrière en poussant un hurlement de surprise. Leur conversation fut brève. Juan n'eut pas même le temps de s'approcher silencieusement pour en profiter. Tout juste put-il remarquer que la silhouette de l'homme dominait d'une bonne tête celle de la femme, qui lui semblait pourtant élancée.

Elle eut une phrase cinglante qui sembla déconcerter un instant son agresseur, eut un sursaut nerveux pour se dégager de la main qui s'était refermée sur son bras en un geste possessif et s'enfuit en courant.

Juan reconnut Isabeau quand elle passa devant lui.

Il hésita un court instant à la suivre, se dit qu'elle allait probablement rentrer au château, se décida pour l'homme qui était tout de même l'élément nouveau. Qui était-il ? Gombaud ? Son fils adoptif ? Un des autres disparus ? Était-ce elle qui lui avait donné ce rendez-vous discret, où lui ? Leur rencontre était-elle habituelle, planifiée de longue date ? L'idée qu'elle soit venue en urgence le prévenir qu'un nouvel envoyé de maître Tullier était déjà à Lesparre effleura Juan, mais dans ce cas, comment pouvait-elle lui avoir donné ce rendez-vous si vite ?

La silhouette massive hésita à se lancer à la poursuite d'Isabeau, y renonça et disparut derrière une petite ondulation du sol. Juan avança précautionneusement. Il lui fallait à tout prix rester libre, pour pouvoir continuer à chercher Thomas et Paula. Il était leur ultime chance.

* * *

Il l'avait perdue de vue. Pire encore, il était perdu. Revenant sur ses pas, il n'avait pas retrouvé le chemin. Les troncs sombres se dressaient tout autour de lui, tous semblables, sans que la moindre lueur ne lui indique la proximité de la lisière du bois. Le sol sableux n'était qu'une succession de dunes basses. Il choisit d'avancer droit dans la direction que son instinct lui dictait, accablé par son impuissance. Il fallait bien qu'il se l'avoue, il n'était ni Paula, ni Thomas, il n'avait pas leur talent, il avait failli à sa mission et maintenant plus rien ni personne ne retrouverait leur trace.

Une lueur apparut enfin entre les arbres. Quelques pas plus loin, il sortait de la forêt et le clocher de Lesparre se dressait au-dessus de quelques bosquets épars.

Il décida de regagner son hostellerie. Que faire de plus ? La nuit était bien avancée maintenant, la servante qui lui avait donné rendez-vous était tranquillement chez elle depuis longtemps.

La journée avait été longue. Demain, il irait demander des

explications à Isabeau sur son étrange rendez-vous, mais si elle refusait de lui parler, que pourrait-il lui, petit serviteur sans noblesse, contre Isabeau de la Tour ? Les destins de Paula et de Thomas dépendaient d'elle. Qu'Isabeau décide de tirer un trait sur leurs existences, ou les ait enfermés elle-même dans quelque cachot, plus rien ne pourrait les sauver.

Épuisé, empli d'amertume, il se laissa tomber tout botté sur son lit et s'endormit ainsi, angoissé par l'urgence de retrouver Paula et Thomas. Il les sentait là, vivants, tout proches et, pire encore, comptant sur lui pour les sortir de ce mauvais pas. Et son impuissance le désespérait.

* * *

Comparativement à la fraîcheur du sous-bois, il faisait une chaleur épouvantable dans la chambre à peine aérée par une étroite fenêtre. Isabeau laissa tomber à ses pieds la légère cape de lin dont elle s'était revêtue pour sortir du château sans être reconnue. Elle ne portait plus qu'une longue robe blanche qui semblait luire d'une étrange fluorescence, éclairée par la flamme mouvante de la chandelle allumée en arrivant. Elle aussi était épuisée par tous ces événements qui survenaient soudain dans une vie qui était si tranquille quand Gombaud la déchargeait de presque toute l'administration de la sirie. Gombaud ! Il était donc toujours là. Elle frémit en repensant à ce rendez-vous en forêt où un mystérieux message l'avait attirée : « Les disparitions se multiplient, belle Dame, peut-être est-il temps d'y mettre fin. Empruntez ce soir le chemin où vous fîtes avec un noble pèlerin breton une gaillarde promenade... Ayez garde de n'y point manquer ».

Maintenant, elle se reprochait de s'être précipitée dans ce piège. Qui d'autre que Gombaud pouvait avoir l'audace de la convoquer en pleine nuit ? Ainsi, il l'avait épiée ce jour-là, pensa-t-elle aussi, il avait dû être là, tout près d'eux, caché dans un buisson, brûlant de désir et de jalousie tandis qu'elle laissait son corps trop peu souvent caressé l'emporter bien au-delà des espérances du beau pèlerin. À une demi-lieue du château, à la merci des regards de n'importe quel habitant de la sirie, elle avait rattrapé cet après-midi-là toute la frustration de trop de nuits solitaires. Elle sentit ses joues s'empourprer tandis que le souvenir de leurs corps nus fiévreusement enlacés se mêlait à celui, plus sage, de sa nuit avec Thomas.

165

Ses mains descendirent se plaquer sur son ventre tandis qu'un faible gémissement lui échappait. Le désir était là, cette nuit encore, malgré la peur jetée en elle par sa rencontre avec Gombaud. Maudit désir ! Sans ce bouillonnement insupportable en elle, elle n'en serait pas là. Mais elle était ainsi. Si Dieu avait voulu qu'elle passe sa vie à contraindre son corps, il l'aurait fait nonne ! À l'inverse, Il l'avait faite sensuelle, riche et veuve pour qu'elle soit libre de jouir, bien trop rarement à son goût, des beaux voyageurs qu'Il lui envoyait.

Elle avait donc suivi les instructions du billet et reprit ce chemin, les sens déjà agacés par le souvenir et c'était sans doute ce que Gombaud espérait.

Sa robe rejoignit la cape sur le carrelage de sa chambre. Nue, elle se dirigea vers la petite table de toilette où étaient posés une cuvette et un broc d'eau.

Son erreur avait été de céder aux avances de Gombaud, pas très longtemps après son veuvage. Elle y avait vite mis fin, comprenant trop tard que le géant commençait à se croire le maître du domaine. Il avait dû l'épier chaque seconde pendant toutes ces années, se consumant de désir et de jalousie. Que savait-il, qu'avait-il vu ? Tout sans doute, jusqu'au moindre frémissement de son corps.

Dans la forêt, elle s'était arrêtée pour poser la main sur un pin, là où le désir les avait arrêtés et où elle et son beau pèlerin s'étaient arraché mutuellement leurs vêtements adossés à l'écorce rugueuse.

Et Gombaud avait surgi, la tirant de ses pensées, la faisant pivoter en enserrant son bras d'une poigne sèche. Elle frotta nerveusement l'endroit pour tenter d'effacer le souvenir trop vif de la peur ressentie à ce moment.

Elle s'aspergea d'un peu d'eau tiédasse qui ne lui apporta pas le moindre réconfort, exposa son torse et son ventre au faible filet d'air qui franchissait l'étroite fenêtre.

« Il ne tient qu'à toi de faire taire, où de conforter, ces vilaines rumeurs », avait-il dit là-bas, « tu te donnes à moi encore une fois, une dernière fois, après tout, cela ne doit pas être trop difficile pour toi, et je ferai en sorte de te débarrasser de ces commérages avant de disparaître… ». Plus que la froide crudité de son exigence, le tutoiement, qu'il ne s'était jamais autorisé même lorsqu'ils étaient amants, la choqua et l'effraya. Ce respect disparu faisait d'elle une femme « ordinaire », comme les filles du peuple qu'il devait « prendre », plus ou moins contraintes. Il signifiait aussi la disparition de tout respect, de toute crainte.

Maintenant, en y repensant, elle se dit que ces souvenirs auraient pu suffire à lui faire désirer le corps musculeux de Gombaud. Mais pas ainsi. Pas avec la peur qui la glaçait et le mépris affiché agressivement par son capitaine.

Elle s'était dégagée de la main enserrant son bras. En fuyant elle l'avait encore entendu jeter : « réfléchis vite… Nous allons nous revoir très bientôt ».

Une question lui sauta au visage : comment ce billet était-il arrivé sur son lit, dans sa chambre ? Gombaud avait-il un complice parmi les serviteurs ? Plus certainement, il avait dû obtenir, par la crainte qu'il inspirait, qu'une domestique ne le dépose.

Un coup de vent agita une des tentures qui recouvraient les murs, ne parvenant cependant pas jusqu'à elle. La chaleur de la nuit autant que le contrecoup de la tension de cette longue journée lui échauffaient le corps. Une de ses mains remonta caresser sa poitrine douloureusement tendue tandis que l'autre glissait entre ses cuisses.

Gombaud avait écarté les tentures derrière lesquelles il se dissimulait et ne quittait pas des yeux Isabeau, nue, plantée comme une statue d'albâtre au beau milieu de cette pièce immense, ses mains glissant de plus en plus fébrilement sur sa peau. Et elle était diablement belle et désirable.

- Tu as réfléchi ? Vas-tu te donner sans résister, fit-il sortant de sa cachette, si c'est notre rencontre qui te fait cet effet, nous allons nous donner du bon temps, ma mie !

Isabeau fit un pas en arrière, tentant de couvrir ses seins de ses mains. Comment pouvait-il être déjà là ? pensa-t-elle un peu stupidement, tandis qu'il avançait vers elle. Elle fit un nouveau pas en arrière et sentit le contact lisse du bois de la table de toilette contre ses fesses. Il continua d'avancer vers elle en grognant des obscénités dont elle comprit qu'il allait de toute façon se passer de son consentement. Plus moyen de reculer. Il enserra un de ses seins dans une main qui ne cherchait qu'à lui faire mal, pour la convaincre de sa force, de l'inutilité de résister. Elle gémit et pivota par réflexe sur elle-même pour échapper à la douleur. Perdant l'équilibre tandis qu'elle sentait déjà le sexe de Gombaud contre ses fesses, ses mains cherchèrent un appui sur la table, rencontrèrent le broc de grès aux trois quarts empli d'eau. En un instant sa peur se transforma en violence meurtrière. Elle pivota comme un serpent se détend et, au bout d'un arc de cercle fulgurant, le lourd récipient explosa sur le côté du visage de Gombaud. Le sang jaillit de sa pommette enfoncée, l'os de sa mâchoire craqua, un éclat de grès se planta dans sa tempe. Sans un mot, il bascula en arrière, il y eut le bruit horrible de l'impact de son crâne contre le sol de pierre tandis que l'écho des fragments de grès tombant sur le dallage résonnait encore et Isabeau n'eut plus devant elle que la nuit.

* * *

La panique l'avait saisie. Après ces disparitions dont elle savait bien que tout le monde l'accusait, Gombaud mort dans sa chambre serait regardé comme la preuve définitive qui allait causer sa perte. Il y avait aussi ce sauf-conduit royal trouvé sur Thomas. Il prétendait enquêter sur les disparitions et s'était, comme par hasard, retrouvé à sa table, puis dans son lit. Aucun doute qu'il la suspectait. Il fallait que quelqu'un l'aide à enlever Gombaud de là. Elle n'avait que ce Juan, pourtant au service d'Aymon Tullier comme Thomas, qui pouvait faire l'affaire. Le petit Espagnol lui avait semblé courtois et ne refuserait pas son aide si elle parvenait à le convaincre qu'elle pouvait l'aider à retrouver ses deux amis. Elle se sentait prête à tout, pourvu que Gombaud ne soit pas retrouvé mort dans sa chambre. Elle se félicita d'avoir eu la présence d'esprit de faire dire à Juan dans quelle auberge il était descendu. Habillée en un instant, elle avait traversé la cour sans faire la moindre rencontre malgré les aboiements que son passage avait déclenchés du côté du chenil. Personne non plus quand elle avait ouvert la petite poterne donnant sur le pont-levis. Que se passait-il donc dans ce château ? Gombaud les avait-il tous soudoyés ?

Quelques instants plus tard, elle retraversait la cour dans l'autre sens en compagnie de Juan, sans rencontrer plus de gardes ou de serviteurs. Les toutes premières lueurs commençaient à teinter l'horizon est. Juan avait bien du mal à croire qu'elle venait de tuer Gombaud dans sa chambre. Méfiant, il penchait plutôt pour quelque traîtrise et se demandait à quel moment elle allait se jeter sur lui. Il gardait sa main droite prête à empoigner son épée tandis que sa gauche s'égarait fréquemment sur le haut de l'arrière de sa botte où son long poignard lui griffait le mollet.

Ils montaient maintenant l'étroit escalier en colimaçon. D'une main elle tenait relevé le bas de sa robe dévoilant ses chevilles au niveau des yeux de Juan qui montait derrière elle. Sa silhouette oscillait gracieusement un peu plus haut dans la pénombre. Mon Dieu qu'elle est belle, pensa-t-il, est-il possible qu'une telle grâce recèle la tueuse que tout le monde lui décrivait depuis son arrivée ?

Elle attendit qu'il soit sur le palier, si près d'elle qu'il pouvait sentir l'odeur de ses cheveux, pour pousser la lourde porte de chêne.

- Mais que… dit-elle en avançant rapidement jusqu'au centre de la chambre.

Le crissement d'acier de l'épée de Juan déchira le silence et il se rua à son tour dans la pièce.

- Il était là, dit Isabeau, montrant les fragments de grès éparpillés au sol.

* * *

- Si vous me racontiez ? Fit Juan tout en examinant la pièce.

Ce dernier coup accablait Isabeau. À quoi bon se battre ? Chaque jour apportait une nouvelle catastrophe. Elle se sentait emportée par un fleuve boueux où son découragement l'incitait à se perdre. Elle s'assit sur le bord de son lit et raconta l'agression de Gombaud. Quand elle eut terminé, Juan n'eut qu'un commentaire laconique :

- Vous ne l'avez pas tué. Il est ressorti de cette pièce. Seul ou aidé d'un complice, mais vivant, voyez ces gouttes de sang sur les marches. Un mort ne saigne pas. Vous dites qu'il était caché derrière cette tenture. Pensez-vous qu'il y était déjà lorsque vous êtes entrée ? Ce n'est guère possible, il faut qu'il ait été diablement rapide…

- Pourquoi dites-vous cela ?

- Parce que j'étais aussi dans les bois, derrière vous. Êtes-vous montée directement en revenant ? Si vous me racontiez pourquoi vous rencontrez en secret messire Gombaud alors que vous m'avez affirmé tantôt qu'il avait disparu ?

- Je suis passé aux cuisines boire un peu d'eau, c'est tout. Pour le rendez-vous je vais tout vous dire, fit-elle, avec une telle lassitude que Juan se surprit à lui répondre avec sollicitude :

- Allons, c'est qu'il aura fait diablement vite pour profiter de ce

169

moment…

Elle lui montra le billet trouvé sur son lit en rentrant de Soulac, le rendez-vous dont elle ne savait à ce moment de qui il provenait.

- Je vous y ai suivi…

Juan s'appliqua à ne laisser aucun jugement paraître sur son visage tandis qu'elle lui contait comment Gombaud l'avait suivie là, des années plus tôt, en compagnie d'un amant de passage. Une atmosphère trouble, chargée de sensualité, malgré la gravité des événements, s'installa dans la chambre. Juan était de plus en plus fasciné par la beauté d'Isabeau qui n'était revêtue que de sa longue robe blanche passée à la hâte après sa lutte avec Gombaud. Assise au bord de son lit, les épaules un peu voûtées, la voix lasse, elle n'était plus la noble hautaine qui l'avait reçu dans l'après-midi. Il se reprit et décida qu'il était grand temps de passer à autre chose pendant qu'une once de bon sens lui gardait encore un peu de prudence et de fidélité à sa compagne, une autre Ysabeau, cuisinière au service de maître Tullier.

- Ne perdons pas de temps, les gouttes de sang traversent le palier, il est peut-être encore dans le château.

Une petite porte du palier donnait sur la grande salle du château. Traversant celle-ci, le chemin sanglant les conduisit dans la tour au rez-de-chaussée de laquelle Gombaud avait son logement et s'arrêtait devant un panneau de boiseries. Ils perdirent de précieuses minutes à découvrir le mécanisme qui leur dévoila un escalier étroit s'enfonçant dans le sol. Quelques marches plus bas, une immense cave était encombrée d'armures et d'armes rouillées, mais aussi de coffres débordant de marchandises de toute provenance.

- Mon Dieu, d'où vient tout cela, murmura Isabeau.

- Vous l'ignorez ? Ces rouleaux de soieries ne me semblent pas être là depuis bien longtemps… Et ces tonnelets d'épices, ces fioles de parfum et d'encens… Tout cela ressemble fort à rapineries ou plutôt au butin d'un naufrageur. Nous savons maintenant à quoi votre Gombaud occupait ses nuits en forêt ! Il attendait sur la plage que la tempête lui apporte tout cela…

Au fond de la cave, la piste sanglante s'arrêtait cette fois devant un tonneau.

Il était vide et ils n'eurent aucun mal à le faire rouler sur le côté, dégageant un passage au ras du sol dans lequel ils se glissèrent. Levant haut sa torche, Juan éclaira un tunnel s'enfonçant dans l'obscurité.

\- Tous les châteaux ont un tunnel comme celui-ci pour permettre au seigneur et à sa famille de fuir si un siège tourne mal, fit Juan, il est si secret qu'il finit souvent par tomber dans l'oubli.

\- Mon époux peut-être, le connaissait…

\- Gombaud, lui, en savait plus que vous.

Ils avancèrent prudemment dans le passage aux murs ruisselant d'humidité.

\- Nous passons sous les douves, fit Isabeau en frissonnant de savoir toute cette eau au-dessus de sa tête.

Plus loin, quelques marches de pierre remontaient vers la surface, débouchant dans une petite cave totalement vide. Nulle trace de tonneau, pourtant l'odeur si particulière du vin imprégnait l'atmosphère. Face à eux une porte se découpait dans un mur qui semblait moins ancien que les autres. Sur la porte, une solide serrure. Fermée.

* * *

- 12 -

L'auberge

Juan s'adossa à la porte, découragé. L'espoir de rattraper Gombaud s'évanouissait. La porte était solide, impossible d'aller plus loin.

- Je sais où nous sommes, fit Isabeau. Sentez-vous ? Des barriques sont de l'autre côté de cette porte.

- Et?

- Nous sommes dans la cave d'une auberge. Et, d'après la direction du tunnel, je sais laquelle. Venez, vite.

Ils firent demi-tour, Isabeau ouvrait le passage, courant presque.

- Gombaud avait adopté un garçon, haleta-t-elle, un orphelin des combats de la fin de la guerre. Il devait avoir vingt ans lorsque je suis arrivée ici après mes épousailles… Cela fait juste dix ans, fit-elle, mon Dieu, dix ans déjà, il me semble que c'était hier. Il venait parfois au château, je crois bien que Gombaud rêvait d'en faire une sorte d'adjoint. Mais quand Amanieu, mon époux, est mort, tout a semblé aller de travers. Gombaud est devenu bizarre, taciturne, violent aussi. Le gosse est parti. Il était étrange, ce gamin… Parfois rêveur, parfois exalté, voir ses parents mourir écorchés vifs et son village dévasté est une rude épreuve à quinze ans.

Ils étaient maintenant de retour dans la chambre de Gombaud. Isabeau fit une halte, parcourant d'un regard glacé les maigres biens du géant.

- Je brûlerai tout cela dès demain, dit-elle.

Puis, reprenant le fil de ses idées :

- Pèou, le gosse s'appelait Pèou. Il est revenu deux ans après. Je m'en souviens parce que… parce que j'étais assez proche de Gombaud à cette époque. Je voulais garder la sirie pour y élever mes enfants à l'écart de l'agitation du début du règne de Louis et sans Gombaud je crois que je n'y serais pas parvenue. Toujours est-il que le gamin est reparu deux ans après et a surpris tout le monde en étant devenu assez riche pour reprendre une petite auberge à la sortie de la ville. Gombaud n'a pas eu l'air de regretter de ne plus pouvoir en faire son adjoint. C'est même lui qui l'a aidé à convaincre les tenanciers de lui céder leur affaire. Venez, venez, fit-elle alors que Juan reprenait à peine son souffle, je suis sûr que nous étions là-bas !

* * *

Ils coururent jusqu'à une auberge qui avait dû être plutôt pimpante. Elle était encore adossée à un pan de la muraille abattue en représailles de la fidélité de Lesparre envers les Anglais, et des tas de pierres, où chacun venait se servir, l'environnaient, à demi couverts de ronciers. Les ombres de la forêt s'étendaient jusque sous ses fenêtres. Au final l'ensemble, au lieu de présenter au pèlerin fatigué l'image même d'un havre de repos, pouvait paraître vaguement inquiétant pour peu que l'on puisse s'offrir le luxe d'obéir à ses impressions.

Ils firent irruption dans la salle déserte, le jour teintait à peine l'horizon, tout le monde devait encore dormir. Près du foyer, une trappe béante s'enfonçait dans le sol et quelques bancs renversés non loin confirmèrent les soupçons d'Isabeau.

Comme ils avaient fait grand tapage en entrant, des pas résonnèrent dans un couloir et un gros homme apparut devant eux :

- Il est trop tôt, protesta-t-il d'une voix forte sans leur laisser le temps de parler, revenez plus tard ! Puis il reconnut Isabeau de la Tour et se tut soudain, paralysé par sa présence.

Puis il se mit à gesticuler comme un dément, tandis que Juan et Isabeau le regardaient, interdits.

Ils finirent par comprendre qu'un homme retenait son épouse sous la menace d'un poignard dans une chambre du rez-de-chaussée.

Juan s'avança lentement dans le couloir, après que l'aubergiste lui ait indiqué, par signe, de quelle chambre il s'agissait. Il régnait un silence

174

total, si d'autres voyageurs avaient été réveillés, ils se terraient dans leurs chambres.

Juan appliqua prudemment l'oreille contre la porte, et fit un bond en arrière quand le chant tonitruant d'un coq déchira l'aurore. Son épée ferrailla contre le bois, l'effet de surprise était perdu, il enfonça la porte d'un coup d'épaule.

Un hurlement strident l'accueillit. Dans son élan il percuta une femme plantée derrière la porte, l'envoyant bouler sur le lit cul par-dessus tête.

– Où est-il ? hurla-t-il.

En se tournant vers Juan elle se retrouva face à l'épée qu'il pointait machinalement vers elle. Elle hurla de plus belle.

Un courant d'air détourna son regard vers une fenêtre entrebâillée. Il s'y précipita pour découvrir le petit enclos de branchages entrelacés de la basse-cour de l'auberge. Le portillon en était ouvert. Le regard de Juan traversa le potager, se perdit dans le sous-bois qui commençait là. Gombaud s'était enfui. Il enjamba la fenêtre et se lança à sa poursuite.

* * *

Isabeau se découvrait des aptitudes qu'elle ne soupçonnait pas. Guidée par les hurlements de la femme de l'aubergiste, elle l'avait traînée, toujours hurlant comme une démente, dans la grande salle.

Quelques voyageurs finirent par pointer un nez curieux au bout d'un couloir. Elle les renvoya dans leurs chambres avec ordre de n'en point bouger tant qu'on ne les y inviterait pas. Entre deux sanglots de la femme de l'aubergiste, elle comprit que Juan poursuivait Gombaud. Pas besoin d'être grand clerc pour s'apercevoir que quelque chose de pas très net se passait ici. L'auberge était celle qu'avait tenue Pèou, Gombaud connaissait sans doute ainsi l'existence du souterrain reliant le cellier de l'auberge au château. Ce n'était sans doute pas la première fois qu'il l'utilisait, le butin récolté sur la plage passait par là, pour être entreposé discrètement dans la cave de la tour qu'il occupait au château. L'aubergiste finit par tout avouer : quand son fils adoptif avait de nouveau disparu, deux mois plus tôt, Gombaud leur avait laissé la jouissance de l'endroit « en attendant le retour

175

de Pèou » à la condition qu'ils gardent le silence sur ses allées et venues nocturnes. Le tenancier la conduisit dans la cave jusqu'à la porte dont Gombaud seul détenait la clef, affirmant tout ignorer de ce qui se trouvait derrière.

Elle n'en apprit pas plus. Chaque question à la grosse femme déclenchait une nouvelle série de hurlements insupportables, tandis que son époux roulait des yeux désolés pour toute réponse.

Il était certain que les deux oiseaux cachaient quelque chose.

* * *

- 13 -

Quand le roi veut

Louis était décidément infatigable. La veille, après la messe du dimanche il avait reçu le gouverneur et le maire, avant de se retirer avec ses gens pour se consacrer à la conduite du royaume. C'est au souper en compagnie des seigneurs de sa suite, auquel il convia encore une fois Aymon, que les choses se gâtèrent. Dès le premier plat, une superbe alose pêchée le matin même dans la Garonne et mijotée doucement dans des feuilles d'oseille pour en fondre les arêtes, le roi regretta l'absence de Thomas. Son ton poli cachait mal l'agacement. Comme Aymon, embarrassé, ne savait que dire, Louis lui demanda s'il avait quelques nouvelles. Aymon ne put que répondre qu'il n'en savait pas plus que la veille.

- J'ai fait partir un chevaucheur pour Lesparre, hier soir, jeta négligemment le roi, il est rentré tantôt, ne prenez point cela pour de la défiance, mon temps m'est précieux. Il semble que votre neveu, ainsi que son amie se soient volatilisés. Dites-moi, Maître Tullier, connaissez-vous Isabeau de la Tour ?

- Je l'ai croisée parfois… Elle quitte peu sa sirie.

- Mon chevaucheur me rapporte qu'elle serait une sorte de démon femelle qui aurait déjà occis bien d'autres victimes…

Aymon se signa :

- Thomas et Paula, occis par la dame de Lesparre ? Fit-il, on dit son lieutenant cruel et brutal, mais elle…

- J'ai donné des ordres. Nous partons à la fin du souper. Le Médoc est paraît-il giboyeux. J'ai mon chien, mes chevaux, nous chasserons demain en forêt de Lesparre, Messire Tullier, et s'il faut chasser le démon femelle, nous le chasserons !

C'est ainsi que, tandis que le jour se levait ce lundi matin sur l'auberge du Chapeau de Saint Jacques à Lesparre, la galiote rapide d'Aymon Tullier s'apprêtait à entrer dans le port. À son bord, Aymon, qui pourtant ne quittait plus Bordeaux depuis des lustres, une douzaine de chevaliers, des chevaux, deux ou trois proches du roi et nombre de serviteurs. Aymon n'en avait pas fermé l'œil de la nuit, craignant que la galiote ne chavirât tant elle était chargée.

* * *

Le roi et sa nombreuse suite se présentèrent devant le pont-levis du château de Lesparre alors qu'Isabeau et Juan, ce dernier rentré bredouille de la poursuite de Gombaud, mangeaient sans appétit en essayant de trouver un sens aux événements de la nuit.

Le roi montra un visage bien différent de celui qu'il offrait à maître Tullier depuis son arrivée. En un instant, Tristan l'Hermite, son redoutable grand prévôt, un favori qui était de tous ses voyages, partait avec deux jeunes seigneurs aux visages de loups arrêter le couple d'aubergistes, tandis que la dame de Lesparre, enfermée dans ses appartements, subissait l'interrogatoire de Louis XI et d'un homme encore jeune, autre favori, Olivier le Mauvais. Ces deux hommes étaient après le roi les plus redoutés du royaume. Le premier, le grand prévôt, chargé de la sécurité du roi, un terrifiant vieillard bâti comme un chêne, jugeait, condamnait, et exécutait fidèlement. Sans dédaigner d'appliquer lui-même la torture qui accompagnait l'instruction des procès… Le second, barbier au service de Louis encore dauphin, non content de s'appeler Le Mauvais, était surnommé Le Diable. Le Mauvais organisait les nombreux voyages du roi, était son confident et conseiller le plus proche et allait le rester jusqu'à la mort du roi. On le disait intelligent et dangereux…

Le roi, bien que fidèle à son épouse, il avait détesté que son père bafoue sa mère avec Agnès Sorel au point de la pourchasser l'épée à la main, aimait la compagnie des femmes. Il ne pouvait rester insensible à la beauté d'Isabeau. Accompagné d'Olivier Le Mauvais, il ressortit de la chambre de la maîtresse des lieux de fort bonne humeur.

- Pardieu, voilà une gaillarde veuve ! Je ne peux vous répéter ce

178

qu'elle nous a avoué sans me montrer le pire des goujats, Maître Tullier, mais il ne nous paraît pas qu'elle est l'ogresse que les braves gens d'ici la soupçonnent d'être. Cependant, si les hommes qui l'approchent ont la fâcheuse habitude de disparaître, il faut bien qu'il y ait un coupable... Je l'ai tout de même fait enfermer dans sa chambre jusqu'à ce que nous ayons tiré tout cela au clair. Venez, Olivier, allons voir ce que nos aubergistes ont raconté à l'ami Tristan, je ne crois pas qu'ils aient résisté bien longtemps à ses manières, fit-il sinistrement.

∗ ∗ ∗

Le roi et ses deux favoris demeurèrent un long moment dans le cachot où Thomas avait séjourné et où le couple d'aubergistes passait un bien cruel moment.

Contrairement aux prévisions du roi, ils restaient rivés à ce qu'ils avaient dit à Isabeau : Gombaud leur laissait la jouissance de l'auberge en échange de leur cécité sur ses allées et venues. Quant à la porte dans la cave, ils ne savaient rien de ce qu'il y avait derrière. Rudement questionnés, leurs visages enflés par les coups et leurs pauvres mains ensanglantées en témoignaient, ils racontèrent qu'ils avaient bien fini, l'ayant surpris la nuit chargé de marchandises, par se douter que « le Gombaud trempait dans un trafic pas bien chrétien » et qu'ils avaient grand peur d'être un jour accusés de complicité. Mais ils avaient encore plus peur des menaces de Gombaud... Alors ce matin, quand Gombaud, blessé, avait exigé, en menaçant sa commère, que l'aubergiste attelle une carriole à sa mule, ils avaient obéi sans mot dire. Dame Isabeau et le petit homme brun de poil et de peau étaient arrivés sur ces entrefaites.

Ils les laissèrent, misérablement suspendus à des chaînes accrochées au plafond du cachot, sous la surveillance du sinistre vieillard qui se chargeait de les ranimer vigoureusement chaque fois qu'ils perdaient conscience, et remontèrent dans la cour. Le roi s'amusait tant de l'enquête qui lui était offerte qu'Olivier, son confident et favori, avait bien du mal à suivre les enjambées excitées des courtes jambes du roi.

- Ah ! Cela me change des complots du Téméraire et de mon frère ! Olivier ! Olivier ! Ah ! vous voilà. Faites chercher Guillaume, le Grand-Veneur[18], qu'il nous amène Souillard[19]. Mon bon chien va nous retrouver

179

ce Gombaud sans coup férir. Envoyez maître Tullier tenir compagnie à Isabeau de la Tour, peut-être le bonhomme lui arrachera-t-il quelque confidence ! Et amenez-nous ce petit Espagnol qui est au service du marchand, il va nous être utile !

Peu de temps après, ils étaient réunis dans la cour en compagnie de quelques proches du roi qui avaient prestement sellé les chevaux. Juan, prudemment à l'écart, regardait tout cela en ayant peine à croire qu'il se trouvait mêlé à cette royale agitation. Il y avait la demi-douzaine de proches en habits à la dernière mode de la cour, sobres tout de même pour ne pas déplaire au roi qui n'aimait pas les trop riches parures, il y avait les chevaux, les plus beaux qu'il ait jamais vus, il y avait les serviteurs en livrées rouges et blanches aux couleurs du roi et surtout, il y avait le roi, vêtu d'un pourpoint d'un gris verdâtre indéfinissable jouant avec Souillard tout en expliquant leur quête au Grand-Veneur.

- Messire Juan, nous vous attendons, lança le roi, faisant rougir jusqu'aux oreilles le petit Espagnol qu'il en fallait pourtant beaucoup pour intimider, prenez ce cheval, on nous a dit que vous saviez monter, et conduisez-nous à cette auberge. Souillard va retrouver ce Gombaud, il vient de me dire qu'il a plus de flair que vous ! s'esclaffa le roi, suivi par les jeunes seigneurs qui l'accompagnaient. Allons, Messires, en chasse !

* * *

Maître Tullier venait de raconter à Isabeau de la Tour les tourments endurés par les aubergistes. Leur acharnement à souffrir était incompréhensible :

- Qu'ont-ils à craindre de Gombaud qui les pousse à se taire au prix de tant de douleur ? Le roi est à ses trousses et il ne sera libre qu'une fois pendu ! De surplus il est blessé, gravement sans doute...

- Je suis fatiguée. Gombaud m'a promenée toute la nuit, puis j'ai cru l'avoir tué, il ressuscite pour s'échapper encore et pour finir le roi se

---

[18] Guillaume de Callac, Grand Veneur du roi. Le Grand Veneur avait la charge des chiens de chasse du roi et des écuyers et autres serviteurs qui s'en occupaient.
[19] Louis XI s'était fait offrir un chien de Saint-Hubert blanc au flair infaillible qui s'appelait Souillard. Il s'en défit un peu plus tard, car il n'aimait que les chiens gris.

présente à ma porte et m'emprisonne dans mes appartements… Quand donc tout cela va-t-il finir ?

La préoccupation de maître Tullier n'allait guère vers la fatigue d'Isabeau de la Tour. De ce qu'avait eu le temps de lui raconter Juan avant de rejoindre le roi, il calcula que Thomas avait disparu depuis trois jours. S'il avait agonisé dans un coin de forêt, c'était beaucoup trop pour espérer le retrouver vivant. S'il était prisonnier de Gombaud, celui-ci pouvait le tuer à tout moment. Quant à l'enlèvement de Paula qui avait suivi, c'était un autre mystère. Y avait-il un lien entre les deux disparitions ? Gombaud en était-il l'auteur ? Ou était-ce ce fichu prieur dont Isabeau venait de lui conter la cruauté et l'entêtement… Il craignait maintenant que Gombaud meure sans livrer son secret… On n'entendrait plus jamais parler des deux amis. Il se reprocha d'avoir envoyé Paula seule dans un tel guêpier. C'était une erreur de jugement qu'il ne se pardonnait pas… Il était décidément trop vieux pour tout cela.

Isabeau se leva d'un bond du fauteuil où elle s'enfonçait, épuisée.

- J'ai trouvé ! Je sais de quoi ils ont peur ! Il y avait une poupée près de l'aubergiste. Gombaud a enlevé leur enfant.

Aymon resta songeur.

- Pourquoi s'encombrer d'une enfant qui ralentira sa fuite ? fit-il enfin.

- Parce que les aubergistes savent quelque chose que nous devons ignorer, quelque chose qui met Gombaud en péril. Vite, Maître Tullier, il faut descendre au cachot, il faut leur faire dire ! Peut-être connaissent-ils l'endroit où il retient vos deux aides !

Elle avait raison. Maître Tullier s'exécuta à regret. Il allait donner à Tristan l'Hermite une bonne raison d'infliger des souffrances supplémentaires aux deux misérables complices de Gombaud et il ne pouvait s'empêcher, même pour sauver Paula et Thomas, de répugner à charger son âme de ce fardeau. Mais il le fallait bien. Peut-être, cette fois, allaient-ils parler sans que le favori du roi ait besoin de les torturer.

* * *

Souillard avait fait merveille. Arrivé à l'auberge, dès qu'ils lui avaient fait sentir une harde ramassée dans la chambre de Gombaud, il

181

avait filé dans la cave. Remis dans le sens de la fuite de Gombaud par le Grand-Veneur qui le tenait avec une longue laisse, ils étaient passés par la fenêtre, semant la panique dans les volailles de l'aubergiste, bien que Souillard, tout à sa piste, ne leur marquât pas le moindre intérêt. À peine descendus de cheval, le roi et sa suite avaient de nouveau chaussé les étriers pour pénétrer, sur le qui-vive, dans le bosquet où le chien avait pris la piste. La proie était peut-être encore là, tapie dans quelque fourré, blessée, mais d'autant plus dangereuse.

* * *

L'auberge était établie au bord de la route de Soulac, à la sortie du bourg, à mi-chemin entre le château et le gibet qui marquait la limite des territoires de Lesparre et de Soulac. Les quelques arbres dont nous parlons plus haut n'étaient en fait qu'une ultime et étroite avancée de la forêt le long d'un chenal vers le bourg. D'un côté, vers l'ouest, la forêt régnait en maître sur quatre lieues sableuses jusqu'à l'océan. Un chenal, que le chemin de Soulac franchissait d'un pont tout près du gibet, se jetait à l'est dans le fleuve, à moins d'une lieue, et était la limite des deux territoires.

Caché sur l'autre rive du chenal, côté Soulac donc, Pèou observait la troupe de cavaliers qui venait d'apparaître. Ils suivaient un grand chien qui s'arrêta sans aboyer presque face à lui, tapi sur le talus de l'autre côté du chemin. Les pentes du chenal étaient abruptes, creusées par les marées. Ils ne pouvaient traverser là avec leurs chevaux, mais en suivant sa piste, le chien aurait tôt fait de les amener là où il se cachait. Encore heureux que le vent ne lui porte pas son odeur. Il ne lui fallait pas s'attarder.

Derrière son dos s'étendait le début d'un immense marécage qui occupait toute la pointe du Médoc, exception faite du cordon de dunes qui s'étendait sans discontinuer le long de la côte océane. Pèou laissa son regard s'attarder tristement sur la dépouille de Gombaud. Le géant venait de rendre son dernier soupir, le crâne fracassé par la femme dont il avait été éperdument amoureux.

Après leur fuite de l'auberge, Gombaud les avait conduits jusqu'à son refuge, le castel enfoui sous la dune où il entreposait le butin ramassé sur les plages les lendemains de tempêtes, avant de les amener discrètement au château par le souterrain. Cette première course avait été

182

épuisante. Il soutenait Gombaud à demi inconscient et il devait surveiller et faire avancer la fillette des aubergistes qu'il avait enlevée pour les contraindre à taire son retour à Lesparre. Si ses poursuivants croyaient Gombaud seul, personne ne chercherait son fils adoptif et il aurait le temps de se mettre hors de portée.

Conduit par Gombaud jusqu'aux ruines où ils comptaient enfermer la fillette le temps de semer leurs poursuivants, Pèou avait eu la surprise d'y découvrir l'existence des deux autres prisonniers. Le moment n'était pas à s'interroger. Il avait scellé de nouveau le tombeau des trois malheureux en pestant contre le temps perdu puis avait rejoint son père adoptif qui l'attendait dehors blanc comme un spectre. Tandis qu'ils s'éloignaient, Gombaud chancela et Pèou dut le soutenir. Tandis qu'il ahanait sous le poids du géant, Pèou se demandait qui pouvaient bien être les deux prisonniers. Gombaud, dents serrées, luttait contre la douleur et aurait bien été incapable de lui répondre. Il les oublia bien vite, de plus en plus épuisé par leur fuite. Ils se traînèrent enfin sur l'autre rive du chenal. Pèou espérait s'emparer sur le chemin de Soulac d'un ou deux chevaux pour conduire Gombaud chez une apothicaire qui vivait un peu plus haut dans une cabane isolée au bord du fleuve. Mais le géant perdait de plus en plus souvent conscience et s'était abattu là, pour ne plus se relever.

Il reporta son attention sur la troupe de beaux seigneurs qui prenaient leur temps sur l'autre rive. Qui pouvaient bien être ces maudits cavaliers lancés à sa poursuite ? Il n'y reconnaissait aucun des petits seigneurs vassaux de Lesparre, ni personne de Soulac. D'ailleurs, leurs chevaux étaient bien trop beaux et trop richement harnachés. Un petit homme, dont l'accent espagnol venait jusqu'à lui, expliquait aux autres que de l'autre côté du chenal, c'étaient les terres du prieuré de Soulac. Mais, que venait-il de dire ?

« Demain, une procession passera par ce chemin pour remercier, comme chaque année, la Vierge d'avoir protégé Lesparre de la peste, c'est, paraît-il, grande ferveur et grande joie, Sire ». Sire ? Le roi ! Le roi était là, devant lui, à vingt pas à peine.

Le roi était très dévot, particulièrement envers la Vierge :

- Un pèlerinage à Notre-Dame de Soulac ? C'est un signe, répondit le roi, nous irons, Messires, je ne peux me soustraire à l'appel de la très Sainte Vierge.

La procession pour protéger Lesparre de la peste. Il avait oublié ça.

Et la putain qui avait perverti son père allait y participer au côté du roi, ça ne faisait aucun doute. Les yeux de Pèou que le chagrin avait obscurcis s'éclairèrent de nouveau. En pleine messe à Notre-Dame de la Fin des Terres. Il repensa à l'étrange chemin qui l'avait conduit là depuis que, délaissé par Gombaud qui roucoulait avec Isabeau, il l'avait quitté pour Bordeaux. Oui, la messe de Soulac. Tout était réuni pour que sa vengeance s'accomplisse. Spectaculairement.

- En attendant, Messires, nous avons un gibier à forcer, allons ! fit le roi, de l'autre côté du chenal.

Abandonnant là le corps de Gombaud, le gibier se laissa glisser dans le marécage, prenant soin de ne pas laisser de traces. Avec un peu de chance, Gombaud retrouvé ils abandonneraient les recherches, ne soupçonnant pas l'existence d'un complice. Du moins dans un premier temps. Il avait tout le temps de gagner Soulac.

* * *

Le roi et sa suite ne se doutèrent pas que le vrai danger, si près d'eux, s'éloignait maintenant, pataugeant dans les marécages. Souillard suivait obstinément la piste de Gombaud. Et cette piste, avant de traverser le chenal pour aboutir, juste en face d'eux, à l'endroit où Gombaud s'était abattu, cette piste s'enfonçait maintenant dans la forêt. À peine une lieue plus loin, les cavaliers, déployés en ligne entre les pins, grimpèrent enfin la dune qui avait, un siècle plus tôt, recouvert le petit manoir du vassal de Lesparre. Le sable continuait inexorablement sa marche vers l'est, et en redescendant le flanc de la dune exposé aux vents océaniques, Souillard montra quelques signes d'excitation. Gémissant d'impatience, il tira le Grand-Veneur vers quelques pierres à peine visibles dans un fourré de ronces épaisses.

* * *

-14 -

Retrouvailles

L'obscurité était totale dans le cul de basse-fosse où Gombaud les avait jetés et ils n'avaient plus la moindre idée du temps depuis lequel ils s'y trouvaient, plusieurs jours à n'en pas douter, mais combien ? Deux ? Quatre ? Plus encore ? La fillette qui venait de les y rejoindre ne les renseignerait pas : à ses hurlements lorsqu'elle avait été poussée dans la pièce envahie de sable où ils étaient eux-mêmes enfermés, avait succédé un silence encore plus terrifiant que ses cris quand Paula l'avait prise dans ses bras pour la rassurer.

Sur le chemin, revenant de Soulac, tout à ses soucis, car cet âne bâté de prieur refusait d'entendre raison, Thomas avait été surpris comme un enfant par l'attaque de Gombaud. En un instant, les deux gardes étaient massacrés et il se retrouvait au sol, l'épée de Gombaud sur la gorge, se maudissant de ne pas en avoir demandé une à son ami Daulède, l'officier de Soulac. Mais c'était façon de préserver son amour-propre, la formidable force du géant et la violence de son attaque l'auraient vaincu sans peine.

Gombaud n'avait pas prononcé une parole quand il avait abandonné Thomas sous le sable de la dune, trois jours plus tôt. Pas la moindre réponse à ses questions, pas la moindre explication. Rien qu'un visage fermé, glaçant.

Après lui avoir solidement lié les mains, il l'avait conduit dans la forêt jusqu'à cette dune où flottait une odeur de charogne épouvantable. Écartant quelques broussailles il avait fait rouler une énorme pierre, dévoilant un trou dans un solide mur de moellons. Sa résistance n'avait servi qu'à ce qu'il soit de nouveau assommé et il s'était réveillé avec une effroyable migraine dans l'obscurité la plus totale. Sa prison se révéla être

185

une grande pièce aux murs de pierre, sans fenêtre, totalement vide. À tâtons, il découvrit que la moitié de la pièce était occupée jusqu'au plafond par du sable, sans doute entré par une porte maintenant enfouie. Bref, il était sous des pieds de sable, avec bien peu de chance d'en sortir. Il s'était assis contre un mur, se demandant pourquoi Gombaud l'avait enlevé. L'odeur de décomposition était si forte qu'il avait craint de découvrir dans sa prison le corps d'un autre malheureux, mais il n'avait trouvé que du sable. Comme il était dans un jour plutôt optimiste, il avait conclu que si le géant avait voulu le tuer ce serait déjà fait et qu'il le gardait sciemment en vie. Il frissonna : à moins qu'il ne s'amuse à le laisser mourir de soif et de faim.

Plus tard, il avait trouvé le trou par où Gombaud l'avait mis là et il essayait de pousser avec ses pieds la lourde pierre qui le condamnait quand elle s'était soudain effacée devant lui. Les mains toujours liées, il n'avait rien pu tenter. Un corps gigotant comme un beau diable avait été poussé dans l'étroit passage et la pierre avait retrouvé sa place en un instant. Puis, le bruit sinistre d'une pelle entassant du sable contre le lourd rocher obstruant l'issue avait crissé pendant un temps désespérément long. Leur tombeau était cette fois bel et bien scellé.

- Qui êtes-vous ? avait-il demandé à la forme qu'un mince filet de jour se glissant au sommet de la pierre lui laissait entrevoir.

- Thomas ?

- Oh, non, Paula…

- Je vois que tu es content de me retrouver.

- Tu n'es pas blessée ?

- J'ai été assommée, au château de Lesparre, où une femme irascible prétend que tu as tué deux de ses sergents. J'avais rencontré juste avant le prieur de Soulac qui semblait avoir envie de t'envoyer te balancer au bout d'une corde de son gibet. Je pensais bien te retrouver rapidement, mais pas si vite tout de même…

Ils se racontèrent leurs aventures, tout en essayant de pousser la pierre. Après des heures d'efforts, elle demeurait obstinément collée au mur de pierre et la soif et l'épuisement avaient eu raison de leurs efforts. Ils avaient fini par glisser dans un mauvais sommeil dans les bras l'un de l'autre.

* * *

Ils avaient continué ainsi leur tâche de titan, ignorant des jours et des nuits, ne mesurant le temps qui passait qu'à la faim et à la soif qui devenaient de plus en plus torturantes. Quand la fatigue les terrassait, ils s'allongeaient, retrouvant la chaleur rassurante du corps de l'autre. Thomas avait l'impression de sortir d'un songe ou d'une étrange maladie et ne comprenait plus les raisons qui l'avaient poussé à s'éloigner de Paula.

De plus en plus faibles, ils avaient abandonné leur ouvrage. Les secours allaient venir tôt ou tard, tard peut-être. Ils décidèrent, épuisés, qu'il valait mieux économiser leurs forces.

Et une enfant les avait rejoints.

- Nous voilà une famille au complet… avait ironisé Paula, bien que sa langue soit devenue comme un vieux bout de cuir racorni dans sa bouche.

La fillette hurlait sa terreur. Paula la prit dans ses bras.

* * *

L'odeur attira tout d'abord Souillard directement à l'entrée du trou où le pauvre braconnier, pendu par Lesparre avait fait sa macabre, et dernière, découverte. Malgré l'odeur épouvantable qui s'en dégageait, Juan ne laissa à personne le droit de s'y engager le premier. Il crut être arrivé tout droit dans l'antichambre de l'enfer. Il pataugeait avec horreur sur un tas spongieux de corps, certains réduits à l'état de squelettes sinistrement recouverts de lambeaux de vêtements, d'autres à demi dévorés par les bêtes sauvages. Il pensa avec désespoir que ses amis étaient là, parmi ces misérables restes. Il cria à la petite troupe restée sur la dune, la macabre découverte qu'il venait de faire. Très vite, ils se rendirent compte qu'il n'y avait là que des malheureux décédés depuis plusieurs semaines.

Des traces de pas redescendaient de la dune. Nul besoin de Souillard pour comprendre que les fugitifs avaient continué par-là, retournant presque sur leurs pas. Ils remontèrent en selle.

Souillard s'agita, manifestement peu décidé à reprendre la chasse. Il échappa soudain au Grand-Veneur et retourna à toute allure sur l'autre versant de la dune, la queue frétillante d'excitation.

Ils le rejoignirent devant un rocher presque entièrement recouvert de sable coincé entre deux pins tordus par le vent. Le grand chien blanc, se mit à creuser frénétiquement, dégageant rapidement les pierres d'un solide mur. Juan aidé par Olivier le Mauvais déplaça le rocher en quelques instants, mettant à jour une étroite ouverture.

Une voix frémissante d'espoir sembla sortir des entrailles de la Terre :

> \- Juan ? C'est toi ?

* * *

- 15 -

Où le roi rencontre enfin Thomas

Ils rentrèrent au château avec le secours de deux jeunes nobles qui avaient abandonné la chasse. Ils étaient faibles, affamés et les quelques gorgées de vin qu'on leur avait données leur tournaient la tête tandis que la lumière de cette nouvelle journée d'été ensoleillée les aveuglait. Mais quel bonheur de respirer l'odeur des pins chauffés par le soleil, d'avoir de nouveau un espace sans limites autour d'eux et de se découvrir, avec la puissante sensation d'être vivant, tout un avenir à construire. Quand leurs yeux purent affronter la lumière, ils se regardèrent longuement, pour la première fois depuis des mois. Quelle étrange façon de se retrouver ! Ils apprirent qu'ils étaient enfermés depuis près de trois jours. Trois jours pour se reconnaître et se réapprendre, seulement guidés par leurs voix et par la chaleur de leurs peaux au bout de leurs doigts.

Au château, ils commencèrent par un passage par les cuisines, où la vieille cuisinière bougonne resta cette fois muette tout en semblant vouloir garnir la grande table de bois de toutes les réserves du château en pâtés, tourtes, viandes salées et fromages. Assis dans un coin, Aymon ne cessait de rire benoîtement de leur appétit, sans les interrompre autrement que par des « Mangez, les enfants, mangez, nous parlerons après ! » qu'il répétait dès que l'un d'eux levait le nez.

Près de lui, restée debout, Isabeau les observait, mise en alerte par elle ne savait quoi, quelques regards surpris entre les deux rescapés, peut-être, une gêne de Thomas qui évitait son regard, un malaise indéfinissable. Son ami, comment s'appelait-il déjà ? Paul, son ami, ou son collègue au service du marchand, lui avait aussi jeté un regard qu'elle ne comprenait pas.

De son côté, Thomas ne comprenait pas la tristesse d'Aymon, perceptible derrière le soulagement de les retrouver.

* * *

Ils étaient dans la grande salle des appartements d'Isabeau. Paula s'était installée sur un banc de pierre dans le renfoncement de la fenêtre, Thomas s'était assis face à elle, Aymon était perdu dans ses pensées, Isabeau, les traits tirés par un manque de sommeil dont elle n'avait pas l'habitude, avait perdu de sa superbe, mais pas de sa combativité :

- Maintenant, Messire Russ, si vous me parliez un peu de la mort de mes gardes. J'aimerais que vous m'expliquiez comment vous êtes là, vivant, devant moi alors que ces deux pauvres sergents ont perdu la vie en vous accompagnant.

Thomas ne s'attendait pas à être aussi directement accusé. Il protesta d'un faible « Mais, c'est Gombaud ! » avant de se taire, cherchant à comprendre les raisons de l'agression dont il était l'objet. Paula vint à son secours sans cacher sa colère :

- Et moi, j'aimerais savoir pourquoi votre prévôt nous a laissés mourir de soif dans cette ruine enterrée sous une dune à deux lieues d'ici à peine. J'aimerais aussi savoir comment on a pu m'assommer dans votre château, dans cette salle même alors que vous étiez à deux pas dans une pièce voisine. On m'a sortie de votre château, inanimée, sans que personne ne s'y oppose, pour m'emmener rejoindre Thomas dans son tombeau. Comment expliquez-vous cela ? Voyez-vous, Dame de la Tour, Thomas et moi avons eu le temps de nous demander ce qui nous avait conduits dans ce cul de basse-fosse, la raison nous en échappe, mais pas la coupable : vous seule saviez que Thomas allait rentrer de Soulac par ce chemin. Votre Gombaud n'était pas si disparu que ça, vous le cachiez dans ce château et vous l'avez envoyé enlever Thomas. Et qui d'autre que vous pouvait donner l'ordre aux gardes de le laisser sortir en portant un visiteur inanimé ? Ah ! Un dernier détail, le castelet enfoui sous la dune où nous étions sert de fosse commune à un joli petit nombre de malheureux qui n'ont pas eu notre chance, sept très précisément. Est-ce une habitude pour vous d'occire vos visiteurs ?

Isabeau blêmit. Jamais personne ne lui avait parlé sur ce ton ni n'avait osé l'accuser de quoi que ce soit. À part peut-être son satané voisin, le prieur. Un petit commis marchand, s'adresser ainsi à Isabeau de la Tour issue d'une des plus vieilles lignées de noblesse. Elle se tourna vers Aymon :

- Maître Tullier, fit-elle, insistant ironiquement sur le « Maître » faites taire votre commis, avant que je ne le fasse jeter dehors.

- Mes enfants, fit avec lassitude le vieux marchand, calmons-nous ! Si chacun pouvait s'expliquer sans en venir aux mains, peut-être pourrons-nous enfin savoir ce qui se passe ici !

Comme personne ne semblait vouloir reprendre la parole, Aymon entreprit de raconter à son neveu et à son amie, en prenant grand soin toutefois de ne pas trahir le secret de Paula, les événements des derniers jours. Il commença par la venue du roi, chez lui, à Bordeaux, venue dont il tut la secrète raison et raconta en soupirant son Royal Désir de rencontrer Thomas et Paula pour les remercier de certaines affaires qui avaient sauvé le royaume.

Tous l'écoutaient, bouche bée. Isabeau parce qu'elle prenait conscience de la mystérieuse importance des « petits commis », Thomas qui n'en revenait pas de la venue du roi chez son oncle.

Il en vint à la veille au soir, quand le roi, avisé par un de ses hommes dépêché dès son arrivée dans le Médoc, de la disparition de Thomas, avait décidé de venir lui-même à Lesparre lancer à sa recherche son chien de chasse préféré.

- J'ai vu un grand chien blanc quand on nous a sortis de notre trou, s'exclama Thomas, c'est donc au… Roi que nous devons la vie, fit-il d'une voix incrédule.

- Il conduit la chasse en personne, Thomas, fit doucement Aymon, qui savait que son neveu résistait au désir du roi de faire de lui un de ses espions. Ils traquent Gombaud, maintenant.

Paula regarda Thomas avec inquiétude. Il semblait atterré, perdu dans ses pensées, redevenu l'étranger qui avait fui à Soulac. Il y avait en face d'elle l'enveloppe de Thomas, mais lui, où était-il ?

Il ajouta que le roi lui-même ne croyait pas Isabeau de la Tour coupable.

- La belle innocente, ricana Thomas.

Aymon reprit son récit, cette fois avec une voix consternée, pour raconter comment Isabeau, qui, en compagnie de Juan, avait manqué de peu Gombaud ce matin, s'était soudain souvenue d'avoir vu une poupée dans les mains tremblantes de l'aubergiste ; mais pas d'enfant en vue. Elle avait alors compris que Gombaud avait enlevé la fillette du couple pour qu'ils gardent on ne sait quel secret. Hélas, avoua-t-il, le roi était venu avec Tristan l'Hermite, le terrible prévôt royal chargé de sa sécurité et de quelques autres plus troubles fonctions. Le couple était entre ses mains depuis le matin, et lorsqu'ils étaient arrivés au cachot pour lui faire part de leur découverte, il était trop tard pour leur faire avouer le secret qui avait valu l'enlèvement de leur fille : le cœur de l'homme n'avait pas résisté aux mauvais traitements infligés par Tristan l'Hermite en personne et la femme était sortie d'un évanouissement en roulant des yeux effrayants et ne se souvenait pas même d'avoir un jour tenu une auberge.

- Vous comprenez pourquoi je ne veux pas entrer au service du roi, mon oncle ? Voulez-vous que je devienne comme ce Tristan ?

L'argument était sans réplique.

Thomas se leva, tendit la main à Paula :

- Nous reparlerons de tout cela, lui dit-il avec le sourire auquel elle ne résistait pas, un sourire qu'elle n'avait pas revu depuis ce fichu abordage l'an dernier. De cela et de bien d'autres choses pour lesquelles j'ai bien trop tardé, ajouta-t-il plus doucement. Bon ! Pour le moment, essayons de donner un coup de main au roi, nous lui devons bien ça. Il y a trop de mystères derrière tout cela. Isabeau prétend avoir laissé Gombaud pour mort et peu après, vif comme un gardon, il enlève une fillette et échappe à Juan. Cela ne se peut, fit-il en jetant un regard suspicieux à Isabeau. Si j'ai bien compris, Juan s'est lancé ce matin à la poursuite de Gombaud et personne n'a vraiment fouillé cette auberge ni interrogé ces aimables pèlerins qui y logeaient et qui n'ont pas montré le bout de leur nez malgré les hurlements de cette pauvre aubergiste. Si nous y allions ?

* * *

L'hôtellerie présentait un visage bien joyeux, à cent lieues du drame que venaient de vivre les tenanciers. Se voyant abandonnés à leur sort, les voyageurs, las d'attendre leur déjeuner, s'étaient enhardis à se servir, qui en tirant un pichet de vin au tonneau, qui en se taillant une miche de pain, qui en attrapant une boule de fromage en cuisine. Quand Paula et Thomas arrivèrent, les volailles tournaient sur les broches et les rires et les exclamations disaient trop bien le nombre de pichets tirés.

Le silence se fit brusquement quand ils sortirent leurs épées dans un grand raclement de fer qui ne disait jamais rien de bon.

Paula profita du silence pour les informer du sort atroce que le

192

couple avait connu. Évidemment, cela glaça quelque peu l'atmosphère et chacun eut soudain moins envie de mordre dans les victuailles volées.

Avaient-ils remarqué quoi que ce soit, ce matin ou hier soir ?

Non, bien sûr. Rien d'anormal.

Thomas décida donc, pendant que Paula se postait près de la porte pour les retenir, de les interroger un par un dans la cuisine.

Il n'apprit pas grand-chose. Un confrère marchand bordelais de passage, que Thomas connaissait un peu, lui dit toutefois avoir vu deux individus qui semblaient chercher la discrétion, dînant à une petite table un peu à l'écart. L'un d'eux regardait souvent la porte comme s'il guettait l'arrivée de quelqu'un. L'autre en avait été irrité, enfin, il lui avait semblé… Avec tout ce monde et la fumée de la rôtissoire…

- Ah, si, pendant que j'y repense. Il a été le premier à quitter l'auberge, ce matin, juste après le départ de la dame du château…

- Et l'autre ? Il est toujours là ?

- Non. Celui-là je ne l'ai pas vu ce matin…

Ce fut la seule information qu'ils rapportèrent de l'auberge. Quant au signalement du mystérieux fuyard : Un pèlerin. Un pèlerin avec la besace, le bourdon, la coquille du bon Saint-Jacques cousue à la pelisse et le chapeau à larges bords pour se protéger de la pluie. Un chapeau. Par cette chaleur ? Peut-être n'aime-t-il pas le soleil, Messire. Grand ? Peut-être. Gros ? Pas plus que ça… Ils rentrèrent au château.

* * *

À peine franchi le pont-levis, un gentilhomme posté devant la tour qui avait été le logement de Gombaud leur fit signe de le rejoindre. Ils traversèrent la cour où régnait un étrange silence. Les domestiques qui, le matin, apparaissaient furtivement derrière les portes entrebâillées pour apercevoir le roi, étaient devenus invisibles.

- Entrez, le roi vous attend.

La chasse était terminée, le gibier pris. Sans mal, faut-il dire, Gombaud avait été retrouvé où il était tombé, au bord du chenal, là où Pèou l'avait laissé pour mort. Celui-ci était déjà loin dans les marais, et quand Souillard avait aboyé dans sa direction, même le grand veneur n'avait rien soupçonné, croyant le chien excité par le vol de bécasses que

193

tant d'agitation avait levé.

Au lieu de voir l'eau troublée du chenal et les bulles qui montaient encore de la vase remuée, ils s'étaient penchés sur le corps au visage ensanglanté et avaient fait une découverte qui aurait sans doute changé les plans de Pèou : le géant qui avait terrifié le voisinage avait perdu conscience, mais luttait encore.

Ils étaient nombreux et bien silencieux autour du lit où Gombaud gisait. Il y avait le roi qui avait pris possession de l'unique fauteuil, il y avait Isabeau, les deux favoris, Aymon, et un homme, penché sur le prévôt déchu.

Paula et Thomas se joignirent au groupe sans mot dire.

Le roi les accueillit avec bonne humeur :

- Tels qu'on vous a décrit : déjà en chasse ! Décidément, vous me plaisez… messires, fit-il avec un clin d'œil à Paula qui rougit de voir le roi lui rappeler sa fausse identité masculine.

- Mais ce n'est plus la peine de courir, nous avons notre homme ! Je savais que cela serait un jeu pour Souillard ! Il vous a même retrouvés, vous n'oublierez pas de le remercier !

Paula et Thomas mirent un genou à terre avec un touchant ensemble :

- Sire, pardonnez-nous, tout à l'heure nous ne savions pas que c'était à vous que nous devions la vie. Ni que vous étiez, en personne, à la tête des gentilshommes qui nous ont sortis de cet horrible endroit. Nous ne savons comment vous exprimer notre gratitude pour un tel honneur, fit Thomas, tandis que Paula le regardait avec des yeux ronds, surprise de son éloquence de courtisan et plus encore du fait qu'il se comporte comme tel !

- Et ce gredin a eu de plus l'obligeance d'avouer ses crimes et même de nous livrer sa complice, ajouta-t-il tout en leur faisant signe de se relever.

Suivant son regard, ils s'aperçurent qu'Isabeau avait le visage aussi blanc que celui d'une morte et que Tristan l'Hermite lui crochait fermement le bras.

Juste avant leur arrivée, Gombaud avait parlé, du fond de son coma. Une toute petite phrase. « Tout ça je l'ai fait pour elle, pour Isabeau, j'aurais fait n'importe quoi pour elle ». Il n'avait plus parlé depuis, ce que tous attendaient en silence lorsque Paula et Thomas étaient arrivés et le médecin du roi avait tenté en vain de le ranimer.

- Vous arrivez à temps pour saluer celle qui a fait tuer, combien déjà,

Messire Olivier ?

- Sept, Sire.

-... Sept hommes et vous avez bien failli être les huitièmes et neuvièmes. Je ne sais si vous avez eu cette chance, si l'on peut dire, mais Isabeau faisait exécuter discrètement ses amants par son prévôt, après en avoir usé, sans doute pour cacher ses appétits un peu trop gaillards !

- C'est faux, Sire, je vous supplie de me croire !

- Taisez-vous ! Vous serez jugée, décapitée et votre sirie rattachée au domaine royal. Descendez là au cachot, je ne veux plus voir une telle abomination.

Thomas se tourna vers Aymon, suffoqué d'une décision si rapide.

- Cela s'est passé comme le roi l'a raconté, Thomas, dit-il, en lui jetant un regard qui le suppliait de ne pas protester, Gombaud a clairement prononcé son nom.

* * *

S'en était trop pour Thomas. Décidément, le bon vouloir royal avait du mal à passer. Voyant Thomas au bord de l'explosion, Paula avait demandé au roi de bien vouloir les laisser prendre un peu de repos. Aymon les avait peu après rejoints dans la chambre qu'une servante leur avait préparée.

- Je n'arrive pas à croire qu'Isabeau ait fait tuer ses amants par Gombaud. Cela ne lui va pas. Et lui, pourquoi aurait-il tenté de la tuer ?

- Peut-être m'a-t-elle menti quand elle m'a dit que Gombaud l'avait attaquée dans sa chambre, peut-être a-t-elle tout simplement essayé de le tuer. Comme ses autres amants ! essaya Juan.

Le sujet devenait un peu trop sensible pour Thomas, qui n'était tout de même pas allé jusqu'à confesser à Paula sa nuit dans les bras d'Isabeau.

- Il était gravement blessé quand le roi l'a retrouvé, en tout cas. Il faut qu'un complice l'ait attendu à l'auberge, sinon comment aurait-il pu fuir, c'est bien ton avis aussi, Paula ?

Thomas éprouva une sensation étrange de ne plus devoir l'appeler Paul devant son oncle. Dans leur prison, Paula lui avait raconté comment le messager annonçant la venue du roi avait dévoilé son identité féminine à Aymon et c'était, ma foi, commode et bien agréable de ne plus avoir à

195

mentir. Il sut gré à son oncle de remettre à plus tard les reproches qu'il s'attendait à subir pour cette tromperie.

- Un confrère a remarqué deux hommes au comportement un peu étrange la veille à l'auberge, continua-t-il. L'un d'eux est vite parti après ton passage avec Isabeau, Juan. L'autre est peut-être celui qui a aidé Gombaud.

- Pèou ? risqua Juan, Isabeau vous a parlé du fils adoptif de Gombaud ? Non ?

Juan raconta ce qu'Isabeau et la vieille rencontrée à l'auberge où il était descendu lui avaient dit de Pèou : son village massacré sous ses yeux, l'adoption par Gombaud, son départ pour Bordeaux, puis son retour, deux ans après, suffisamment cousu d'or pour acheter l'auberge hors les murs, sa disparition, enfin, du jour au lendemain il y avait quelques semaines.

- S'il était à l'auberge ce matin, qu'y faisait-il ? Et qui était son compagnon ? Et puis où était-il passé depuis qu'il avait abandonné son auberge ?

- Si seulement Gombaud pouvait sortir du coma, fit Paula, Tristan l'Hermite lui ferait vite raconter tout cela.

- Ou le tuerait, comme ce pauvre aubergiste, glissa sombrement Aymon.

- Il ne nous reste plus qu'à agir par nous-mêmes, fit Paula pensivement. Sais-tu à quoi je pense, Thomas ?

- À Louis ?

- Exactement. Il est si retors qu'il pourrait bien avoir menacé de décoller la tête d'Isabeau dans le seul but de nous faire œuvrer à prouver son innocence !

* * *

Ils décidèrent qu'il serait plus pratique qu'ils soient ensemble au château, Juan passa donc récupérer son maigre bagage à l'auberge où il s'était installé à son arrivée à Lesparre.

L'aubergiste fut heureux de le revoir. Les rumeurs les plus fantaisistes couraient dans la ville. Que pouvait bien être venu faire le roi à Lesparre ? On disait que Louis avait tué lui-même Gombaud, que l'on avait vu en travers du cheval d'un gentilhomme de sa suite, lors d'un terrible combat dans les marais. Juan accepta de bonne grâce le pichet de vin qu'on lui proposait, espérant qu'un miracle lui livrerait un indice sur Pèou ou sur tout autre étranger suspect qui aurait rencontré Gombaud ces derniers temps. Ce qui le fit repenser à la commère, rencontrée ici même et qui semblait si bien connaître Pèou.

Comme s'il suffisait de l'invoquer pour la faire apparaître, elle émergea du coin où elle semblait passer le plus clair de son temps.

- Vous tenez votre Gombaud, plus mort que vif, dit-on, chevrota-t-elle, mais le roi a manqué un plus juteux gibier, dommage. Maintenant le danger est plus que jamais là, Gombaud n'est rien, c'est le petit qu'il faut arrêter avant qu'un bien plus grand malheur ne survienne !

- Que sais-tu la vieille ? Cesse donc de nous amuser avec tes énigmes ! Prend garde, le roi est venu avec certains de ses amis qui ne plaisantent pas.

- Je ne lui veux que du bien, Messire, il ne me fera pas de mal. Mais certains sont moins aimables. Je ne sais rien, ou si peu, se défendit-elle, mais je sens les choses… Pas vous ? Vous ne sentez pas le malheur se mettre en place ? Pèou, Messire, trouvez Pèou, avec vos deux amis, trouvez-le vite !

- Pèou, tu l'as donc vu, il est de retour ?

- Quand il a repris l'auberge, avec un plein sac d'or, j'y travaillais, Messire. Et un homme venait le voir, pas très souvent, mais elle n'est pas bête la vieille Garsenda, suffisait de les regarder pour voir que c'était lui, le sac d'or. Un homme étrange, mi-corbeau mi-rapace, toujours vêtu d'une cape noire. Il avait le parler de chez nous, mais j'aurai donné une deuxième fois mon pucelage qu'il était anglais.

- Un Anglais ! Rugit Juan, comment était-il, tu as vu son visage ? Tout de suite, l'image de Lann surgit. Se pouvait-il que ce démon soit encore là, à manigancer on ne savait quoi?

- Il avait dû le rencontrer à Bordeaux et si Pèou a parlé de son village rasé par les mercenaires du précédent roi, je vous laisse deviner comment l'Anglais l'a mis facilement dans sa poche ! Il buvait sec Pèou et quand il buvait, il parlait trop. Et puis, qui sait où il est parti ces trois derniers mois ? Pas bien loin puisqu'il est de retour…

- Vas-tu répondre ! Tu l'as vu ? Où ?

- Avec tout le tintouin que vous faites depuis hier, m'étonnerait qu'il soit à traîner les quais de Lesparre ! Je l'ai vu, oui, et je ne suis pas près d'oublier son regard !

- Qu'avait-il son regard ?

- Le Pèou il a plus toute sa tête, Messire. Je ne sais pas ce qui lui est arrivé, mais il avait le diable au fond des yeux.

* * *

Une terrible lueur brilla dans le regard de Thomas lorsque Juan lui répéta les confidences de la vieille. Lann était là, il en était sûr. Il se mit à faire les cent pas dans la chambre, incapable de contenir son impatience à partir immédiatement en chasse.

- Je vais cette fois débarrasser le monde de ce gredin ! Je vais le tuer de mes propres mains !

Paula eut bien du mal à le ramener à la raison, lui rappelant que si qui que ce soit en Angleterre apprenait qu'il avait tué Lann, ses parents, honnêtes commerçants sans histoire, mais hélas établis à Bristol, étaient perdus.

- Il doit disparaître sans que l'on puisse nous en accuser, ou mieux il faut trouver un coupable loin de nous… Avança-t-elle.

- Un des gentilshommes du roi pourrait le tuer publiquement, fit Juan.

- Comment le débusquer ? Peut-être même est-il déjà bien loin sur quelque bateau le ramenant vers son roi… se lamenta Thomas.

- Que manigance-t-il ici ? Si seulement nous tenions ce Pèou !

Ils se turent soudain, figés par la surprise. Au bout du couloir menant à leur chambre, la longue silhouette d'Isabeau venait d'apparaître, appuyée au bras d'Olivier le Mauvais. Elle était pâle, un peu chancelante, mais de toute évidence libre.

* * *

- Votre surprise trahit votre certitude de ma culpabilité, Messire Russ. Vous me décevez beaucoup. Il me semblait que quelques souvenirs auraient pu vous conduire à chercher du moins à en avoir la preuve. Au

198

lieu de cela, vous me laissez mettre au cachot, promise à une mort certaine.

Thomas sentit un péril glacial s'insinuer entre Paula et lui. Cette dernière d'ailleurs les regardait avec cet œil faussement amusé qu'il lui connaissait bien.

- Tout vous accusait, ma Dame ! Et comment contrarier le roi ! Il lui jeta un bref regard suppliant, espérant qu'il échapperait à Paula.

- Je ne sais ce qui me retient de vous faire jeter dehors, vous n'avez en définitive du troubadour que les chansons, jeta-t-elle dédaigneusement, et je regrette…

- Paul est en fait mon amie, Paula, jeta précipitamment Thomas. J'ai eu peur pour sa vie et vous en ai voulu sans chercher plus loin, pardonnez-moi, fit-il, espérant que quelque pitié la retienne de dévoiler ce qu'ils avaient fait de la nuit précédant sa disparition.

Il y eut un moment où tout resta en suspens, comme si le temps même s'arrêtait. L'aveu était trop incongru pour ne pas trahir son but. Paula croisa ses bras en regardant Thomas avec un air tout à la fois intéressé, moqueur, désapprobateur et même un peu méprisant. Juan et Olivier le Mauvais, qui eux savaient tout, se firent petits en tentant de masquer leur amusement.

Isabeau éclata de rire :

- En vous voyant tous deux, j'ai cru un moment que vous aimiez *aussi* les garçons, Messire Russ ! Soit, je vous pardonne… fit-elle sans aller plus loin que cette allusion qui était déjà bien trop précise, à en juger à l'air sombre affiché par Paula.

– Pardonnez Thomas, il manque parfois de discernement, répliqua Paula, ne précisant pas si elle parlait de ses jugements ou du choix de ses partenaires. Mais racontez-nous plutôt comment vous vous retrouvez libre.

- Un miracle… commença-t-elle.

Le médecin du roi, voyant le visage congestionné de Gombaud avait eu l'idée, pas très originale à l'époque, de lui appliquer la saignée. La fièvre étant élevée, il lui fit aussi mettre des linges humides et froids sur le front. Sans le savoir, il diminua la pression du sang qui s'épanchait dans son crâne, et les linges froids stoppèrent l'hémorragie. Ce traitement associé à la robuste constitution de Gombaud fit qu'il reprit conscience. Apprenant le sort destiné à Isabeau, il avoua avoir agi de son propre chef, tuant par jalousie les amants qui lui avaient succédé dans les bras d'Isabeau. Quant à Thomas et Paula, arrivés après sa propre disparition, il avait pressenti leur importance et comptait échanger leur liberté contre les ultimes faveurs d'Isabeau, avant de fuir avec le magot détourné depuis quelques mois.

Isabeau avait évoqué sans ciller ses multiples aventures. Elle n'eut pas un mot de compassion pour les sept jeunes hommes assassinés pour avoir satisfait ses appétits. Ce n'est qu'en ajoutant pour finir que Gombaud allait être pendu que sa voix ne put cacher sa tristesse.

- A-t-il parlé de Pèou ? questionna Thomas, il faut lui demander où il est !

- Je l'ai fait, dit Isabeau. Gombaud a demandé à me voir, et Messire le Mauvais m'a sortie de mon cachot pour me conduire près de lui. Il m'a demandé de prendre soin de Pèou… après. Ensuite, il a dit des choses étranges : il a parlé de naufrages. Je crois qu'il a aidé Pèou à s'établir à Cordouan. Qu'il provoquait le naufrage de navires dont Gombaud récupérait les épaves sur la plage ! Je crois qu'ils voulaient s'enrichir avant de fuir le Médoc ensemble. Mais cela n'est peut-être que divagations de mourant ?

* * *

Gombaud était retombé dans un profond sommeil sans en dire plus. Pas un mot de l'aide de Pèou pour enlever la petite et fuir de l'auberge. Et rien sur le complice anglais de Pèou. Était-il seulement au courant ?

Olivier le Mauvais, qui avait dressé l'oreille lorsque Thomas avait parlé d'espion anglais, décida que le roi devait en être informé. Laissant Isabeau à ses préparatifs de la procession du lendemain, il les conduisit auprès de celui-ci.

Il était évident que l'escadre anglaise qui croisait dans le golfe de Gascogne devenait soudain une menace beaucoup plus sérieuse si la présence d'un espion anglais sur le sol médocain se confirmait.

Le roi refusa cependant de rentrer à Bordeaux. Il participerait à la messe de la basilique de Soulac le lendemain. Un chevaucheur partit sur-le-champ pour Bordeaux ordonner que quelques nefs soient armées à la hâte et viennent sans délai se poster au Verdon.

Le roi posa ensuite son regard sur Juan :

- Sont-ils en état de nous servir ? fit-il sans ambages, désignant Paula et Thomas du menton.

- Sire, je ne peux dire, je suis à leur service !

Le roi eut un geste agacé.

- Vous semblez tous trois les mieux placés de toute façon et le temps presse. Partez pour Soulac. Faites mettre la garnison en alerte et veillez sur Cordouan. Et trouvez ce Pèou ! Et ramenez-nous ce Lann !

* * *

L'après-midi avançait. Les chevaux qu'on leur fournit étaient des bêtes splendides qui les amenèrent à Soulac en un éclair, laissant les pèlerins croisés sur la Levade toussant dans le nuage de poussière levé derrière eux, ébahis du passage des trois cavaliers menant un galop d'enfer.

Maître Daulède ne cacha pas son soulagement de retrouver Thomas. Les rumeurs les plus inquiétantes circulaient à Soulac. À l'inespérée nouvelle de la disparition de Gombaud, avait succédé celles des disparitions de Thomas, puis de Paul (on rivalisait d'imagination sur les modes de trépas que la dame de Lesparre leur avait infligés après les avoir contraints à assouvir ses vices), et pour finir, l'incroyable rumeur de la présence du roi en personne à Lesparre commençait à circuler.

Le capitaine de la petite garnison n'était pas seulement heureux de retrouver son ami vivant. Il pouvait surtout enfin se débarrasser du secret des deux frères cachés à Cordouan qu'il portait seul depuis le départ du bateau de maître Tarterin pour Bordeaux. Il ne savait comment l'annoncer au prieur et passait ses nuits à arpenter la dune, chaque jour un peu plus sûr que cette affaire allait lui coûter son poste.

Maître Daulède raconta à Thomas sa visite sur l'île en compagnie du marin ayant échappé à la tempête. Thomas lui conta leurs aventures, leur délivrance par le roi en personne et ce qu'ils croyaient savoir sur Pèou. Le récit que les fugitifs cachés sur l'île avaient fait ne laissait que peu de doutes : Pèou, assassin de l'ermite, avait été emporté par une lame au sommet de la tour et avait miraculeusement survécu. Et au lieu de retourner sur l'îlot, peut-être à cause de la présence des deux frères, peut-être parce que sa chute avait fini de lui tournebouler l'esprit, il était rentré à Lesparre.

Ils convinrent de laisser les deux frères sur Cordouan, tout en leur adjoignant le renfort de deux sergents aguerris.

Deux arbalètes et deux frondes n'arrêteraient pas un débarquement anglais, mais il s'agissait d'empêcher au plus vite Pèou, et d'éventuels complices, d'investir l'îlot et de trucider les deux encombrants fugitifs. S'il n'était pas déjà trop tard.

* * *

Ils revinrent de Cordouan au moment où le guetteur qui surveillait la mer du haut du moulin de Soulac revenait de son tour de garde. Il n'avait rien remarqué hormis les entrées et sorties de l'estuaire de navires marchands. Si escadre anglaise il y avait, elle se tenait hors de vue, au-delà de l'horizon. À Cordouan, les deux frères ne leur avaient rien signalé d'autre que la déconcertante découverte, au sommet de la tour, d'une barrique de varech baignant dans l'eau de mer. Ils avaient dû s'en débarrasser, la barrique, chauffée par le soleil, dégageant une odeur pestilentielle. À l'exception de ce mystère, rien de notable n'était advenu sur l'îlot. Maître Daulède cacha mal son agacement lorsqu'un des frères s'éloigna avec Thomas pour une longue conversation qui retarda leur retour, mais sa curiosité resta insatisfaite. Pendant le retour, Thomas, étrangement lointain, éluda toutes ses questions et refusa de lui dire ce que contenait le petit sac qu'il l'avait surpris à cacher sous son pourpoint.

Maître Daulède en prit son parti, mettant cela sur le compte d'affaires royales qu'il n'avait pas à connaître. À terre, il oublia bientôt sa frustration. Ils avaient maintenant à se consacrer à leurs deux derniers problèmes, Pèou et Lann.

Qu'étaient-ils devenus ? Partis tous deux vers Bordeaux ? Vers Soulac ? Ensemble ? Séparés ? Toujours terrés près de Lesparre ? Observant la foule de pèlerins plus importante qu'à l'ordinaire dans l'attente de la procession du lendemain, Thomas les sentait là, tout proche, le regard posé sur lui.

- S'il est en cheville avec Lann, sa présence sur Cordouan était en lien avec l'escadre anglaise qui rôde dans le coin, raisonna-t-il à haute voix.

- La vieille a dit que Pèou a acheté l'auberge avec l'or de l'Anglais, rappela Juan.

- Ils préparent un débarquement, c'est sûr et certain, s'effraya maître

202

Daulède, nous allons nous faire massacrer, gémit-il.

- Le roi fait descendre une escadre depuis Bordeaux, ils seront là demain, jeudi au plus tard, le rassura Paula.

Thomas resta songeur. Le danger lui paraissait plus imminent que cela, sans qu'il puisse cerner d'où lui venait cette impression. La providence, prenant la forme d'une vague gigantesque, avait jeté Pèou hors de Cordouan. Les plans échafaudés par Lann en avaient-ils été contrecarrés ? Ou précipités ? Ils n'avaient en tout cas pas perdu de temps à se retrouver…

* * *

Un nuage de poussière annonçait l'arrivée du cavalier ; quand le grondement du galop se précisait, il était temps de se ranger sur le bas-côté ; image fugace de la livrée royale et bientôt ne restaient plus que la poussière du chemin qui retombait et le nuage qui s'éloignait vers Bordeaux, tandis que les voyageurs commentaient le passage du magnifique cheval. De quoi alimenter les conversations un bout de chemin.

Le cavalier qui galopait depuis son départ de Lesparre vit approcher avec bonheur une portion de chemin ombragée par de grands chênes. Il ralentit son allure, pour laisser sa monture souffler un peu à l'ombre.

Il se coucha sur l'encolure pour éviter une branche. La lourde épée siffla au-dessus de sa tête, surprit son cheval qui broncha et le désarçonna. Aguerri, il se releva d'un bon tout en sortant son épée. Son agresseur se laissa tomber souplement de la branche basse où il l'attendait. Mauvais ça. Le soldat du roi aurait préféré se battre contre une bande de brigands qu'il aurait facilement mis en fuite. Cet homme seul était d'une autre trempe. Ils tournèrent un moment l'un autour de l'autre, s'observant, cherchant la faille, la faiblesse de l'adversaire. Quelques attaques prudentes. L'affaire était sérieuse. Le chevaucheur prit l'initiative du premier véritable assaut, espérant surprendre l'homme en noir qui gardait un silence de spectre, ne répondant à aucune de ses provocations. Puis ils en vinrent au fait.

L'homme en noir était redoutable, vicieux, alternant fausses gardes et attaques imprévisibles. Un premier coup d'estoc l'atteignit cependant dans le bas des côtes, le faisant rouler en arrière dans la poussière du chemin. Il se releva, grimaçant, la main au côté. Il avait heureusement

203

esquivé le coup en reculant et le plastron de cuir qu'il portait sous son pourpoint avait arrêté le coup. Le chevaucheur du roi lança une nouvelle attaque, profitant de son avantage. L'esquive de son agresseur fut fulgurante. Fulgurante aussi la douleur quand le messager royal s'empala dans son élan sur l'épée qui lui transperça le flanc. Fulgurante sa mort.

* * *

Plus tôt dans la matinée

Depuis le matin, après son départ de l'auberge, Lann avait surveillé le pont-levis du château. Si Pèou parvenait à s'échapper avec son père adoptif, la mission pouvait encore être sauvée. La veille son complice lui était apparu changé, le jeune homme plein de feu, habité par la haine et la rage de venger son village de l'anéantissement provoqué par les mercenaires du roi de France, était devenu lointain, taciturne. Quand il lui avait dit, « il faut que tu y retournes… », Pèou avait répondu avec agacement « j'irai, vous avez payé pour cela, non ? » Il était inutile de chercher à connaître les raisons de son changement. Les traits creusés, le regard brûlant de fièvre profondément enfoncé dans ses orbites sombres, il était tout de même un peu effrayant…

Du coin où il se dissimulait, Lann avait eu la surprise de sa vie en voyant le roi et sa clique arriver en début de matinée. Il y avait là une occasion à prendre… Il se voyait déjà livrant Louis XI, enchaîné, à son maître, le roi d'Angleterre. Mais pour cela, il fallait poursuivre la mission. Son instinct lui avait soufflé d'attendre ; pourquoi le roi était-il là, sans armée, accompagné seulement d'une ridicule escorte ? Plus tard dans la matinée, deuxième surprise quand deux nobles seigneurs de la suite de Louis XI étaient revenus au château portant en croupe les deux gêneurs qu'il avait déjà affrontés par deux fois[20]. Décidément, il se passait d'étranges choses à Lesparre. Loin de le faire fuir, la vue de Paula et de Thomas le galvanisa. Cette fois, il allait en finir.

Enfin, le roi rentra de la chasse, le corps de Gombaud en travers de sa selle. Louis n'était donc pas là pour satisfaire son plaisir favori, mais pour traquer Gombaud et cet imbécile de Pèou, qui avait abandonné la

---

[20]Dans les deux premiers tomes de Mystères et Diableries sous Louis XI.

mission et était rentré sagement chez papa en prétextant avoir failli périr noyé. Étrange. Quant à Pèou, il semblait avoir réussi à échapper au grand chien qui menait la chasse.

Les heures passèrent. Il ne suivit pas Thomas et Paula lorsqu'ils se rendirent à l'auberge, l'heure n'était pas venue de s'occuper de ces deux-là.

Quand le courrier royal jaillit du château, il s'élança à sa poursuite. Le chevaucheur prit la route de Bordeaux à bride abattue. Profitant de la courte halte que celui-ci fit pour changer de monture, il avait pris les devants et choisi le lieu de son embuscade.

* * *

Lann tira le corps du malheureux serviteur du roi dans la forêt pour le fouiller tout à son aise. Il trouva très vite le pli qu'il cherchait dans un petit sac de cuir porté sous le pourpoint aux couleurs royales. Il blêmit en y lisant que le roi s'attendait à l'imminence du débarquement des troupes anglaises. Heureusement, il avait intercepté le message. L'escadre commandée par Louis pour défendre l'estuaire du débarquement anglais n'arriverait jamais. Le roi isolé à Soulac avec pour toute armée une douzaine de sergents était perdu.

Cette mission si mal commencée allait tout compte fait être son plus beau triomphe.

* * *

Bien que messire Daulède ait lancé ses sergents aux quatre coins de Soulac, ils ne trouvèrent pas trace de Pèou. Avant de rentrer à Lesparre, Thomas s'offrit le plaisir d'aller confirmer au prieur la visite royale du lendemain. Curieusement, celui-ci sembla mieux disposé à écouter l'étrange novice qui se révélait beaucoup trop proche du roi pour qu'il l'envoie au diable comme les autres fois. Thomas en profita pour lui révéler que les deux fugitifs qu'il ne cessait de rechercher depuis une semaine étaient tout proches, pour ainsi dire sous son nez, sur l'îlot de Cordouan. Sur ordre royal, ils défendaient la tour en compagnie de deux sergents de la garnison du Verdon. Il fronça les sourcils (qu'il avait épais et en bataille) devant cette nouvelle élucubration de Thomas qui refusa d'en dire plus. Les ordres du roi étaient clairs : rien ne devait entacher le recueillement de la procession du lendemain et la rumeur de la menace d'un débarquement anglais se serait vite répandue et aurait fait fuir les pèlerins.

Thomas visita ensuite frère Anselme qui semblait devoir se rétablir, mais était encore bien faible. Puis il retourna chez son ami le capitaine du port. Depuis le matin, une idée germait en lui, un coup de tête insensé, mais qui, au fil des heures avait fait naître en lui une folle allégresse. Maintenant, sa décision était prise et il passa un long moment avec messire Daulède à tout mettre en place.

Il retrouva Paula et Juan très tard, à la taverne où ils s'étaient fixé rendez-vous et éluda avec bonne humeur toutes leurs questions sur ce qui avait bien pu le retarder tant. Ils retournèrent aussitôt à Lesparre rendre compte au roi de leur journée et se retirèrent dans leurs chambres, tombant de fatigue.

- Tout de même, Thomas, il y a ce Pèou, fit Paula en s'allongeant près de lui, nous ne l'avons pas trouvé… Si demain il lui prenait on ne sait quelle folie ?

- Nous n'avons pas trouvé trace de lui, fit-il en bâillant, il a eu la chance d'échapper à la chasse du roi, il doit être loin…

La journée avait été longue, Paula ne tarda pas à s'endormir.

Quand sa respiration devint régulière, Thomas se leva et sortit silencieusement.

* * *

- 16 -

La procession

Le long cortège de la procession quitta Lesparre au lever du jour.

Les processions faisaient partie de la vie au moyen-âge. Chaque fête religieuse, chaque commémoration était l'occasion de sortir reliques, statue de la vierge ou de tel ou tel saint et de leur faire parcourir la ville ou le village, grande croix en tête, suivie des religieux et de tous les fidèles chantant et se recueillant. La procession de Lesparre, rendez-vous annuel incontournable de la pointe du Médoc, était un peu différente. Un siècle plus tôt, une épidémie de peste avait frappé Lesparre. Des prières adressées à la Vierge à la basilique Notre-Dame de Soulac avaient miraculeusement stoppé le mal. Depuis, chaque année, une procession et une messe remerciaient la Vierge tout en implorant au passage sa protection contre les futures épidémies.

La particularité de la procession de Lesparre, outre le fait qu'elle réunissait deux fiefs rivaux, était la distance de sept lieues séparant Lesparre de Soulac. La majorité des fidèles la faisant à pied, et malgré le départ aux premières lueurs du jour, la procession s'étirait au milieu des marais toute la matinée, cavaliers en tête, pour ne parvenir à la basilique de Soulac qu'au plus haut du soleil.

* * *

D'ordinaire, la dame de Lesparre chevauchait au pas,

immédiatement après les religieux, en compagnie des seigneurs des petits fiefs suzerains de Lesparre. Cette année, le roi et son entourage l'accompagnaient, tandis que tout Lesparre se bousculait pour marcher le plus près possible du roi, espérant l'entrevoir. Thomas, Paula et Juan fermaient la marche du groupe de cavaliers.

Paula et Juan, inquiets, parcouraient les marécages du regard, certains d'en voir partir, à tout moment, le carreau d'arbalète qui allait percer le roi. Thomas était plus confiant. Le roi avait accepté de chevaucher au milieu d'un groupe compact de cavaliers et était pratiquement impossible à atteindre.

La procession atteignit enfin la basilique. La foule était si dense que beaucoup restèrent sur la petite place.

Le roi répondit courtoisement aux paroles d'accueil du prieur en ne manquant pas de lui signifier son désir de voir désormais Soulac et Lesparre réconciliés, ce dont le prieur l'assura en donnant le baiser-de-paix à Isabeau sous l'ovation des Lesparrains et Soulacais réunis, les deux communautés n'ayant jamais eu de rivalité autre que celle qui opposait leurs seigneurs.

La messe put enfin commencer, ce que tout le monde attendait : après la cérémonie, la foule s'éparpillerait à l'ombre des pins, déballerait les victuailles apportées et la fête durerait jusque tard dans la nuit. Comme chaque année des couples naîtraient de cette journée de rencontre entre les deux villages et peut-être quelques enfants...

Thomas installa ses amis sur le côté du chœur, prétextant que c'était là sa place habituelle. Il n'avait plus du tout l'air faussement calme qu'il avait affiché durant la chevauchée. Au contraire, son regard parcourait l'assistance en tous sens, bien peu attentif à la messe, s'arrêtait parfois longuement sur le roi entouré d'Isabeau, de ses proches, de maître Tullier.

Un peu avant la fin, il se pencha à l'oreille de Paula :

- Je vais surveiller la sortie du roi. Quoi qu'il arrive, retrouve-moi après la messe chez messire Daulède au Verdon. Viens seule, termina-t-il avec un étrange sourire.

Puis il s'éclipsa par la petite porte du cloître, juste derrière eux.

* * *

Lettre de Thomas.

Mon oncle,

Je dois vous avouer ce que je vous ai caché lorsque je suis venu vous parler hier, au beau milieu de la nuit, au château de Lesparre.

Mais laissez-moi vous raconter tout d'abord la fin de cette si belle journée à Soulac. Pendant la messe, j'eus beau observer un à un les fidèles, je n'y trouvais pas Pèou. Lann était lui aussi invisible, je ne m'attendais pas à l'y trouver, il n'est pas dans sa nature de s'exposer ainsi.

Pourquoi cherchais-je Pèou ? J'avais compris deux choses hier quand la vieille avait insisté sur la folie de Pèou, et sur sa richesse, sans doute acquise de Lann. Je reviendrai sur cette soudaine richesse.

La folie. Du récit de l'arrivée des jumeaux sur Cordouan, on comprend que l'esprit de Pèou, déjà chancelant par l'horreur du massacre de tous ses proches alors qu'il était enfant, n'avait pas résisté à quelques mois de solitude sur l'île. Il avait déjà perdu la raison lorsque la tempête s'est déchaînée. C'est pour cela qu'il n'avait pas allumé de feu avant la tempête comme il aurait dû le faire. En passant, j'ai également compris hier la véritable raison de sa présence sur l'île. Il n'y était pas pour provoquer des naufrages comme il l'avait prétexté à Gombaud (ça, ce n'était que pour obtenir son aide à s'installer sur l'île sans avoir à lui révéler son activité d'espion). Les jumeaux ont signalé une étrange barrique emplie de varech au sommet de la tour : que pouvait-elle bien faire là ? Le roi vous a sans doute dit qu'une escadre anglaise croisait dans le golfe, cachée juste au-delà de l'horizon. Comprenez-vous maintenant : quelques poignées d'algues humides jetées dans le feu dégagent un épais nuage de fumée qui se voit à des lieues. C'était sans doute la vraie raison de la présence de Pèou sur l'île : donner aux Anglais un signal, celui du moment propice au débarquement...

* * *

Au large de l'estuaire, juste au-delà de l'horizon, la voix de la vigie du navire amiral anglais tomba du nid de pie :

- Convoi en vue, Lord Amiral ! Plein sud !

Sur le pont devenu silencieux, tous les regards se tournèrent vers

209

l'officier de la marine royale anglaise.

L'amiral pivota posément sur sa droite. À la tension qui régnait sur le pont, il sentit que l'équipage était las de tourner en rond dans le golfe de Gascogne, las de fuir devant les orages, fatigué de cette attente qui durait depuis des jours et des jours. Les provisions fraîches commençaient à manquer, les navires de la petite escadre étant surchargés de troupes entassées dans des conditions inconfortables.

Au sud, le convoi marchand changeait de cap, obliquant vers le large.

- Ils nous évitent, Lord Amiral, fit le second.

Ce qui signifiait qu'ils les avaient identifiés et qu'ils craignaient la rencontre. Des proies. L'occasion de ne pas rentrer au port les mains vides avec des équipages mécontents.

Le commandant de l'escadre anglaise se tourna une dernière fois vers l'est, vers cet estuaire de la Gironde d'où il attendait un signal pour débarquer les deux mille hommes qui croupissaient sur ses navires.

Le signal devait annoncer qu'une nouvelle révolte s'était levée contre le roi. Que les troupes du duc de Nemours, ses milliers d'écorcheurs qu'il n'avait pas licenciés depuis la guerre du Bien Public deux ans plus tôt, étaient en marche sur Bordeaux, avec celles du comte d'Armagnac. Les Anglais débarqueraient une nouvelle fois en Médoc, et la Guyenne, prise en tenaille serait de nouveau anglaise. Au nord, le duc de Bretagne et le duc de Bourgogne marcheraient sur Paris.

Mais le signal n'arrivait pas. Que c'était-il passé ? Une nouvelle manigance diplomatique de Louis XI avait dû faire échouer le projet. L'amiral était las de ces revirements incessants. Un dernier regard vers Cordouan. Le ciel était d'un bleu limpide, le soleil déjà haut… et aucun panache de fumée ne s'élevait à l'horizon.

Il se tourna vers son second :

- Au diable la Guyenne ! Lancez la chasse, Sir. On les attrape et on rentre à Portsmouth.

* * *

Suite de la lettre de Thomas à son oncle

… Mais revenons à la messe. Pas de Pèou dans la basilique. Était-il retourné sur l'île continuer la mission confiée par Lann ? Dans ce cas,

210

quatre solides gaillards avertis l'attendaient. Pendant la messe, je repensai à sa folie. La chute dans l'océan, fauché par une lame depuis le haut de la tour de Cordouan, le rejette à demi noyé sur la côte et encore plus désemparé : au lieu de retourner sur Cordouan il rentre chez lui à la taverne dont les malheureux aubergistes soumis à la question sur ordre de Louis XI n'étaient que tenanciers dans l'attente de son retour. Il y retrouve tout d'abord Lann qui y résidait pour préparer le débarquement anglais et qui a dû être fort surpris de sa désaffection de Cordouan. Dans la nuit, son père adoptif devenu fou d'amour et de dépit pour Isabeau se fait joliment assommer par sa belle. Pèou l'aide à fuir, mais Gombaud meurt dans ses bras (du moins le laisse-t-il pour mort au bord du chenal). Tout cela ne pouvait que finir de lui faire perdre la raison. Je m'attendais à ce qu'il choisisse la messe pour son coup d'éclat. Je l'imaginai se précipitant sur le roi la dague à la main. Pendant la messe, le cherchant vainement dans l'assemblée, mon regard se porta sur frère Anselme qui assistait à l'office malgré sa blessure à peine refermée. Et j'eus soudain un affreux pressentiment...

* * *

La dernière nuit de Pèou

Il a passé la nuit cachée dans les dunes, à une lieue de Soulac. Il est épuisé par la longue marche depuis Lesparre : pour ne prendre aucun risque, il a fait les sept lieues à travers bois et marécages. La nuit a été longue. Il se sent si seul. Gombaud, l'homme qui l'avait recueilli, qui l'avait consolé lorsque les images d'horreur venaient nuit après nuit lui faire revivre le massacre de son village, n'est plus. Il est seul, seul comme lorsqu'il était sorti de la forêt, hébété, après le pillage. Il est triste aussi, infiniment triste et désemparé. Il est en colère. Lann lui a fait trahir Gombaud : il paiera pour ça. Isabeau de la Tour a causé la perte de Gombaud en le rendant fou de jalousie : elle paiera pour ça. Les mercenaires écossais de Charles VII ont tué, violé, incendié, tout ce qu'il avait : Louis XI, le fils, paiera pour le père.

Au matin, il a tendu une embuscade au soldat ensommeillé qui revenait de sa nuit de guet au moulin. Il a soigneusement caché le corps et est revenu chercher le meilleur endroit. Avec l'arbalète du soldat.

211

Il ne lui restait plus qu'à attendre. Il fallait près d'une minute pour retendre une arbalète, il n'aurait droit qu'à une seule cible. Lann ? Il ne l'a pas vu entrer dans la basilique. Le roi ? Isabeau ? Son cœur déborde de tristesse : quand il pense à elle, il pense à Gombaud. Ce sera elle.

* * *

Suite et fin de la lettre de Thomas à son oncle.

... Je donnai rendez-vous à Paula comme je l'ai convenu avec vous hier, et quittai la basilique par la petite porte communiquant avec le cloître. Je contournai largement la foule silencieuse. J'eus beau scruter les visages des fidèles recueillis, Lann restait invisible. L'Agnus-Dei s'éleva, sortant de toutes les poitrines avec une ferveur qui en disait long sur l'allégresse qui soulevait les frères médocains de Lesparre et de Soulac enfin en paix. Les notables allaient bientôt sortir. Le temps pressait. Continuant mon large détour, j'arrivai par le haut de la dune d'où le trait qui m'était destiné, mais qui avait frappé le pauvre frère Anselme, avait été tiré. De là, on avait une vue parfaite sur le parvis de la basilique. On s'agitait sous le porche. Le roi allait bientôt sortir. Et je le découvris enfin. Tapi à l'ombre d'un jeune chêne, il épaulait son arbalète. J'eus un instant la crainte d'arriver trop tard. Je fondis sur lui en hurlant. Mon cri porta jusqu'à la basilique où les notables refluèrent à l'abri. Il se tourna vers moi en tirant, mais son trait me manqua. Je vous avoue, mon oncle, qu'à cet instant où j'aurais dû penser à ma sauvegarde, j'ai marqué un temps d'arrêt. Je me suis offert au carreau de Pèou comme si je donnais à la providence une dernière occasion de bénir, où de condamner, mes desseins. Quand le carreau siffla sans me percer la poitrine, je descendis lentement vers Pèou, frémissant d'allégresse. J'ai trop tardé. Trois soldats venus d'on ne sait où fondirent sur lui avant moi et le percèrent de coups d'épée en une horrible boucherie. Je ne voulais pas sa mort. La barbarie des hommes l'avait rendu fol, le destin des enfants que la guerre laisse orphelin est bien triste chose.

Voilà, j'arrive à la fin de cette lettre. Je vous abandonne avant les vendanges et j'en suis honteux. Je ne serais pas parti si, la nuit dernière, vous n'aviez pas approuvé ce si soudain départ.

212

Portez-vous bien, mon oncle, et tâchez de pardonner les tracas que je vous ai causés. Je penserai à vous chaque jour que Dieu fait comme à celui à qui je dois tout. Saluez bien Juan de notre part, je suis certain que, comme vous, il comprendra ma folie. Quant au roi, qu'il me cherche si cela lui chante, je ne crois pas qu'il me trouvera là où je serai !

* * *

Quand il y avait eu ce tumulte à la sortie de la messe, Paula s'était précipitée vers le corps sans vie de Pèou. Trop tard, Thomas s'était déjà évaporé. Elle avait dû ensuite s'expliquer avec le roi. La finesse de celui-ci lui avait fait deviner sans peine qu'il avait servi d'appât dans le piège tendu par Thomas. Elle avait eu bien du mal à s'esquiver. Puis, fendant la foule où les commentaires allaient bon train, elle tenta de rejoindre le petit port. La foule compacte semblait tour à tour la repousser, la retenir. Elle eut le pressentiment d'une nouvelle folie de Thomas, il fallait qu'elle s'arrache vite à cette masse qui semblait l'engluer à dessein.

Soudain, la Mort fut là, séparée d'elle par quelques paysans. Lann, le regard brillant de haine sous son chapeau à large bord, les écarta brutalement. Sa main avait glissé sous sa cape et elle avait entrevu la dague qu'il se tenait prêt à faire jaillir de son fourreau.

- Thomas gagne, cette fois encore, mais il vous perd, on ne peut tout avoir…

Il ne termina pas sa phrase. Il glissa au sol et la foule, qui se dirigeait en flot épais vers le roi qui descendait la Grand'Rue, piétina son corps sans vie. Il n'y avait plus face à elle que Juan, son poignard à la main. Le petit Espagnol lui avait fait un clin d'œil et l'avait tutoyée pour la première fois :

- Adios, embrasse Thomas pour moi, avait-il dit simplement.

Hébétée, elle l'avait regardé se laisser emporter par la foule.

* * *

Thomas releva la tête. Il avait encore tant de choses à dire à Aymon. Il devait être bien triste en ce moment, mais il avait sa vie de jurat, ses vignes, sa maisonnée ; il s'en remettrait. La silhouette de Paula se découpa devant la porte de Maître Daulède. Thomas cacheta la lettre.

Il s'avança, quittant l'ombre du logis.

- Il y a bien longtemps, une jeune fille m'a dit « Un jour peut-être, tu m'emmèneras à la poursuite du soleil… », dit Thomas.

Elle restait interdite, ne comprenant pas.

- Regarde, fit-il en étendant le bras, Aymon m'a vendu un bon prix cette petite caravelle qui devait le ramener à Bordeaux avec le roi.

- Vendue ?

- Tu as raison, j'ai dû batailler ferme, il voulait me la donner ! dit-il en riant, mais vois-tu, j'étais en fonds hier, Pèou a oublié la bourse de Lann à Cordouan et les deux fugitifs que j'y ai mis à l'abri n'en voulaient pas.

- Il est mort, fit Paula.

- Je ne souhaitais pas sa mort, ce sont les soldats…

- Lann. Lann est mort, poignardé dans la foule par Juan.

Thomas resta un moment, très court, surpris par la nouvelle. Puis son visage s'éclaira de nouveau d'un tendre sourire :

- Alors, oublions-le ! Veux-tu toujours découvrir le monde ?

* * *

214

Épilogue

Nemours et d'Armagnac avaient été trompés par leurs dangereux mercenaires. Ce qui, somme toute, leur évita de se retrouver aux portes de Bordeaux à attendre des Anglais tranquillement retournés chez eux. Le dernier versement de Lann n'arrivant pas, ils renoncèrent à marcher sur Bordeaux à la date fixée et mirent l'argent versé par leurs amis comploteurs dans leurs poches jamais assez pleines. Les routiers s'évaporèrent dans la nature les semaines qui suivirent, se contentant des deniers tournois du bon roi Louis. On ne sait trop ce qu'ils devinrent.

Et les quatre mille écus supplémentaires ramenés d'Angleterre par Lann ? Quelques semaines plus tôt, l'espion avait retrouvé à Bordeaux la belle Sylvia. Ils passèrent deux jours à assouvir le manque que les semaines loin l'un de l'autre avaient creusé en eux. Quand leurs corps furent rassasiés, Lann dut cette fois encore convaincre sa maîtresse de la nécessité d'une nouvelle séparation. Il avait tant à faire à Bordeaux et dans le Médoc pour préparer le débarquement qu'il ne pourrait l'accompagner. Elle devait porter seule au duc de Nemours les écus. Elle fondit en larmes. Ni de tristesse, ni de reconnaissance pour l'incroyable confiance que son amant lui accordait, mais plutôt de bonheur : Sitôt que Lann eut le dos tourné, Sergio apparut comme par enchantement et ils embarquèrent sur un navire bayonnais.

L'espion anglais ne vécut pas assez pour apprendre que Sergio et Sylvia s'étaient joués de lui. En tout cas, son instinct ne l'avait pas trahi, cette mission, dès son commencement, était la mission de trop.

Le couple de gredins ne quitta jamais la Guyenne. Ils attendirent vainement l'annonce d'un débarquement anglais qui, sans soutien des routiers devait les amuser d'un fiasco sanglant, mais qui n'eut jamais lieu. Reconvertis dans le négoce du pastel, ils firent rapidement fortune. Leurs descendants sont encore de prospères négociants dans la région.

Quant au roi, rassuré par Aymon qui sut le convaincre que les Bordelais n'étaient plus enclins à tenter l'aventure d'une nouvelle guerre et des malheurs qui l'accompagnait, il visita paisiblement les vignes et les chais du marchand bordelais.

Il était fort content de son séjour. L'idée de faire son frère duc de Guyenne lui plaisait de plus en plus et il se félicitait d'avoir mis la main sur le sage et modéré jurat qui l'hébergeait.

Il en avait presque oublié l'affront de la disparition de Paula et de Thomas pour on ne savait où. Il tenta même d'en consoler Aymon qui se traînait comme une âme en peine, affligé et solitaire, malgré la cour nombreuse qui papillonnait autour du roi tandis qu'ils visitaient un chai.

- Allons, Maître Tullier, il vous reste Juan ! C'est un homme solide et un bon compagnon. Croyez-vous qu'il accepterait de, hum, me servir ?

- De grâce, Sire, n'allez pas me le faire fuir, lui aussi ! s'exclama Aymon qui commençait à se mettre au diapason des manières simples et directes du roi, il ne me reste que lui !

Aymon se tourna vers le roi pour constater soudain qu'il avait disparu. Il le retrouva derrière une cuve, en train de soulager sa vessie dans une barrique qui venait d'être soigneusement lavée pour accueillir la future récolte.

- Mais Sire, que faites-vous ! Cette barrique… ne put-il s'empêcher de commencer avant de s'apercevoir qu'il était en train de réprimander le roi.

- Messire Aymon ! Vous vous enorgueillissiez hier d'avoir mon rival le roi d'Angleterre parmi vos clients fidèles. Il nous plairait que vous finissiez de remplir cette barrique de votre meilleur cru… et que vous recommandiez tout spécialement cette Cuvée Royale à Edouard IV. Cheers Edouard !

FIN

* * *

Avertissement :

J'ai cherché autant que possible à respecter ce que l'on sait du contexte et des personnages historiques de cette année 1 467.

Ainsi, Isabeau de la Tour a bien existé et administrait la sirie de Lesparre pour le compte de ses fils, mineurs, après le décès de son époux vers 1 463. Le différend avec le prieuré de Soulac, qui renaissait sporadiquement depuis des siècles, était en cours de jugement au parlement de Bordeaux.

Louis XI était un infatigable voyageur et un excellent cavalier. On retrouve trace de ses permanents déplacements dans un ouvrage qui les recense à l'aide des lettres qu'il écrivait depuis ses haltes. Cet ouvrage, numérisé, est disponible gratuitement sur le site de la BNF et s'appelle « Itinéraires et Lettres de Louis XI ». On peut y lire que le roi a effectué deux séjours à Bordeaux en mars/avril 1462 et mars/avril 1473. Je dois confesser que la visite à Aymon Tullier en juillet 1467 n'y figure pas, j'ai profité d'un « trou » dans son emploi du temps pour inventer cette visite impromptue. Faute avouée à demi pardonnée, j'espère que vous ne me tiendrez pas rigueur de cette entorse à la vérité historique.

Ce qui est vrai, c'est que le roi n'en avait pas fini avec la Ligue du Bien Public dont les trois plus puissants meneurs étaient Charles de France, son propre frère, un autre Charles, Charles le Téméraire, duc de Bourgogne, et François II duc de Bretagne. Le roi venait de reprendre la Normandie à son frère Charles, duché de Normandie qu'il avait été contraint de lui céder par les traités mettant fin à la guerre civile contre la ligue. Charles de France, réfugié à ce moment en Bretagne, restait un frère dangereux à qui il fallait trouver un duché plus éloigné de ses deux amis comploteurs et qui le satisferait assez pour le rendre docile.

En 1468, Charles le Téméraire tenta de contraindre le roi à donner le duché de Champagne à son frère Charles de France, comptant sur la faiblesse de caractère du jeune frère du roi pour relier ses deux territoires, les Flandres et la Bourgogne. Louis évita le piège en proposant alors la Guyenne à son frère, qui l'accepta.

Il est également vrai que les Anglais n'avaient pas renoncé à revenir en France et que, cet été 1467, une flotte anglaise rôdait dans le golfe de Gascogne…

Liens :

Merci d'avoir lu cette troisième aventure médiévale, j'espère que la balade vous a plu.

N'hésitez pas à laisser un commentaire sur la page Amazon de ce roman, vos remarques sont précieuses, je vous en remercie sincèrement par avance.

Nous pouvons aussi dialoguer via ma page Facebook :
https ://www.facebook.com/al1.bosc

Et pour finir, vous pouvez m'envoyer un message sur ma boîte mail :
alain_bosc@orange.fr , je me ferai un plaisir de vous répondre.

À bientôt !

Éditions A. Fournier

33 360 Carignan de Bordeaux

Dépôt légal janvier 2016

10 €